Inhalt

Edith Laudowicz

Frauen im Islam

Ein Überblick

Der Islam

Spätestens seit dem Golfkrieg gibt es ein neues Feindbild: Die Bedrohung westlicher Freiheit durch einen arabisch-islamischen Diktator und den Islam insgesamt schien nie offensichtlicher. Die Türken und Kurden in Deutschland und die Algerier in Frankreich lösen »Überfremdungsängste« aus. Der Einfluß fundamentalistischer Kräfte in vielen Ländern, die nicht müde werden, nach einem Gottesstaat und dem Schleier für Frauen zu rufen, schaffen zusätzliche Ängste. Sie scheinen der Ansicht recht zu geben, vor allem der Islam müsse bekämpft und an einer weiteren Ausbreitung gehindert werden. Schlagworte wie »islamischer Fatalismus« scheinen ihre Bestätigung in den begeisterten Kriegsbefürwortern im Iran zu finden. Die unterdrückerische Politik Saddam Husseins, gepaart mit öffentlich geäußerten Zynismen, motivierte seine Gegner in den westlichen Ländern, ihn – und dabei zugleich alle arabischen Politiker, die sich nicht bedingungslos fügen – zu dämonisieren und mit biologistischen Etiketten zu versehen. Es sieht so aus, als gäbe es auf der einen Seite nur fanatisierte Männer, die das Bild eines furchteinflößenden Islam prägen. Frauen sind in dieser Wahrnehmung – spätestens seit Betty Mahmoodys Buch – auf der anderen Seite ausschließlich die armen, unterdrückten Opfer. Islamische Länder scheinen mehr denn je Hort kultureller Rückständigkeit und Potential gefährlicher, ungezügelter Aggressionen, das jederzeit losbrechen kann. Dabei existieren darüber, was »der Islam« ist, recht dubiose und oftmals sehr vereinfachende Auffassungen.

Politischer Widerstand gegen die despotische Herrschaft verschiedener Regime in Asien, Afrika und im Mittleren Osten ist für die Medien entweder kein interessantes Thema, oder er wird – wie es beim palästinensischen Widerstand lange der Fall war – unter das Schlagwort »Terrorismus« subsumiert. Diesen mißlichen Zustand hat Fatema Mernissi unlängst in Zusammenhang mit der Berichterstattung über den Golfkrieg kritisiert: »Es ist interessant zu konstatieren, daß die Führer der fanatischen Bewegungen oft vom europäischen Fernsehen eingeladen werden, unsere Philosophen und Denker hingegen selten. Die ganze progressive Bewegung bei uns wird von den westlichen Medien ignoriert, wodurch auf internationaler Ebene die Medienstrategien der lokalen Despoten verstärkt werden.«[1] Dementsprechend wird auch Frauenwiderstand nicht selten nur dann wahrgenommen, wenn er sich an Themen artikuliert, die westliche Frauen wichtig finden. Setzen sich Frauen in islamischen Ländern hingegen für allgemeine Forderungen wie Demokratie, Bildung und politische Rechte ein, äußern sie sich gegen westliche Dominanz oder gegen die ökonomische Ausplünderung und Abhängigkeit, wird ihr Anliegen als nicht frauenspezifisch abgewertet.

Die einseitige Betrachtungsweise orientalischer Länder und Kulturen ist nicht neu. Marion Baumgart hat in ihrer Untersuchung »Wie Frauen Frauen sehen. Westliche Forscherinnen bei arabischen Frauen«[2] auf solche Verkürzungen verwiesen. Seit hundert Jahren richtet sich die Aufmerksamkeit primär auf den Schleier und die Polygamie und seit einem Jahrzehnt auf die Beschneidung. Helma Lutz nennt in ihrem Beitrag zur »orientalischen Frau in westlichen Diskursen«[3] wesentliche Elemente dieser verzerrten Wahrnehmungsweise. Eine Orientalin ist zumeist Muslimin; »darum ist sie von vornherein ein bemitleidenswertes Opfer ihrer kulturellen Herkunft. Sie ist der Inbegriff der unterdrückten Frau, weiblicher Passivität und weiblichen Leidens, eine Figur im Schatten ihrer Existenz.«[4] Wesentlicher Bestandteil dieser Wahrnehmung ist die Vernachlässigung politischer und ökonomischer Entwicklungen. Auch regionale, ethnische, Klassen- und Status-Unterschiede bleiben weitgehend unberücksichtigt.

Dieser einseitige Blickwinkel wird auch von vielen Frauen aus der Dritten Welt kritisiert. Sie beharren darauf, ökonomische Unterentwicklung, Weltmarktdiktat und Marktmechanismen sowohl in die Analyse der Probleme der Frauen wie auch in die Beurteilung der Ziele und Strategien der Frauenbewegung einzubeziehen. Hoda Lufti, ägyptische Historikerin und Feministin, verweist z. B. hartnäckig auf den Zusammenhang zwischen allgemeiner politischer Entwicklung und Lebensmöglichkeiten von Frauen: »Kurz nachdem Sadat an die Macht kam, führte er die ›Politik-der-offenen-Tür‹ ein, die sich auf Unternehmertum und Akkumulation individuellen Reichtums konzentrierte. Das bedeutete, daß die Ideologie des Aufbaus einer nationalen Ökonomie abgeschwächt wurde und daß die Regierungsinteressen sich vom öffentlichen Sektor abwandten. Frauen wurden von den Privatunternehmen eher als Risiko und nicht so produktiv wie Männer eingeschätzt. Auf diese Weise kam es in dieser Periode zu Rückschritten. Neue Firmen, die sich im Bereich Tourismus, Dienstleistungen und Im- und Export entwickelten, wurden von Männern dominiert; Frauen wurden zurückgedrängt in zweitrangigere, niedriger bezahlte Bereiche. Und diese Diskriminierung von Frauen wurde ein ernsthaftes Problem.«[5] Auch Nawal el Saadawi hat wiederholt westliche Frauen aufgefordert, diese Faktoren zu berücksichtigen. »In unserer Region sind wir gegenwärtig eher durch die neokolonialen Mächte unterdrückt, weniger durch die Religion. . . Unter dieser Form der neokolonialen Unterdrückung leiden wir. Da sind die USA, die Bundesrepublik, Großbritannien, Frankreich und Japan, die gemeinsam die Länder der sogenannten Dritten Welt unterdrücken in Afrika, Asien, in den arabischen Ländern. Sie beuten unsere Rohstoffe aus, unser Öl. . . Wenn unsere Rohstoffe außer Landes gebracht werden, wie können sich dann Frauen z. B. entwickeln? Wie können sich Frauen ohne Geld wirklich entwickeln? Wenn wir davon abhängig sind, zu importieren und nicht unsere eigene Industrie entwickeln – das ist ein Kennzeichen neokolonialer Macht. . . Was geschah z. B. in Ägypten, als die Seifenfabriken geschlossen wurden und wir anfingen, amerikanische Seife zu importieren? Arbeitslosigkeit war die Folge, und wenn es irgendwo Arbeitslosigkeit gibt, leiden zuerst die Frauen darunter. Dann plötzlich sagen sie, daß die Frauen lieber zu Hause bleiben sollten. . . Wir in unserer Region . . . wissen, daß z. B. die Ausbreitung islamischer Fundamentalisten sehr stark verknüpft ist mit Neokolonialismus und entsprechenden Regierungen. . . Wir in unserer Region trennen nicht die politische und wirtschaftliche Unterdrückung von der sexuellen und psychologischen.«[6]

Islam und islamische Renaissance

Zum besseren Verständnis der Situation von Frauen in islamisch geprägten Ländern möchte ich zunächst die wesentlichen Elemente des Islam darstellen.[7] Der Islam hat sich seit seiner Entstehung im 7. Jahrhundert über ein riesiges Gebiet ausgedehnt. Es wäre allerdings falsch zu glauben, von damals bis heute hätten sich keine Veränderungen in Interpretation und Praxis des Islam entwickelt. Wie andere Religionen auch, paßte sich der Islam nicht nur regionalen Gebräuchen an oder verleibte sie sich ein, sondern veränderte sich auch durch die Entstehung verschiedener Rechtsschulen und die immer wieder stattfindenden Dispute über die richtige Auslegung des Koran und das Leben Mohammeds. Diskussionen und Modifizierungen entstanden auch aufgrund seiner Einbindung in praktische Politik. Bedeutende islamische Rechtsgelehrte und Intellektuelle haben immer wieder neue Impulse gegeben, religiöse Schulen und politische Organisationen unterschiedlichster Akzentuierung haben sich gebildet. Deshalb kann man heute von »dem Islam« nicht sprechen, ohne die Tendenz zu vereinfachenden Wahrnehmungsweisen zu unterstützen. Muslime in der Türkei leben anders als Muslime in Malaysia, sudanesische

Muslime werden von anderen Faktoren beeinflußt als afghanische.

Mehr als 720 Mio. Menschen sind heute Muslime, im Jahr 2000 werden es mehr als 1 Milliarde sein. Die Mehrheit lebt nicht, wie gemeinhin angenommen, im Nahen oder Mittleren Osten, sondern im indischen und indonesischen Raum. In Bangladesch, Afghanistan, Indonesien, Pakistan und den Malediven sind mehr als 90% der Bevölkerung muslimisch; in Indien und Indonesien zusammen leben mehr als 200 Millionen Muslime. In den arabischen Staaten ist zwar die Mehrheit muslimisch, in einigen Ländern bzw. Gebieten gibt es aber auch andere bedeutende Religionsgruppen: In Syrien, Libanon und bei den Palästinensern Christen, die einen nicht unerheblichen politischen Einfluß haben. Andererseits sind in Afrika nicht nur Marokko, Algerien, Tunesien und Ägypten überwiegend islamisch geprägt, sondern auch der Sudan, Gambia, Dschibuti, Senegal und Niger; und in Nigeria, Äthiopien, Burundi und Guinea sind mehr als 40% der Bevölkerung Muslime.

Die islamische Welt teilt sich in zwei wichtige Strömungen, den sunnitischen und den schiitischen Islam, die sich hinsichtlich der Interpretation der islamischen Frühgeschichte, namentlich der Nachfolgeregelung des Propheten, hinsichtlich ihrer Rechtssysteme und ihres religiösen Lebens unterscheiden. Für beide Strömungen gilt die Gesetzeskraft religiöser Gebote.

Wesentliche religiöse Gebote beider Strömungen sind: der Glaube an einen einzigen, allmächtigen, allgegenwärtigen Gott; der Glaube an die Propheten Adam, Noah, Abraham, Moses, Jesus und Mohammed; der Glaube an die heiligen Bücher Koran und die Thora, die Psalmen Davids und das Evangelium. Im islamischen Verständnis sind Juden, Christen und Muslime die Völker des Buches. Allerdings gilt der Koran als die letzte, endgültige Auslegung der göttlichen Lehre. Die Pflichten des islamischen Gläubigen bestehen darin, sich stets in der Öffentlichkeit zu Gott zu bekennen, täglich fünf Gebete zu leisten, die zu vorgeschriebenen Zeiten in vorgeschriebenen Worten zu sprechen sind, parallel dazu rituelle Waschungen zu vollziehen, tagsüber während des Ramadan im neunten Monat des islamischen Kalenders zu fasten, die Almosensteuer (zakat) zu zahlen und wenigstens einmal im Leben eine Pilgerfahrt nach Mekka zu unternehmen.

Grundlage islamischer Rechtsauffassung sind der Koran mit seinen einzelnen Suren und die Überlieferung der Aussprüche und Verhaltensweisen des Propheten (hadithe), die die Tradition (sunna) bilden, der Konsesus (ijama) der Geistlichen (ulama) und der Analogieschluß (qiyas), das heißt die Ableitung einer Entscheidung aus ähnlichen Fällen. Es bildeten sich auch verschiedene Rechtsschulen (hanafitische, malikitische, schafiitische, hanbalistische bei den Sunniten, dschafaritische und immanitische bei den Schiiten) heraus, die noch heute bei der Rechtsauslegung in den einzelnen Staaten Bedeutung haben, und es entstanden Orden (Sufis) und Reformbewegungen (Wahhabiten). »Der Islam regelt umfassend das Leben seiner Anhänger. Dadurch kennt er keine scharfe Trennung zwischen ›Sakralem‹ und ›Profanem‹; gesellschaftliche Gesetze und Normen sind für ihn Ausdruck göttlichen Willens, der Jahres- wie Tagesablauf enthalten eine religiöse Dimension, was weitgehend die soziale und individuelle Psyche prägt.«[8]

Zur Zeit seiner Entstehung war der Islam eine Lehre mit durchaus sozialrevolutionärer Sprengkraft und einigender Wirkung unter den konkurrierenden arabischen Stämmen. Die ihm innewohnende Auffassung von der Gleichheit aller Gläubigen vor Gott (ohne Unterschied von Rasse, Klasse oder Stamm) war und ist ein egalitäres Moment, auf das sich immer wieder auch soziale Bewegungen beriefen (zuletzt im Iran). Das Gebot des »zakat« beinhaltet ebenfalls eine soziale Sprengkraft, und es ist kein Zufall, daß sich arabische Massen während des Golfkrieges darauf beriefen, als deutlich wurde, welche Unsummen Saudi-Arabien und Kuweit für militärische Zwecke ausgeben. Sie verlangten eine gerechte Umverteilung entsprechend dieses Gebots. Ein weiteres demokratisches Element ist das Fehlen eines Priesterstandes, »der zwischen den Gläubigen und Gott vermittelt. . . Dennoch kennt die muslimische Gemeinschaft Autoritäten. Imame waren ihre Führer; daraus wurden die Leiter bzw. Vorbeter der Gottesdienste in den Moscheen. Mit dem Anspruch, Männer der Wissenschaft zu sein, traten die Ulama oder Mullahs auf, es handelte und handelt sich bei ihnen um Rechtsgelehrte, am ehesten den ›Schriftgelehrten‹ der jüdischen Religion vergleichbar.«[9]

Der Islam verbreitete sich durch Eroberungskriege und durch Kaufleute und Missionare. »Die Bevölkerung wurde nicht gezwungen, den Islam anzunehmen. Christen, Juden und Zoroastrier durften ihre Religion ungehindert weiter ausüben. Ihre Gotteshäuser blieben unangetastet, wenn sie Steuern zahlten und sich den neuen Herrschern nicht widersetzten. So kam es, daß zu allen Zeiten christliche, jüdische und zoroastrische Minderheiten nahezu unbehelligt lebten.«[10] Auch heute gilt in vielen Staaten mit andersgläubigen Minderheiten der Grundsatz, daß die muslimischen Gesetze nur für Muslime gelten. Während anderen Religionen Respekt entgegengebracht wird, werden »Gottlose« wie Atheisten oder Sozialisten jedoch als tendenzielle Gegner gesehen.

Im indischen Raum fand der Islam vor allem deshalb Anhänger, weil seine egalitäre Auffassung von der Gleichheit der Gläubigen die Aufhebung der Kastengrenzen versprach – und damit eine Verbesserung des sozialen Status der Angehörigen der untersten Kasten.

Der Islam nahm bei seiner Verbreitung auch regionale Sitten und religiöse Kulte auf: Heiligenverehrung, die eigentlich abgelehnt wird, finden wir in vielen Ländern Asiens und Afrikas. In Java z. B. werden auch Göttinnen(!) angebetet, im Sudan feiern die Frauen den »Zar-Kult«, der ihnen erlaubt, Männerkleider zu tragen und zu rauchen, der böse Blick wird durch die Hand der Fatimah gebannt, Ahnenkult und Ehrung von Heiligengräbern sind weit verbreitet. Margitta Ogundare macht in ihrem Beitrag die Verschmelzung von Stammesglauben und Islam in Nigeria anschaulich.

Auch durch Stammesgebräuche und -sitten hat der Islam in einigen Regionen (Afghanistan, Somalia) seine spezifische Ausprägung erhalten.

Islamische Wissenschaftler haben in der Zeit vom 8. bis 14. Jahrhundert Bedeutendes geleistet: Sie entwickelten die Papierherstellung und unser heutiges Zahlensystem, übersetzten alle erreichbaren wissenschaftlichen Werke ins Arabische, erfanden wichtige chemische Verfahren, die noch heute angewendet werden. Al-Biruni vertrat sogar schon im 10. Jahrhundert die These, daß die Erde sich um sich selbst drehe und gleichzeitig um die Sonne kreise. Bedeutendes leisteten sie in der Medizin und der Optik: Sie erfanden schon im 9. Jahrhundert die Narkose und Gipsverbände, setzten im 10. Jahrhundert Linsen als Vergrößerungsgläser ein, beschrieben im 12. Jahrhundert den Blutkreislauf.

Das Vordringen der europäischen Mächte in Afrika und Asien führte zur Zurückdrängung des islamischen Einflusses und zu einer Stagnation und Krise des Islam. Der Prozeß der Kolonialisierung im arabischen und indischen Raum durch die englischen, holländischen, italienischen und französischen Kolonialmächte zielte in extremer Weise darauf ab, die eigene nationale und kulturelle Identität der dort lebenden Völker zu zerstören. Dies schloß die Diskriminierung des Islam als rückständige Religion, die Negierung islamischer Kunst und Wissenschaft und der arabischen Sprache ein. In Algerien z. B. dominierten die Franzosen nicht nur politisch und wirtschaftlich, sondern auch kulturell. Den Algeriern wurde die französische Sprache aufgezwungen. Algerische Kinder, die in der Pause auf dem Schulhof arabisch miteinander sprachen, wurden als rückständig belächelt und diskriminiert. Die Verarmung der algerischen Landbevölkerung durch die rabiate Politik Frankreichs hatte zu einer Auflösung traditioneller Familienstrukturen geführt. Diese Entwicklung kostete die Männer durch die Arbeitslosigkeit ihre geachtete Stellung, die Frauen ihre soziale Sicherheit in der Familie. Deshalb richtete sich der antikoloniale Kampf auch gegen eine Zerrüttung der Familienverhältnisse und er maß der Wiederherstellung authentischer, das hieß islamischer Strukturen große Bedeutung zu. Die algerische Befreiungsbewegung FNL verstand sich deshalb von Anfang an als eine von islamischen Werten geprägte Bewegung. Der Islam selbst wurde zum entscheidenden Faktor der Mobilisierung vor allem auch der bäuerlichen Teile der Bevölkerung.

Auch in Indonesien wurde der Widerstand gegen die holländischen Kolonisatoren unter dem Banner des Islam organisiert. »Muslim zu sein bedeutete nicht mehr (nur) eine Weise, an Gott zu glauben und Sinn im Leben zu finden. Für viele schloß es auch eine politische Haltung ein: sie waren Muslime in einer willensbetonten, bewußten Art und Weise und daher oppositionelle Muslime.«[11]

Die Konfrontation mit den Kolonialmächten hatte die islamische Gesellschaft in krasser Weise mit der Moderne (technische Entwicklung, Bildungswesen, parlamentarische Demokratie) konfrontiert, die auch als Herausforderung begriffen wurde. In den 20er und 30er Jahren entwickelten sich als Antwort auf diese Herausforderung islamische Reformbewegungen. Während die eine Strömung gegen alles opponierte, was als Abweichung vom originären Islam verstanden wurde, sah die andere die Notwendigkeit, die europäischen Wissenschaften einzubeziehen, gleichzeitig aber am Islam festzuhalten. Beide Strömungen entstanden in Auseinandersetzung mit westlichen moralischen Normen und Werten, die abgelehnt wurden. Gleichzeitig wurde aber eine Übernahme jener Elemente der Zivilisation, die mit der islamischen Kultur in Einklang zu bringen sind, befürwortet.

Die tief empfundene kulturelle Demütigung durch die Kolonialmächte sollte durch eine Rückgewinnung alter Größe und Macht des Islam zurückerlangt werden. All diejenigen, die für eine Säkularisierung des Staates, individuelle Freiheitsrechte und eine parlamentarische Demokratie eintraten, sahen sich starken Angriffen ausgesetzt bis hin zum Vorwurf, sie seien letztlich Agenten der westlichen Mächte. Fatema Mernissi beschreibt das Dilemma der antikolonialen Kräfte: »Entweder man wagte es, die Moderne zu denken, indem man das humanistische Erbe des kolonialistischen Westens beanspruchte – und lief Gefahr, die Einheit zu verlieren ... oder man wahrte die Einheit gegenüber dem Kolonisator, indem man sich in der Vergangenheit verwurzelte und dann mußte die Tradition ta'a (Gehorchen – d. V.) bevorzugt und die rationale Tradition zur Seite geschoben werden.«[12]

1928 entstand die Muslim-Bruderschaft, die am entschiedensten allen säkularistischen Entwicklungskonzepten entgegentrat und heute in vielen Ländern die Basis der Fundamentalisten darstellt. Mit dem endgültigen Zerfall des Kolonialsystems entstanden neue Probleme für die islamische Welt. Die willkürlichen Grenzziehungen führten zu neuen Widersprüchen: In einigen Ländern erlangten national gesinnte Kräfte, die zugleich dem Konzept eines säkularisierten Staates näherstanden, die Oberhand und trugen mit dazu bei, den Islam als gesetzgebende Instanz zurückzudrängen. So überlagerte die Idee der arabischen Nation die der islamischen Gemeinschaft. In Indonesien mußten die neuen Machthaber bei der Formulierung der Verfassungsinhalte auf Andersgläubige (Katholiken, Buddhisten) Rücksicht nehmen. Als Anknüpfungspunkt für einen nationalen Konsens wurde der Glaube an die All-Einheit des Göttlichen, das in allen Religionen anzutreffen ist, gewählt. In Indien hatte sich die Muslimliga, die von hinduistischen Teilen der antikolonialen Bewegung teilweise als Kollaborateur der Kolonialmacht gesehen wurde, zwar für eine Unabhängigkeit Indiens ausgesprochen, zugleich aber für einen Separatstaat plädiert und gegen den Indischen Nationalkongreß als alleinige Vertretung der Inder argumentiert. Rukhsana Ahmad beschreibt in ihrem Beitrag diese Konflikte, die bis heute das politische Leben dieser Region prägen.

Islamische Selbstbesinnung

Erst Mitte der 70er Jahren erhielt die Re-Islamisierung neue Impulse: Zunehmend wurde deutlich, daß in jenen Staaten, die auf ein wie immer geartetes arabisch-sozialistisches Modell gesetzt hatten, elementare gesellschaftliche Probleme nicht gelöst worden waren, sondern sich eher zugespitzt hatten. Gleichzeitig war jede politische Opposition unterdrückt worden – sie artikulierte sich nun in Gestalt islamischer Kräfte.

Ähnliche Entwicklungen vollzogen sich jedoch auch in den Staaten mit pro-westlicher Orientierung: Auch hier waren die gesellschaftlichen Widersprüche aufgrund der einseitigen Wirtschaftspolitik gewachsen und war die kulturelle Selbstentfremdung gefördert worden. Arbeitslosigkeit, besonders bei Akademikern, inflationäre Preisentwicklung, mangelnde Bildungsmöglichkeiten und das Fehlen einer entfalteten demokratischen Kultur, in der sich Widerspruch hätte politisch artikulieren und Einfluß gewinnen können, förderten den Einfluß fundamentalistischer Kräfte. Ein weiteres Moment der Re-Islamisierung war der Ölreichtum: Erstmals konnten sich die ölexportierenden Länder von der Dominanz des Westens befreien, den Ölpreis diktieren und durch die höheren Einnahmen von der technologischen Entwicklung profitieren. Zum erstenmal schien sich zu bestätigen, daß es auch islamischen Staaten möglich sei, unter Wahrung der eigenen Identität an der modernen Welt teilzuhaben. Der Islam diente dabei dem Regime der Saud in Saudi-Arabien, aber auch Zia ul-Haq in Pakistan als Herrschaftslegitimation.

Nicht unwesentlich trug zur Entfaltung fundamentalistischer Kräfte jedoch auch die Politik der kapitalistischen Welt und der ehemals sozialistischen Länder bei.

Der iranischen Revolution, die sich als religiöse Bewegung artikulierte, ging die vom Westen hofierte und finanziell reich ausgestattete Diktatur des Schah voran. Schon unter seinem Regime entwickelte sich die Konfrontation mit der schiitischen Geistlichkeit. Die Landreform – die sog. ›weiße Revolution‹ –, die zu einer Entwurzelung von mehr als 1 Million Kleinbauern führte und den auf dem Lande verbliebenen Bauern ein noch kärglicheres Auskommen aufzwang, erregte auch den Widerstand der Geistlichen. Sie befürchteten den Verlust finanzieller Pfründe. In den Aufständen von 1963 spielte erstmals Khomeini eine größere Rolle. 1964 mußte er ins Exil gehen. Dort entwickelte er seine Konzeption einer religiösen Herrschaft im Iran, die er 1970 veröffentlichte. In dieser Konzeption wurde schon deutlich, daß er keineswegs eine parlamentarische Demokratie anstrebte, sondern einen auf religiösen Grundlagen basierenden Staat, in welchem neben den offiziellen Regierungsstellen Revolutionskomitees für die Durchsetzung religiöser Vorschriften sorgen sollten. Unter der brutalen Schah-Diktatur, die vermittels des berüchtigten Geheimdienstes Savak jegliche Opposition verhinderte, artikulierte sich Widerstand nur im Geheimen. Aufgrund der religiösen Traditionen des Iran bot sich aber ganz besonders auch der Rückgriff auf jene Elemente der Religion an, die Gerechtigkeit und Genugtuung für erlittenes Unrecht versprechen. 1963 kam es z. B. während der Aufführung des Tayizeh, einer Art schiitischen Passionspiels, in dem der Kampf des Imam Hosseyn gegen die ungerechte Herrschaft dargestellt wurde, zu einem Aufstand. Derartige religiöse Darbietungen wurden daraufhin verboten. Moscheen, von denen es im ganzen Lande mehr als 80 000 gab, hatten für die Willensbildung der Iraner schon von jeher eine große Bedeutung – sie waren sozusagen Orte, an denen Mann sich jenseits von Verwandschaftsbeziehungen und politischen Gruppen zur Diskussion gesellschaftlicher und religiöser Fragen traf. In der Schah-Ära erhielten sie deshalb eine bedeutende Rolle, weil sie die einzigen Punkte waren, an denen sich Widerstand sammeln und organisieren konnte. Die westlich orientierte Politik des Schah, der die Reichen begünstigte und die Probleme der Armen nicht löste und mit brutalsten Mitteln seine Macht sicherte, wurde vielen Iranern zum Sinnbild westlicher Dekadenz. Den Ausverkauf ihres Landes an den Westen interpretierten sie auch als Ausverkauf authentischer iranischer Kultur und Moral.

Wie die Existenz zweier unterschiedlicher Machtblöcke mit divergierenden Interessen letztlich den islamischen Fundamentalisten nützte, wird am Beispiel Afghanistans deutlich: Zwar war dieses Land immer muslimisch, dennoch gab es schon unter König Amanullah säkulare Reformbestrebungen. Jedoch erst nach der Aprilrevolution 1978 artikulierte sich der Widerstand gegen die zumeist marxistisch orientierten Offiziere, die die Macht übernommen hatten, als religiöser Widerstand gegen die »Gottlosen«. Mit dem Einmarsch der Sowjetunion fand sich dieser immer mehr unter der Fahne des »heiligen Krieges« zusammen. Seine Wirksamkeit und seine kürzlich erfolgte Machtübernahme sind jedoch ohne die massive westliche und saudische finanzielle Hilfe nicht denkbar.

Ähnlich verhält es sich mit dem pakistanischen Regime: Hier profitierten vor allem die Militärs und Zia ul-Haq sowie die mit ihm verbundenen islamischen Kräfte von den finanziellen Zuwendungen der USA. Sie stellten nach Israel und Ägypten den drittgrößten Posten amerikanischer Finanzhilfe für andere Länder dar.

Gegenwärtig erleben wir auch in Tadschikistan und Usbekistan eine Re-Islamisierungswelle. Sie resultiert zum einen aus der rigiden Vorgehensweise gegen islamische Kräfte bis zur Perestroika, andererseits aus den innergesellschaftlichen Veränderungen: »Die gesellschaftliche Veränderung hat die Identität der mittelasiatischen Völker stark angeschlagen und besonders die intellektuell führenden Schichten entwurzelt. Einerseits sind starke industrielle Zentren entstanden, . . . die Industrie jedoch ist kolonial konstruiert und auf die Bedürfnisse der Sowjetunion und nicht der Region ausgerichtet. . . Es wurde die Entwicklung der traditionellen Lebensweise verhindert, ihr islamischer Charakter negiert und eine destabilisierende Bewußtseinskrise erzeugt.«[13] Die Einwirkungen islamischer Bewegungen anderer Länder sind ebenfalls eine Ursache des Anwachsens fundamentalistischer Kräfte. Sie konnten allerdings bei den Wahlen bislang die erhofften Erfolge, vor allem wegen der ablehnenden Haltung der Frauen, nicht erzielen.

Auslösender Faktor für die Revitalisierung des Fundamentalismus sind auch in anderen Ländern soziale Veränderungen. So haben z. B. wachsende Bildungsmöglichkeiten für Frauen die patriarchale Dominanz der Männer zunehmend infrage gestellt, indem sie ihre Rolle als alleinige Ernährer der Familie reduzierten. Die von Frauen der Mittelschichten erreichten Privilegien sind es, die den Männern der unteren Schichten ein Dorn im Auge sind. Deshalb ist auch die Frau dieser Schichten Hauptangriffsziel der Fundamentalisten: »Sie ist das Monstrum, das beherrscht werden muß. Der Feind ist nicht das unterbezahlte und ohne gewerkschaftlichen Schutz arbeitende weibliche Proletariat, das von den langen Autobusfahrten erschöpft ist und die traditionelle Djellaba überzieht, um den Nachtbus zu nehmen. Dieses Proletariat interessiert weder die Opposition noch die Regime, die sich auf das heilige Buch berufen. Sorgen macht ihnen die Frau, die alle sichtbaren Privilegien genießt und ausübt: entblößtes Gesicht, die Haare im Wind, Auto und Handtasche mit Personalausweis und vor allem einen persönlichen Paß . . . sie ist die Zielscheibe der Fundamentalisten, ob von königlichem Geblüt oder aus dem Volke stammend.«[14]

Weltphänomen Fundamentalismus

Nicht nur im arabischen und iranischen Raum begegnet uns neuerdings religiöser Fundamentalismus. Überall auf der Welt scheinen derzeit immer mehr Menschen in Religionen oder religiösen Theorien, zunehmend aber auch in nationalistischen Bewegungen, Antworten auf ihre Ängste zu finden, religiösen Erlösungsversprechen eher zu vertrauen als Plänen und Programmen politischer Parteien und Gruppierungen. Die vielzitierte Politikmüdigkeit angesichts zugespitzter ökonomischer und ökologischer Probleme und der Unfähigkeit der Herrschenden, sie zu lösen, findet hier ein Ventil.

Die Hinwendung vieler Menschen zum Katholizismus oder zur orthodoxen Kirche in ehemals sozialistischen Ländern oder der Zulauf, den religiöse Sekten jeglicher Couleur in westlichen Ländern verbuchen, zeugen von dem Bedürfnis nach Trost, nach Sicherheit, nach Antwort auf drängende Fragen in turbulenten politischen Zeiten. Religiöse Fundamentalisten und nationalistische Kräfte scheinen nach dem Versagen sozialistischer Länder und Bewegungen und nach den Enttäuschungen über westliche Versprechungen von Wohlstand mit ihren einfachen Antworten auf komplizierte Probleme eher Anklang zu finden als jene, die noch immer auf Vernunft, Aufklärung und Widerspruch setzen, auf Freiheit der Ideen und Vielfalt der Bewegungen. Zwar vermag religiöser Fundamentalismus den Menschen eine geistige Heimat und damit eine Identität zu bieten, aber der Situation angemessene Lösungsvorschläge für die wirtschaftlichen und sozialen Probleme hat bislang keine religiöse Bewegung anzubieten.

Religiöser Fundamentalismus ist keine Erscheinung nur der Gegenwart. Erstmals verwendet wurde dieser Begriff im Zusammenhang mit den englischen Puritanern im 19. Jahrhundert in den USA. Sie waren bekannt für strenge Bibelfestigkeit und konservativ-christliche Lebensführung. Auch in der zionistischen Bewegung gibt es fundamentalistische Strömungen ähnlicher Prägung: Die Gush-Emunim-Bewegung, die als halsstarrige Gegnerin jeglicher Friedenslösung zwischen Israel und den Palästinensern selbst schon die eigene Armee herausforderte, beruft sich auf die Bibel, und ihre Gemeinschaft ist nach streng religiösen Grundsätzen organisiert. Auch in Indien ist religiöser Fundamentalismus Ursache gewalttätiger Auseinandersetzungen: Fanatische Hindus versuchten 1984 die Babri-Moschee in Ayodhya zu zerstören. Die politische Stimme der Hindu-Fundamentalisten, die Bharantiya Janata Partei, erzwang Neuwahlen und konnte 1991 beträchtliche Stimmengewinne erzielen. In Nordindien versuchen die Sikhs, unter dem Deckmantel der Religion mit Terror eine Abspaltung von Indien zu erreichen.

Politischer Fundamentalismus in Gestalt nationalistischer Bewegungen ist in vielen Ländern der Welt zu einer bedrückenden Realität geworden. Neben dem religiösen Fundamentalismus erscheint er angesichts wachsender Probleme und der Verschärfung der Widersprüche vielen Menschen erneut als gangbarer Weg, der Tod und Zerstörung durchaus mit einkalkuliert. Diese Entwicklung ist jedoch nicht nur eine Reaktion auf Enttäuschungen und Desillusionierungen, sondern auch Ergebnis unaufgearbeiteter Vergangenheit, nicht erfolgter moralischer und materieller Wiedergutmachung für erlebtes Unrecht (z. B. in Jugoslawien) und der Geringschätzung religiöser Gefühle oder ethnischer Besonderheiten. In besonders krasser Weise wird jedoch sowohl in den nationalistischen als auch den religiösfundamentalistischen Bewegungen das patriarchale Element sichtbar. Es äußert sich nicht nur in martialen Waffengängen, sondern auch in den proklamierten Anschauungen über den Platz der Frau in der Gesellschaft.

Der wachsende Einfluß islamischer Fundamentalisten ist also nur *eine* Ausdrucksform der Kritik an der gegenwärtigen krisenhaften Entwicklung. Er wird aber in den Medien und von vielen Politikern in völlig anderer Weise bewertet als die schon erwähnten nationalistischen Kräfte. Kroatische Milizen mit faschistischen Tendenzen erfahren keineswegs die gleiche Verurteilung wie etwa schiitische Terroristen.

In besonderer Weise hat der Golfkrieg den fundamentalistischen Kräften im arabischen Raum Auftrieb gegeben.

Exkurs Golfkrieg

Der Golfkrieg hat zu einer krassen Polarisierung der Meinungen geführt: Auf der einen Seite standen die Befürworter und Unterstützer des Krieges, darunter auch Intellektuelle, die bis dato kriegerisches Engagement als Strategie zur Konfliktlösung vehement abgelehnt hatten, auf der anderen Seite Teile der Friedensbewegung und die Mehrheit der Bevölkerung in der arabischen Welt (mit wenigen Ausnahmen) und vieler nicht-islamischer Staaten. Während die Friedensbewegung das Ziel und die Mittel des Militäreinsatzes kritisierte, sahen die arabischen Massen in dem Angriff auf den Irak, unter US-amerikanischer Führung und mit vehementem Beifall und massiver Unterstützung aus dem übrigen Westen, auch einen Angriff auf ihre Identität.

Während man westlichen Kriegsgegnern Ignoranz gegenüber Israel und Sympathien für den Diktator unterstellte, verdächtigte man die Araber eines latenten Hangs zum Fanatismus und terroristischer Tendenzen. In Hussein sah aber die arabische Bevölkerung nicht primär den Vorkämpfer des Heiligen Krieges – auch wenn er sich plötzlich als solcher zu verkaufen versuchte –, sondern vor allem einen Politiker der Dritten Welt, der sich gegen die demütigende, bevormundende Politik des Westens zur Wehr setzte. Und die arabischen Massen empfanden die Behauptung, das Selbstbestimmungsrecht des kuweitischen Volkes verteidigen zu wollen, als Heuchelei. Zu genau wußten sie, daß das kuweitische Volk dieses Recht ebenso wie andere arabische Bündnispartner des Westens niemals besessen hatte (und auch nach Kriegsende weiterhin darauf verzichten muß). Sie wiesen zugleich darauf hin, daß dieselben Mächte, die nun unter der Fahne der Demokratie den Feldzug gegen Hussein planten, führten und unterstützten, den Palästinensern genau dieses Recht seit mehr als 40 Jahren verweigert bzw. zu seiner Durchsetzung wirksame Mittel nie in Betracht gezogen hatten. Mehr als deutlich wurde der Legitimationscharakter dieser Behauptung, ging es den Amerikanern mit ihrem beispiellosen Einsatz modernster Waffentechnik doch vor allem darum, ihre militärische Dominanz im nahöstlichen Raum nach dem Verlust des Iran und der Unwilligkeit Husseins, sich amerikanischen Interessen bedingungslos zu beugen, abzusichern.

Heuchlerisch war auch die plötzliche Verteufelung des Diktators, der seine Machtposition nicht unwesentlich dank westlicher Unterstützung in den vorangegangenen zehn Jahren überhaupt erst hatte ausbauen können. Die Stärkung der Baath-Partei und Saddam Husseins verlief parallel zu dessen Hinwendung zu westlichen Staaten. Schon seit 1969 wurden im Irak durch eine Verschärfung der Strafgesetze jegliche politische Opposition ausgeschaltet, die chauvinistische

Politik gegen die kurdische Minderheit verschärft, der Bespitzelungsapparat ausgebaut und die Menschenrechte in den irakischen Gefängnissen mit Füßen getreten. Dies war den Westmächten jedoch kein Anlaß, zu intervenieren oder gar wirtschaftliche Beziehungen abzubrechen. Im Gegenteil: Die verstärkte Förderung des privaten Kapitals im Irak ging einher mit der Intensivierung der wirtschaftlichen Beziehungen. Die Bundesrepublik, England, Frankreich, Japan und die USA wurden die Hauptinvestoren, einige westliche Staaten wurden mit Öl zu Niedrigstpreisen versorgt, sie lieferten dafür Waffen. Auch die Anzettelung des Krieges gegen den Iran wurde vom Westen ohne Sanktionen hingenommen.

»Übersehen« wurde bei den Kriegsbefürwortern auch großzügig, daß es sich beim Bündnispartner Saudi-Arabien ebenfalls um ein despotisches Regime handelt, das seinen Bürgern keinerlei demokratische Rechte einräumt. Außerdem ist Saudi-Arabien wichtigster Geldgeber fundamentalistischer islamischer Gruppen und damit auch Finanzier antiisraelischer Kräfte.

Fatema Mernissi nennt aber noch ein weiteres wichtiges Argument, warum die arabische Bevölkerung sich über den Westen empörte: Durch den Krieg wurde die soziale Frage in krasser Weise auf die Tagesordnung gesetzt. Während einerseits Millionenbeträge für Waffen und Kriegsmaterial ausgegeben wurden, erleben viele Menschen im Nahen Osten eine zunehmende Verschlechterung ihrer Lebensbedingungen. »Den Leuten wurde bewußt, was ein Flugzeug oder Panzer kostet, und jedesmal, wenn ein Flugzeug auf dem Bildschirm abstürzte, berechneten die jungen Leute im Geiste die Geldsummen, die da in Rauch aufgingen und verglichen sie mit ihrem miserablen Tagelohn.«[15]

In besonders krasser Weise hat der Golfkrieg das Feindbild Islam heraufbeschworen, und antiislamische Argumente bekamen teilweise rassistische Züge. Eine Auswertung der hiesigen Presseberichterstattung macht deutlich: Saddam Hussein wurde mit Metaphern wie »Teufel«, der »mit dem Machtinstinkt eines tatarischen Großchans« regiere, zum Schreckgespenst hochstilisiert. Die Publikationen und Fernsehsendungen eines Peter Scholl-Latour oder Gerhard Konzelmann über die Araber und den Islam strotzen nur so von Rassismen. Da ist von »fanatisierten Massen« die Rede, vom »arabischen Fatalismus«, und der Islam wird zu einer die Freiheit bedrohenden Macht.

Die Einseitigkeit, mit der in vielen Ländern der westlichen Welt von Politikern und Publizisten für den Krieg Partei ergriffen wird, hat in der arabischen Welt zu einer ungewollten Aufwertung islamischer fundamentalistischer Kräfte, die schon seit langem die Haltung des Westens kritisieren, geführt. Fatema Mernissi hat ihr Gefühl bei Kriegsbeginn beschrieben und ihre Befürchtungen ausgedrückt: »Seit der Nacht vom 16. bin ich nicht mehr so sicher, daß uns der Westen überhaupt etwas zu bieten hat. Bis zu der Nacht dachte ich, die Okzidentalen hätten wirklich eine fortgeschrittene Zivilisation geschaffen, ein überlegenes menschliches Geschöpf, bei dem edle Gefühle die niederen Gefühle (wie der Spaß am Töten) ersetzt hätte. Heute bin ich da nicht mehr so sicher.«[16]

Verhältnis von Staat und Religion in islamischen Ländern

Um die Schwierigkeiten der Frauen und der Frauenbewegung in islamisch geprägten Ländern und Kulturen zu verstehen, ist es zunächst notwendig, sich einen entscheidenden Unterschied zwischen muslimischen und säkularisierten Gesellschaften zu vergegenwärtigen: In allen theokratischen Gesellschaften bestimmen religiöse Gebote die gesamten sozialen Beziehungen und das Rechtssystem. Die Herausbildung bürgerlich parlamentarischer Systeme in Europa war verbunden mit der Zurückdrängung kirchlichen Einflusses im Staat, im Bildungs- und Erziehungswesen und bei der Rechtsprechung. Die bürgerliche Emanzipationsbewegung, deren erster Slogan bekanntlich lautete »Freiheit, Gleichheit, Brüderlichkeit«, rief auch die Frauenemanzipationsbewegung ins Leben, die gleiche Rechte auch für die Schwestern einforderte.

Im Unterschied zum Christentum erlebte der Islam keine Reformation, und auch das Zeitalter der Aufklärung hatte kaum Einfluß im muslimischen Bereich. Dies führte zu einer relativen Erstarrung des Islam nach dem Zusammenbruch der mittelalterlich-islamischen Kultur, zu einer vollständigen Herausdrängung der Frau aus dem öffentlichen Bereich. Erst im 19. Jahrhundert entwickelte sich erneut eine innerislamische Reformbewegung, inspiriert auch durch die Konfrontation mit der westlichen Moderne. Reformen sollten den Islam den veränderten Bedingungen anpassen und ihn damit zu einem wirksamen Instrument der antikolonialen Bewegung machen.

Nach dem Ende des Kolonialismus entstanden Nationalstaaten, die unter dem Einfluß parlamentarisch-demokratisch inspirierter Reformkräfte zivilrechtliche Verfassungen erhielten. Sie mußten gegen den erklärten Willen islamischer Rechtsgelehrter, die allein religiöse Gesetze und Bestimmungen gelten lassen wollten, durchgesetzt werden. Jedoch blieb das Personenstandsrecht (Ehe- und Familienrecht, Adoptions- und Erbrecht) in fast allen Ländern dennoch weitgehend durch religiöse Gesetze definiert. Aufgrund sozialer und ökonomischer Veränderungen ist es allerdings in den einzelnen Staaten zu Modifizierungen konservativer Auslegungen gekommen. So z. B. in Ägypten: Neben die islamische Gesetzgebung trat hier nach der Julirevolution von 1952, die Nasser an die Spitze brachte, die staatliche, die sich aber in vielen Fällen nach den religiösen Vorschriften richtete. Ein neues Selbstverständnis wurde in der 1956 verabschiedeten Verfassung deutlich. Ägypten verstand sich nun nicht mehr primär als islamischer Staat, sondern als eine »arabische Nation«. Diese Definition war und ist Gegenstand heftigster Auseinandersetzungen zwischen Staatsorganen und muslimischen Gruppierungen.

Die meisten islamischen Staaten sind zwar auf dem Papier parlamentarische Demokratien (Irak, Syrien, Indonesien), aber die politische Praxis ist eine andere Sache. In vielen

Ländern herrschen politische Führer fast wie Könige auf Lebenszeit, eine demokratische politische Willensbildung ist aufgrund straffer Zensur und Unterdrückung von Opposition nicht möglich, Meinungsfreiheit oder Gewaltenteilung gibt es gar nicht oder nur höchst rudimentär. Einige Länder werden in feudalstaatlicher Manier von Königen regiert, und auch hier kann von einer Verwirklichung allgemeiner Menschenrechte, zu der sich alle Staaten bei ihrem Beitritt zur UNO verpflichtet haben, keine Rede sein. So ist z. B. im Königreich Jordanien formal der Grad der Säkularisierung weit fortgeschritten. Es existiert auch ein Parlament, dessen Möglichkeiten sind jedoch durch die Macht König Husseins, der seine Abstammung aus der Familie des Propheten ableitet und damit seine despotische Herrschaft legitimiert, stark eingeschränkt. Alle das Personenstandsrecht betreffenden Angelegenheiten werden ohnehin durch Schariatsgerichte geregelt.

In Syrien (70% der Bevölkerung sind Sunniten) gilt laut Verfassung als Hauptquelle der Gesetzgebung die islamische Rechtswissenschaft. Das Personenstandsrecht von 1953 verbesserte den Status der Frau gegenüber klassischen islamischen Vorstellungen. Die Ehescheidung z. B. kann nur vor einem Zivilgericht erfolgen. Tragende Ideologie der seit 1963 herrschenden Baath-Partei sind jedoch der arabische Nationalismus und arabische Sozialismus. Zwar steht die Baath-Ideologie dem Islam nicht feindlich gegenüber. Sie betrachtet ihn vielmehr als Grundlage des Arabertums, jedoch werden führende Ämter vor allem von Christen ausgeübt. Der auf Säkularisierung zielende politische Kurs der Baath-Partei provozierte die islamische Geistlichkeit und die Gläubigen und stärkte so die fundamentalistischen Kräfte in Syrien, die an der Entfaltung als politische Kraft gehindert werden.

Libyen, seit 1969 durch Ghaddafi geführt, ist beeinflußt von der Idee einer klassenlosen arabischen Gesellschaft, jedoch angelehnt an die Gemeinschaft der Sanusiyas, einer Brüderschaft der Sufis. Es existieren zwar sogenannte Volksräte, doch haben sie keine wirklich demokratischen Einflußmöglichkeiten. 1977 wurde der Verfassungsentwurf von 1969 außer Kraft gesetzt und in direktem Bezug zur islamischen Rechtsauffassung eine von Menschen gemachte Verfassung abgelehnt. Ghaddafis sehr eigenwillige Koranauslegung beherrscht die Politik. Mit seinen 1978 erschienenen Thesen wandte sich Ghaddafi gegen die »vergilbten Bücher« und damit gegen die traditionellen Ulama, die ihn öffentlich als Ketzer titulierten.

In Saudi-Arabien regiert seit 1932 die Familie der Sa'uds, deren Ideologie von wahhabitischen Islamvorstellungen geprägt ist. Der Koran gilt als alleiniges Gesetzbuch, die islamische Geistlichkeit hat eine starke Stellung, sie fungiert als Richter, ihr untersteht die Mädchenerziehung. Der König hat absolute politische Macht. Eine sogenannte Religionspolizei überwacht die Einhaltung der religiösen Bestimmungen. Die Lebenssituation der Frauen in Saudi-Arabien entspricht konservativsten islamischen Rechtsvorstellungen. Allerdings haben der Ölreichtum und die mit ihm einhergehende Modernisierung zu Widersprüchen geführt, die auch in dieser konservativen Monarchie einen Prozeß der Säkularisierung eingeleitet haben, der wiederum von der Geistlichkeit als Einflüsterung der Feinde des Islam interpretiert wird.

In Afghanistan war die Rechtsprechung beständiger Punkt der Auseinandersetzung zwischen Regierenden und Geistlichkeit. Als im 19. Jahrhundert der Regierende Khan Abdurrahman mit der Einführung von drei Rechtsprechungssystemen das Recht der Geistlichen einschränken wollte, kam es zu Auseinandersetzungen. König Amanullah scheiterte 1929 letztlich mit seinen auf Säkularisierung zielenden Reformen, und der ihn ablösende Nadir Shah gab den Geistlichen sofort wieder mehr Rechte. Unter Daud wurden 1964 wiederum Reformen eingeführt, u. a. das Wahlrecht für Frauen; und die 1978 an die Macht gelangten marxistischen Kräfte vollzogen eine Reform des Ehe- und Familienrechtes, wobei sie aber auf islamische Vorstellungen Rücksicht nehmen mußten.[17] Gerade diese Reformen wie auch die Alphabetisierungskampagne und die zunehmende Erwerbstätigkeit von Frauen (infolge des Krieges) stießen auf vehementen Widerstand der Mujahedins, und zwar nicht nur aus religiösen Gründen, sondern auch deshalb, weil damit das extrem patriarchale Stammesrecht der Paschtunen infrage gestellt wurde, das mit islamischen Vorstellungen in vielen Punkten verschmolzen war.

Eine ähnliche Entwicklung hatte es auch im Iran gegeben. Die Versuche von Schah Reza Chan, eine Säkularisierung des Staates durchzusetzen, riefen den Widerstand der Geistlichkeit hervor. Inspiriert durch Kemal Atatürk versuchte der Schah, Reformen im Erziehungswesen durchzusetzen, die Entscheidungsbefugnisse des Staates zu erweitern und das religiöse Recht zurückzudrängen. Religiöse Schulen wurden kontrolliert, westliche Kleidung eingeführt und das Schleiertragen verboten. 1925 wurde ein Handelsgesetzbuch, 1926 ein ziviles Strafgesetzbuch und 1928 ein Bürgerliches Gesetzbuch eingeführt. Die Zuständigkeit der Geistlichkeit wurde auf Ehe, Erbschafts-, Stiftungs- und Vormundschaftsangelegenheiten reduziert. Darüber hinaus wurden die traditionellen schiitischen Trauertage auf drei Tage reduziert und verschiedene Moscheen sogar in Museen umgewandelt. Als Reza Shah 1941 abdankte, beteiligten sich Geistliche erstmals öffentlich am politischen Leben in der »Nationalen Front«. Der ihm folgende Schah Mohammad Reza Shah sah sich zu Zugeständnissen an die Geistlichkeit gezwungen, vordergründig suchte er die Zusammenarbeit mit der Ulama, um seine eigene Position zu stärken. Diese ließ jedoch nicht ab, eine auf dem Koran beruhende Ordnung zu fordern. Da sich auch im Iran die Auseinandersetzung vor dem Hintergrund einer durch den Monarchen pervertierten Verfassung bei gleichzeitiger Unterdrückung politischer Kritik vollzog, gewannen allmählich die Geistlichen immer mehr Einfluß. Die Tatsache, daß von jeher schiitische Gläubige sich einem Gelehrten eigener Wahl zuwenden konnten, erklärt auch den Einfluß, den Khomeini erlangen konnte. Mit seinen prononcierten Vorstellungen eines islamischen Staates fand er vor allem Unterstützung bei den verarmten Menschen in den Städten und auch bei den Bazarhändlern, die durch die Übermacht ausländischen Kapitals schwere Einbußen erlitten hatten. Als Khomeini 1978 in einer Regierungszeitung beschimpft wurde, kam es in der heiligen Stadt Ghom zu Aufständen, die letztlich die iranische Revolution auslösten.

Das Fehlen pluralistischer, demokratischer politischer Strukturen und Institutionen in islamischen Ländern verhinderte die Entwicklung und Entfaltung allgemeiner, individueller Menschenrechte. Insofern steht der Kampf um mehr Rechte für Frauen in enger Verbindung mit allen Demokratisierungsbestrebungen. »Die Frau steht deshalb im Zentrum des Kampfes (zwischen demokratischen und konservativen Bestrebungen – d. V.), weil ihr die Anerkennung als Individuum den Prozeß modellhaft verkörpert. Wie alle Religionen ist der Islam das Gesetz der Gruppe: die Gruppeninteressen stehen immer vor denen des Individuums. Und das Problem liegt in der Polarisierung zwischen der Frau als Person und ihrem Körper als Quelle der Lust. Und daher steht die Frau in der muslimischen Welt im Mittelpunkt aller Probleme, die gewissermaßen als kollektiver zivilisatorischer Code auf ihrem Körper eingeschrieben sind. Diese Polarisierung zu überwinden, ist nun die Aufgabe der Demokratisierung«,[18] sagt Fatema Mernissi in einem Interview mit Sabine Kebir. Nawal el Saadawi beharrt ebenfalls entschieden auf diesem Zusammenhang: »Zuerst möchte ich Ihnen sagen, daß ich Frauenprobleme als Probleme der gesamten Gesellschaft betrachte, in allen ihren Aspekten – ökonomisch, politisch, religiös, sozial. Wir sind die Hälfte der Gesellschaft, in einigen Ländern sogar mehr als die Hälfte. Wir sind also die Mehrheit und wir sollten etwas zu sagen haben. So sehe ich Frauenprobleme. Und das bedeutet, daß die Hauptprobleme für uns als Frauen in Ägypten und in der gesamten arabischen Welt Probleme der Ökonomie und der Demokratie sind.«[19]

Ehe, Familie und Sexualität

Bei der Diskussion um Frauenrechte muß einerseits berücksichtigt werden, daß die Geschlechterkonzeption im Islam auf der »Gleichheit in der Differenz« beruht: Als Gläubige haben Frauen die gleichen Rechte, als Frauen haben sie andere Aufgaben als der Mann. Darüber hinaus ist zu beachten, daß dem Islam und selbst aufgeschlossenen islamischen Rechtsgelehrten die Idee des Individuums, welches frei und eigenverantwortlich nur für sich selbst entscheidet, fremd ist. »Im islamischen Denken ist die Freiheit des Individuums und die Beziehung zwischen dieser und dem allgemeinen gesellschaftlichen Wohlergehen sehr stark verbunden mit der Auffassung des Islams vom menschlichen Wesen. Der Islam hat eine moderate Auffassung über den Platz der Menschen im Universum, anders als der Westen, der eine übertriebene Ansicht hat. Der Islam ist nicht der Auffassung, der Mensch sei das höchstentwickelte Wesen der Schöpfung oder er sei gegenüber den anderen Wesen grundverschieden. Der Mensch ist der Repräsentant Gottes und Menschen haben Freiheiten, die auf ihre Rolle als Repräsentanten Gottes zurückzuführen sind. Aber diese Freiheiten sind nicht absolut, sie sind eingebunden. Zwar ist das Individuum als gesellschaftliches Wesen und als Bürger frei, aber diese Freiheit ist eingeschränkt durch das Bedürfnis nach Freiheit der ganzen Gesellschaft. Es muß eine Balance geben zwischen dem, was gut für das Individuum und gut für die Gruppe ist – dies gilt aber nicht umgekehrt«,[20] sagt Kamal Abu al-Magd, Rechtsprofessor an der Universität Kairo, der für kurze Zeit der Regierung Sadat angehörte. Diese dem Islam innewohnende Konzeption des der religiösen Gemeinschaft verantwortlichen Individuums unterscheidet sich von der Freiheitskonzeption des bürgerlichen Individuums.

Vorstellungen von individueller Selbstverwirklichung sind darüber hinaus auch deshalb vielen islamisch geprägten Frauen fremd, weil die gesellschaftliche Organisation nicht auf der Basis von Individuen oder der Einzelfamilie beruht. Tragende gesellschaftlich-ökonomische Einheit ist die Großfamilie. Der Wert der oder des einzelnen bestimmt sich nicht nach seinen individuellen Kenntnissen und Erfolgen, sondern primär nach seiner Rolle innerhalb eines Familienverbandes. Die Position der Familie innerhalb der Gesellschaft hat auch entscheidende Auswirkungen auf den Status jedes einzelnen Familienangehörigen. »Die Familie ist das Zentrum der gesellschaftlichen Organisation . . . besonders bei Angehörigen der Stämme, Bauern und den städtischen Armen. Die Familie stellt die dominierende gesellschaftliche Institution dar, die Personen und Gruppen ihre Religion, ihre gesellschaftliche Klasse und ihre kulturelle Identität zuweist. Sie vermittelt darüber hinaus Sicherheit und Unterstützung in Zeiten individueller oder gesellschaftlicher Schwierigkeiten.«[21] Eine negative Bewertung eines einzelnen Familienmitgliedes wirkt sich auf das gesamte Ansehen der Familie aus. Individuelles Verhalten muß deshalb immer in Beziehung gesetzt werden zu der Familie, der Mann/Frau entstammt. Auch die materielle Existenz der/des einzelnen ist eng an das Wohl und Wehe der Familie geknüpft. Ein Leben außerhalb des familiären Rahmens ist für viele Frauen kaum vorstellbar. »Wenn sich eine berufstätige Frau im Irak dazu entschließt, ihren Lebensunterhalt künftig selbst zu bestreiten und ihren Mann verläßt oder – falls sie ledig ist – von zu Hause auszieht, muß sie bereit sein zu kämpfen, denn alle werden sich von ihr abwenden. Sie riskiert Ruf und Ansehen und kann damit rechnen, daß ihr die Verwandten, Freunde, überhaupt alle Menschen, die ihr etwas bedeuten, künftig jede Unterstützung verweigern. Der Wunsch, unabhängig zu leben, bedeutet für eine irakische Frau zwangsläufig gesellschaftliche Isolierung und hat unter Umständen sogar Auswirkungen auf ihren Beruf.«[22]

Der Platz der Frau ist die Familie, die Versorgung der Eltern/Schwiegereltern und Kinder ihre Aufgabe. Von Geburt an ist sie der väterlichen Macht unterstellt, die nach der Eheschließung an den Ehemann übergeben wird. Obwohl kulturelle Normen formal dem Vater die Macht über alle Familienangehörigen zuordnen, ist es allerdings innerhalb der Familie aber dennoch die Frau, die diese ausübt. »Tatsächlich ist sie verantwortlich für die Erziehung und die Disziplinierung, wobei sie oft mit dem Vater droht und mit ihm Furcht einzuflößen versucht. Beide, Söhne und Töchter, haben infolgedessen eine viel engere Bindung an die Mutter als an den Vater.«[23] Da die Stellung der Frau innerhalb der Familie wesentlich von der Geburt von Söhnen abhängt, entwickeln Frauen ganz besonders enge Beziehungen zu ihnen. Sie sind es, die ihren Status aufwerten und ihnen Bedeutung verleihen. Mit zunehmendem Alter wächst der Bewegungsspielraum von Frauen und es sind die Schwiegermütter, die nicht selten ihre Schwiegertöchter drangsalieren.

Innerhalb der hierarchischen Familienstrukturen existiert jedoch nicht nur die Unterordnung der Frauen unter die Männer, sondern auch die der Jungen unter die Alten. Innerhalb dieser Familienstrukturen entwickeln sich Kommunikationsstrukturen, die autoritäre Züge haben: »Die nach unten gerichtete Kommunikation nimmt nicht selten die Form von Anweisungen, Drohungen, Tadel, Beschämung an, wohingegen die nach oben gerichtete Kommunikation die Form des Schweigens, Bittens, Einspruchs, der Entschuldigung, Erklärung und Anfrage annimmt. Darüber hinaus kann nach unten gerichtete Kommunikation mit Strafe verbunden sein, nach oben gerichtete begleitet sein von Weinen, Selbstzensur, Entblößungen und Selbstverleugnung.«[24]

Aufgrund sozioökonomischer Veränderungen ist es in den meisten islamischen Staaten in den letzten Jahrzehnten zu einer Veränderung des Lebens der Frauen gekommen: Vor allem die Verstädterung, die gewachsenen Bildungsmöglichkeiten und die zunehmende Industrialisierung haben die traditionelle Großfamilie zugunsten der Kernfamilie reduziert. Die gewachsenen Bildungsmöglichkeiten haben den Frauen größeres Selbstbewußtsein und erweiterte Berufsmöglichkeiten gegeben. Vor allem in den oberen und mittleren Schichten, die in ihren Wertvorstellungen weitgehend an westlichen Normen orientiert sind, ist es zu einem innerfamiliären Wandel gekommen.

Frauen der oberen und mittleren Schichten konnten Arbeitsplätze in besser qualifizierten Bereichen finden. Während Frauen dieser Schichten ihre Doppelbelastung durch die Einstellung von Haushaltskräften abmildern konnten, hat der Zwang zur Erwerbstätigkeit durch wachsende Verschärfung der wirtschaftlichen Situation bei den Frauen der unteren Schichten zu einer Verschlechterung der Familiensituation geführt. Sie müssen sowohl zumeist schlecht bezahlte und schlecht angesehene Erwerbsarbeit als auch die gesamte Hausarbeit leisten, die aufgrund der mangelnden Infrastruktur einen enormen Zeit- und Kräfteaufwand erfordert. Die wachsende Arbeitslosigkeit in vielen Ländern unterhöhlt die Stellung des Mannes in der Familie. Deshalb sind vor allem Frauen der unteren Mittelschichten den stärksten Angriffen der Männer und der Fundamentalisten ausgesetzt. Die rigiden Moralvorstellungen hinsichtlich der Rolle der Frau in der Familie führen vor allem in den unteren, wenig gebildeten, armen Schichten ländlicher Herkunft zu schwierigen Situationen für Frauen. Eine Erwerbstätigkeit wird nur dann akzeptiert, wenn sie die »Unfähigkeit« des Mannes, das Familieneinkommen zu erarbeiten, nicht bloßlegt. Tätigkeiten, die zu Hause verrichtet werden können und dadurch zusätzliches Einkommen schaffen, werden toleriert (Stick- und Näharbeiten u. ä.). Tätigkeiten auf der Straße – als Händlerin oder Wasserholerin – sind schlecht angesehen und außerhäusliche Erwerbsarbeit im festen Lohnarbeitsverhältnis wird nicht selten vor den Nachbarn verborgen. In diesen Schichten finden es Frauen eher negativ, einem außerhäuslichen Erwerb nachzugehen. Ihr Status erhöht sich, wenn sie sich ausschließlich familiären Verpflichtungen widmen können. Deshalb ist es nicht verwunderlich, daß bei diesen Schichten die Fundamentalisten mit ihren Versprechungen, die alten Verhältnisse wiederherzustellen, großen Anklang finden.

Nicht nur die ökonomischen Veränderungen haben ein Umdenken hinsichtlich der Frauenrolle forciert, sondern auch Extremsituationen wie Kriege. So hat die Besatzungspolitik Israels mit ihren Deportierungen, Landenteignungen und ihrer Kolonialisierung dazu beigetragen, viele Frauen in die Rolle der Alleinerziehenden, die einer außerhäuslichen Erwerbstätigkeit nachgehen muß, zu drängen, und damit indirekt auch zu einer Veränderung der Anschauungen geführt. Allerdings stellt sich die Frage nach der Dauerhaftigkeit solcher Veränderungen.

Ein extremes Modell der Umstrukturierung der Gesellschaft findet gegenwärtig in Libyen statt: Dort versucht Ghaddafi seit 1979, durch die Einbeziehung der Frauen in das Militär die traditionelle Rollenaufteilung zu durchbrechen. »Die gegenwärtige Regierung geht davon aus, daß die militärische Ausbildung der Frauen möglicherweise dazu beitragen kann, eine ›neue Frau‹ zu erziehen. Diese ›neue Frau‹ soll ein starkes Selbstbewußtsein und Vertrauen in ihre Fähigkeit haben, viele Aufgaben, die bislang Männern vorbehalten waren, ausführen zu können. Sie soll dadurch auch einige der traditionellen Aktivitäten von Frauen aufgeben, z. B. wird von ihr erwartet, der Mode und dem Schmuck weniger Aufmerksamkeit zu widmen und aktiv teilzuhaben an den Entscheidungen, die das Familienleben, die Gemeinschaft und die Gesellschaft betreffen.«[25]

Am hartnäckigsten gegen jede Art von Öffnung im Sinne größerer Freiheiten zeigen sich die ländlichen Bereiche, insbesondere dort, wo starke Stammesstrukturen anzutreffen sind. Hier bleibt die traditionelle Mehr-Generationen-Großfamilie vor allem auch aus ökonomischen Gründen bestehen – die materielle Abhängigkeit der Familienmitglieder voneinander ist hierfür die Hauptursache.

Es wäre verfehlt zu glauben, die Aufrechterhaltung traditioneller Vorstellungen rühre allein aus der Herrschaft der Männer. Frauen sind als Erzieherinnen der Kinder die Hauptsozialisationsinstanz: »Die Erziehung, die junge Mädchen von ihren Müttern und Tanten erhalten, insbesondere dann, wenn die erweiterte Familie noch unter einem Dach lebt, ist präzise darauf ausgerichtet, den Respekt vor Traditionen zu verstärken, eine Tradition, die verlangt, daß Mädchen sanft, unterordnend und zurückhaltend, aktiv (nur in der Familie; - d.V.) bescheiden sind, ruhig sprechen und wenig Neugier gegenüber der Welt ›draußen‹ zeigen sollen. Die Familienehre, die auf dem richtigen Verhalten der Mädchen und Frauen basiert, muß mit allen Mitteln sichergestellt werden.«[26]

Trotz aller Wandlungen spielt sich für die Mehrheit der Frauen ihr Leben in der und um die Familie ab, auch wenn sie einer außerhäuslichen Erwerbstätigkeit nachgehen. Wesentliche Elemente des heutigen islamischen Familienrechtes, welches sich in einer beständigen Auseinandersetzung zwischen Staatsorganen und Geistlichkeit entwickelt, sich aber auch aufgrund veränderter sozialer Strukturen wandelt, sollen nachfolgend skizziert werden.

Grundsätzlich gilt in islamischer Auffassung das Gebot zur Eheschließung, nur in der Ehe darf Sexualität praktiziert werden. Die Verpflichtung, für Nachkommen zu sorgen, wird ebenfalls als göttliches Gebot verstanden. Daraus erwächst die mangelnde Achtung, die unfruchtbaren Frauen entgegengebracht wird – daß Unfruchtbarkeit ein Problem der Männer sein könne, wird kaum berücksichtigt. Der hohe Stellenwert der Ehe leitet sich auch aus dem Verständnis von Sexualität innerhalb des Islam ab. Fatema Mernissi hat diese Konzeption in ihrem Buch »Geschlecht, Ideologie, Islam« dargestellt. Im Unterschied zur christlichen Auffassung wird Sexualität als solche nicht tabuisiert, sondern muß in geregelte Formen, die Ehe, gelenkt werden. Sie wird als Urzustand reiner Energie aufgefaßt. Sexuelle Befriedigung ist zur Funktionsfähigkeit der Gesellschaft unabdingbar. Während das Christentum die sinnliche Befriedigung weitgehend ablehnt und Sexualität allein der Fortpflanzung zuordnet und in der christlichen Erziehung sexuelle Ge- und Verbote verinnerlicht werden, wird die Sexualität in islamischen Ländern durch äußere Vorsichtsmaßnahmen wie Geschlechtertrennung, deren äußeres Zeichen der Schleier ist, zu zähmen versucht.

Während das Christentum der Frau keine Sexualität zugesteht und ihr Passivität zuschreibt, werten islamische Denker die Sexualität der Frau als aktive, zerstörerische Kraft, die in Grenzen gehalten werden müsse. Das Weibliche wird als das Teuflische verstanden, die Frau ist eine destruktive, »die Gesellschaftsordnung bedrohende Kraft. Die Angst vor der Selbstbestimmung der Frau ist Kern der Familienorganisation im Islam. Selbstbestimmung wird mit ›fitna‹ (Unordnung, Chaos) gleichgesetzt.«[27] Alleinlebende Frauen stellen in diesem Verständnis ein unberechenbares gesellschaftliches Konfliktpotential dar.

Christine Pollock[28] macht in ihrer Analyse des Weiblichkeitsbildes des Christentums und des Islam darauf aufmerksam, daß in beiden Religionen Hauptziel patriarchaler Beherrschung die Kontrolle der weiblichen Sexualität ist. Sie wird durch den Ausschluß der Frau aus der Öffentlichkeit durchgesetzt. Ideologisches Instrument dieser Beherrschung ist die Umdeutung der Frau zum Naturwesen, das – wie die übrige Natur auch – beherrscht werden muß. Parallel dazu entwickelt sich eine Idealisierung, Dämonisierung und Domestizierung der Frau: Als Ideal verkörpert sie die unentfremdete, fruchtbare Mutter-Natur, als Hexe wird sie verfolgt und als Mutter domestiziert und auf ihren Platz verwiesen.

Die Ehe stellt die Ordnung innerhalb der Gesellschaft her. Sie gilt nicht wie im Christentum als ein Sakrament, sondern als ein ziviler Vertrag. Dieser wird zwischen den beteiligten Familien oftmals schriftlich geschlossen. Es war und ist in vielen Ländern üblich, ihn ohne direkte Einwilligung der Brautleute zu vereinbaren. Die Reform des Eherechts schreibt jedoch in einigen Staaten (Ägypten, Tunesien, Nordjemen) die ausdrückliche Zustimmung der Brautleute vor. War es früher durchaus üblich, junge Mädchen mit einem älteren Mann zu verheiraten, so hat sich das Heiratsalter der Ehepartner heute angenähert. Der Brauch, Ehepartner im weiteren Familienumfeld (Cousins) zu suchen, wird durch wachsende Mobilität der Frauen ebenfalls durchbrochen.

In den letzten Jahrzehnten ist das Alter der Brautleute beständig heraufgesetzt worden, um Kinderehen zu vermeiden. Ursprünglich betrug es bei Mädchen 12 bis 14 und bei jungen 16 bis 18 Jahre. Es ist in vielen Ländern gesetzlich heraufgesetzt worden (15–17 für Frauen, 18–21 für Männer). Das Gebot der Jungfräulichkeit für Mädchen gilt nach wie vor (allerdings haben die Frauen Praktiken entwickelt, diese Jungfräulichkeit auch vorzutäuschen). Eheschließungen und Scheidungen, die ursprünglich als Privatangelegenheiten galten, sind heute weitgehend staatlich geregelt, sie müssen auch vor zivilen Instanzen vollzogen bzw. staatlich registriert werden. Stärker als früher wird heute darauf geachtet, den Wunsch der Frau bei der Eheschließung zu berücksichtigen und ein Mädchen nicht gegen seinen ausdrücklichen Willen zu verheiraten. Mehr und mehr wird die Morgengabe/das Brautgeld auf einen Höchstbetrag begrenzt, wobei sich vielfach jedoch die Tendenz zeigt, diesen aus Prestigegründen möglichst hoch anzusetzen. Die Gütertrennung ist der gesetzliche Güterstand der Eheleute, formal hat die Frau bei Scheidung das Recht auf die im Ehevertrag ausgehandelte Morgengabe/bzw. das Brautgeld. Polygamie ist nur in wenigen Staaten ausdrücklich verboten. Sie wird aber durch verschiedene Auflagen eingeschränkt: Bei einer Zweitehe hat die Frau das Recht auf Einspruch. Da der Koran vorschreibt, daß alle Frauen gleich behandelt werden müssen, ist die Praxis der Polygamie ohnehin von jeher eingeschränkt gewesen. Es sind vor allem die begüterten Stammesoberhäupter und Feudalherren, die sich mehrere Ehefrauen leisten konnten und können. Häufiger kommt die Polygamie vor, wenn die Ehe kinderlos bleibt. Ohnehin ist die Polygamie in ländlichen Bereichen eher anzutreffen als im städtischen Milieu. Frauen nehmen aber die Zweitehe nicht widerstandslos hin, sondern versuchen, auf ihren Ehemann einzuwirken. Nicht selten werden sie dabei von ihren Kindern unterstützt.

Der Ehemann ist das Oberhaupt der Familie, er hat die gesetzliche Vertretung der Kinder, die Frau ist grundsätzlich verpflichtet, ihrem Mann zu folgen. Nach wie vor bedarf die Frau zur Erwerbstätigkeit der Zustimmung des Mannes. Allerdings ist in einigen Ländern ausdrücklich im Ehegesetz vermerkt, daß eine Erwerbstätigkeit dann statthaft ist, wenn die Frau dadurch ihre familiären Pflichten nicht vernachlässigt (Bestimmungen übrigens, die auch bei uns noch bis in die 50er Jahre galten). Der Unterhaltsanspruch der Frau verfällt, wenn sie sich unerlaubt entfernt, das heißt auch, ohne die Zustimmung ihres Ehemannes eine Tätigkeit aufnimmt. Die extrem patriarchalisch-hierarchische Struktur der Familien wird in der Praxis durch die sozio-ökonomische Entwicklung unterhöhlt. Die hohe Arbeitslosigkeit hat die Rolle der Männer als Familienernährer in vielen Ländern erschüttert und damit auch ihr Selbstbewußtsein. Auch das Vordringen von Frauen in ehemals von Männern dominierten Erwerbsbereichen ist ein Faktor der Veränderung der Familienstrukturen. Männer erleben, daß auch Frauen ihren Lebensunterhalt eigenständig erlangen können, nicht selten wird deshalb Erwerbstätigkeit von Frauen mit dem Vorwurf der Prostitution belegt.

Der Unterhaltsanspruch der Frau verfällt auch dann, wenn sie sexuelle Hingabe verweigert – allerdings ist umgekehrt die Weigerung des Mannes, sexuell mit ihr zu verkehren, ebenfalls ein Scheidungsgrund für die Frauen. Scheidung ist heute in vielen islamischen Ländern gesetzlich geregelt und kann auch von der Frau verlangt werden. Die einseitige Verstoßung der Frau durch den Mann ist zwar möglich, aber vielfach ist ein gerichtliches Verfahren eingebettet oder durch finanzielle Sanktionen erschwert worden. Frauen haben die Möglichkeit, sich scheiden zu lassen, wenn der Mann mehr als drei Jahre inhaftiert oder über längere Zeit abwesend ist, seinen Unterhaltsverpflichtungen nicht nachkommt, für geisteskrank erklärt wird, die Frau körperlich so schwer mißhandelt, daß es Gesundheitsschäden zur Folge hat.

Obgleich der Koran die körperliche Züchtigung der Frau zuläßt, wird Gewalt gegen Frauen in der Ehe jedoch sehr häufig von den übrigen Familienmitgliedern und dem sozialen Umfeld mit öffentlicher Mißachtung und Verurteilung des schlagenden Ehemannes sanktioniert.

Schwangerschaftsabbruch und Familienplanung sind nicht grundsätzlich verboten wie etwa im Katholizismus.

Schon früh gab es im arabischen Raum Kondome, eine Art Pessar und Scheidenzäpfchen. Heute hängt die Benutzung von Verhütungsmitteln wesentlich von den Zugangsmöglichkeiten, d. h. vom Bildungsstand und den finanziellen Mitteln, ab. Die Abtreibung ist zwar bei den islamischen Rechtsgelehrten umstritten, kann aber in den meisten Ländern gegen Bezahlung innerhalb der ersten drei Monate der Schwangerschaft durchgeführt werden, eine völlige Freigabe des Abbruchs ist in Tunesien erfolgt. Jedoch hier gilt das Gleiche, wie schon im Falle der Verhütungsmittel. Geldmangel und fehlendes Wissen machen einen Abbruch für Frauen der unteren Schichten auch aufgrund des Fehlens von Familien- oder Sexualberatungsstellen schwierig, wo sie vorhanden sind, stoßen sie nicht selten auf Ablehnung. »Das Haupthindernis liegt im Kulturgefälle zwischen den geschäftsmäßig vorgehenden Technokraten westlichen Stils und den traditionsgebundenen armen Schichten, die persönliche Beziehungen bei jedem Unternehmen hoch einschätzen. Das geht so weit, daß sie oft lieber gegen ein kleines Honorar die Hebamme aufsuchen als in eine kostenlose Beratungsstelle zu gehen. Als langjährige Nachbarin und Beichtmutter ihrer Klientinnen hat die Hebamme weit größeren Einfluß auf diese Frauen als die Fachkräfte der Beratungsstelle, die als Außenseiter gelten.«[29]

Die in den letzten Jahren vielfach diskutierte weibliche Beschneidung ist nicht in allen islamischen Ländern verbreitet, sondern Spezifikum einiger arabischer und schwarzafrikanischer Staaten (Ägypten, Saudi-Arabien, Yemen, Irak, Sudan, Eritrea; weniger verbreitet in Jordanien und Syrien). Der Koran schreibt sie nicht vor, spricht sich aber auch nicht gegen sie aus. Sie wird in drei unterschiedliche Formen praktiziert: Entfernung der Klitoris-Drüsen (Sunna-Beschneidung); die Entfernung der Klitoris, der Klitoris-Drüsen und Teile der inneren Schamlippen; die Infibulation (pharaonische Beschneidung), bei der die Klitoris amputiert und die inneren und äußeren Schamlippen entfernt werden. Die letztgenannte Beschneidungsform ist vor allem im Sudan, in Eritrea und Somalia verbreitet. Gerechtfertigt wird diese martialische Verstümmelung mit der Notwendigkeit der Kontrolle weiblicher Sexualität und mit Reinheitsgeboten. Gegen die Beschneidung haben sich arabische Frauen schon früh öffentlich zur Wehr gesetzt, insbesondere auch Nawal el Saadawi, deren Buch »Frauen und Sexualität« 1972 große Proteste islamischer Kräfte auslöste. Ihr wurde vorgehalten, sie fordere sexuelle Freizügigkeit und plädiere letztlich auch für Prostitution.

Der Schleier

Als sichtbarstes Zeichen des Ausschlusses der Frauen aus der Öffentlichkeit und damit ihrer Unterdrückung erscheint der Schleier Umstritten sind die Herkunft und das Ausmaß der Vorschrift der weiblichen Verschleierung. Sabine Kebir geht in ihrem Beitrag »Dialektik des Schleiers« ausführlich auf Entstehung und Durchsetzung des Verschleierungsgebots ein.

Vittoria Alliata[30] verweist auf den sakralen Sinn der Verschleierung im Islam. Der Kopf gilt als das Allerheiligste, das Haar als seine natürliche Krone, die Bedeckung des Kopfes/Haares zum Schutz des Menschen ist deshalb ein religiöses Gebot (übrigens nicht nur in der islamischen Religion; auch orthodoxe Jüdinnen z. B. bedecken ihr Haar mit einer Perücke). Insofern kommt auch das Ablegen des Schleiers und das Öffnen des Haares vor dem Ehemann im Brautgemach einem Geschlechtsakt gleich. Das offene Haar symbolisiert die freigesetzte sexuelle Energie der Frau.

Irmhild Richter-Dridi[31] beschreibt die allmähliche Durchsetzung des Schleiers bei den arabischen Frauen unmittelbar nach der Zeit Mohammeds: Zunächst verschleierten sich alle freien Frauen, um sich von den Sklavinnen abzugrenzen. Nach Aufhebung der Sklavenhalterei blieb jedoch das Verschleierungsgebot für alle Frauen bestehen. Im gesamten nordafrikanischen Gebiet wurde die Verschleierung erst beim Rückstrom der Mauren aus Andalusien eingeführt. Die Art der Verschleierung unterschied sich bei städtischen Frauen der Oberschicht und den Landfrauen. Während die wohlhabenden Frauen nur vollständig verschleiert das Haus verlassen durften, trug die Landfrau nur den Kopfschleier.

In Libyen ging das Verschleierungsgebot, d. h. der Ausschluß der Frauen aus dem öffentlichen Raum, bis in die 50er Jahre soweit, daß gegenüber Männern, die keine Familienangehörige waren, nicht einmal der Mädchenname der Frau genannt werden durfte. Im indisch/indonesischen Raum gibt es große Unterschiede: Bei den Ismailiten in Pakistan tragen die Frauen aufgrund einer religiösen Entscheidung überhaupt keinen Schleier. In Afghanistan hingegen durfte bis 1959 jede Frau nur vollständig verschleiert das Haus verlassen, wobei auch die Augen noch durch ein dichtes Stoffgitter verdeckt werden mußten.

Das Ab- und Anlegen des Schleiers hat bei Widerstandsaktionen der Frauen in der Geschichte des öfteren eine Rolle gespielt, und auch in letzter Zeit ist der Schleier wieder zu einem politischen Demonstrationsgegenstand geworden.

Als in den 30er Jahren palästinensische Frauen gegen die zunehmende Zerstörung der palästinensische Kultur und Lebensweise durch die englische Mandatsmacht protestierten, legten sie als Zeichen des Protestes wieder den Schleier an, den sie schon abgelegt hatten. Frauen haben auch in bewußter Ablehnung der Verwestlichung der herrschenden Klasse wieder zum Schleier gegriffen: So in der iranischen Revolution und gegenwärtig an den Universitäten in Ägypten und Tunesien.

Auch das Ablegen des Schleiers kam in der Geschichte mehrfach vor, 1929 z. B. legten Palästinenserinnen ihren Schleier ab, um vor dem englischen Hochkommissar zu protestieren, der sich bis zu diesem Zeitpunkt geweigert hatte, überhaupt mit arabischen Frauen, die für ihn aufgrund ihrer Verschleierung nicht existierten, zu diskutieren.

In Algerien versteckten Frauen unter ihren Tschadors Waffen und Munition – sie nutzten dabei das Vorurteil der Franzosen aus, algerische Frauen seien unpolitisch und desinteressiert.

In Afghanistan kam es erstmals wegen des Schleiers zu tumultartigen Auseinandersetzungen, als die Gattin des reformfreudigen Königs Amanullah, Soraya, unverhüllt vor der Versammlung der Stammesoberhäupter erschien. Als 1959 unter der Regierung Daud der Schleierzwang fiel, kam es auch dieses Mal wieder zu lokalen Unruhen. Die jetzt in Afghanistan an die Macht gelangten islamischen Kräfte haben als eine der ersten Maßnahmen das Verschleierungsgebot wieder in Kraft gesetzt.

Auch ökonomische Faktoren tragen zu einem Rückgriff zum Schleier bei. Mit wachsender Arbeitslosigkeit sehen sich z. B. vor allem Frauen der unteren Mittelschichten Ägyptens moralischer Verurteilung durch die Männer ausgesetzt. Indem sie zum Schleier greifen, wollen sie sich vor jeder Art von Verdächtigung schützen: »Bevor ich den Schleier getragen habe, habe ich mir immer Sorgen darüber gemacht, was die Leute wohl denken, wenn sie mich in der Cafeteria mit einem Mann sprechen sahen oder außerhalb des Unterrichts. Ich habe sogar darüber nachgedacht, was wohl der Mann, mit dem ich sprach, über mich dachte. Seitdem ich den Schleier trage, mache ich mir keine Sorgen mehr. Niemand wird mich der Unmoral bezichtigen oder denken, ich würde mit ihm ein Liebesgeflüster machen. Es ist für mich bequemer jetzt und ich zögere nicht wie vorher, gemeinsam mit Männern in einem Raum zu studieren oder sogar gemeinsam mit ihnen zum Bahnhof zu gehen.«[32]

Irmhild Richter-Dridi nennt noch eine andere Ursache für die erneute Hinwendung zum Schleier. »Mit Erfolg kam Mitte der 60er Jahre das geflügelte Wort vom Schleier als »cache-misère auf, vom Schleier, der die Armut verdecken hilft. . . Und das war und ist tatsächlich so. Mit einem Schleier – in Tunesien sind es weiße *sasferis* – sieht jede Frau gut aus, sie ist sozusagen ›angezogen‹. Ein, zwei *sasferis* kann sich jede Frau leisten, nicht aber europäische Kleidung, die plötzlich zum Maßstab der Emanzipation werden sollte und es auch zum Teil wurde.«[33]

Islam – eine besonders frauenfeindliche Religion?

Wird über den Islam diskutiert, geschieht dies nicht selten unter völliger Ausblendung etwa des Christentums oder der jüdischen Religion. Eine Ursache scheint deren weit fortgeschrittene Säkularisierung zu sein, eine andere der geringe Einfluß christlicher Frauen in der Frauenbewegung. Es muß jedoch daran erinnert werden, daß es auch im christlichen Kulturbereich eine entwickelte Diskussion über die Frauenfeindlichkeit des Christentums gibt und viele Anstrengungen, das Christentum zu feminisieren. Wie empfindlich die katholische Kirche auf jedwede Veränderung ihrer Dogmen reagiert, zeigt Uta Ranke-Heinemanns Versuch, die jungfräuliche Geburt Marias infrage zu stellen. Erinnert werden muß in diesem Zusammenhang daran, daß auch in der heutigen Politik christliche Grundwerte und Anschauungen eine bedeutende Rolle spielen. In der Debatte um das Abtreibungsgesetz dominiert die christliche Auffassung über den Beginn menschlichen Lebens, in der Diskussion um die Sterbehilfe christlich definierte Grenzen des menschlichen Handlungsspielraums. In Polen wird versucht, wieder ein von christlichen Werten geprägtes Familiengesetz einzuführen, und in Lateinamerika erschwert die strikte Ablehnung von Familienplanung durch den Vatikan das Leben vieler Frauen.

An den genannten Beispielen wird deutlich, daß nicht nur der Islam Bestimmungen kennt, die die Frauen einengen. Vergleicht man die Aussagen des Christentum und der jüdischen Religion zur Rolle der Frau mit denen des Islam, ergeben sich verblüffende Parallelen. Sie sind im wesentlichen auf das Alte Testament als gemeinsame Quelle zurückzuführen. Wie wir in den Mythen und Dichtungen der alten Griechen den Umbruch von einer mutterrechtlichen Stammesgesellschaft zu einer vaterrechtlich organisierten Klassengesellschaft wiederfinden, finden sich im Alten Testament in mythischer Form die allmähliche Festigung und zunehmende Hierarchisierung dieser Gesellschaft, ihre innere Differenzierung, die Herausbildung von Königshäusern. Das geht einher mit der immer stärkeren Unterdrückung der Frau im Zuge der Stabilisierung der patriarchalen Ordnung. Sowohl die jüdische Religion, das Christentum und der Islam stellten anfänglich einen Fortschritt in der Hinsicht dar, als bis dahin vorhandene gesellschaftliche Deformierungen beseitigt und neue innergesellschaftliche Kommunikationsformen und Rechtsverhältnisse geschaffen wurden, die zunächst auch partiell die Situation der Frauen verbesserten.

Im Christentum, in der jüdischen Religion und im Islam finden wir Vorstellungen über die Rolle der Frau, wie sie im Alten Testament niedergelegt sind. »Die Frau im alten Testament steht ihr Leben lang unter männlicher Gewalt: Ihr Schicksal vor der Heirat wird vom Vater und/oder anderen männlichen Verwandten bestimmt. Nach der Eheschließung geht sie in die Obhut ihres Gatten über. Im Haushalt ist ihr Tun selbständig, doch nach außen hin werden fast alle ihre Aktivitäten vom Ehemann und seinen Verwandten kontrolliert. Als Mädchen besitzt sie kaum Rechte und kann vom Vater getötet oder als Sklavin verkauft werden. Sie ist nur in Ausnahmefällen erbberechtigt. Die Frau unterliegt den Einschränkungen sowohl im juristischen als auch im kultischen Bereich. Als Mutter genießt sie hohes Ansehen sowohl in der Familie als auch in der Gesellschaft; ist sie kinderlos, so gilt ihr Schicksal als hart, besonders wenn sie wirtschaftlich nicht gesichert ist. Vom Mädchen wird Jungfräulichkeit, von der verheirateten Frau absolute Treue erwartet.«[34] Wesentliche Bestandteile dieser Auffassung finden sich sowohl in katholischen, jüdischen als auch in islamischen Vorstellungen, wobei allerdings ihre Verbindlichkeit für das gegenwärtige Verhalten aufgrund der historischen Entwicklung modifiziert wurde. Gemeinsam ist allen Religionen, daß die religiösen Gesetze und Auffassungen Vorrang haben vor den weltlichen Gesetzen.

Die Reinheitsgebote verbieten Frauen das Priesteramt, und in der Synagoge müssen sie sich im gesonderten Frauenteil aufhalten. »Gewichtiger war noch die Überzeugung, daß die Gebote (. . .) primär dem Mann gelten, die Frau dadurch als Tochter bzw. Ehefrau der religiösen Verantwortung des Vaters bzw. Ehemannes untersteht. . .«[35] Ihre soziale Stellung erlangt sie vor allem als Ehefrau. Unfruchtbarkeit der Frau gilt auch in der jüdischen Religion als Scheidungsgrund. Das talmudische Recht schreibt die Einehe nicht vor, es blieb die Möglichkeit, eine zweite Ehefrau mit Zustimmung der ersten hinzuzunehmen.

Wie Muslime sind auch gläubige Juden verpflichtet, zu heiraten und eine Familie zu gründen. Die möglichst früh geschlossene Ehe dient der Kontrolle des Geschlechtstriebs, der zu Animalität führen könnte. Die Jungfräulichkeit ist Bedingung für die Eheschließung. Eine Eheschließung, die den jeweiligen Landesgesetzen entsprechend vor Zivilbehörden stattfindet, reicht nicht hin, sie muß danach auch entsprechend den jüdischen Vorschriften erfolgen – geschieht dies nicht, gilt das Paar als im Konkubinat lebend. Kinder, die aus dieser Verbindung stammen, gelten als unehelich. Bei der Eheschließung tauschen Braut und Bräutigam Geschenke aus, der Ehemann gibt seiner Frau einen Ring und den vorher bereits geschlossenen Ehevertrag. Im Ostjudentum hat sich die Sitte durchgesetzt, daß der Bräutigam vor der eigentlichen Trauung das Haar und Gesicht der Braut mit einem Schleier bedeckt – um böse Geister abzulenken. Im Ehevertrag wird der Braut eine Minimalversorgung zugesichert, die im Fall der Scheidung in Anspruch genommen werden kann. Mit der Eheschließung erwirbt der Mann das Recht auf »Arbeit, Gefundenes, Früchte und Erbe« der Frau und er verpflichtet sich, sie zu ernähren, sie zu kleiden, die ehelichen Pflichten zu erfüllen, zu einer Auszahlungssumme (Ketubba) im Falle einer Scheidung, zu medizinischer Behandlung, zu Auslösung aus

Gefangenschaft, zur Versorgung als Witwe im Haus, zur Versorgung verwaister Töchter im Haus. Beim Tod des Mannes ist der nächststehende unverheiratete Bruder verpflichtet, die Witwe zur Frau zu nehmen. Eine Witwe hat nur Erbanspruch auf die Ketubba. Der Mann kann die Frau verstoßen. Seit dem 11. Jahrhundert kann bei askenasischen Juden Scheidung nicht gegen den Willen der Frau und des Rabbiners ausgesprochen werden. Eine Geschiedene hat Anspruch auf Ketubba und ihr persönliches Eigentum, sie darf keinen Angehörigen einer Priesterfamilie heiraten. Ehebruch wurde früher mit dem Tod, später mit der Geißelung geahndet, der Mann galt im Unterschied zur Frau nur bei Verkehr mit einer Verheirateten als strafrechtlich schuldig.

Die unterschiedliche Bewertung von Mann und Frau wird auch in zahlreichen Gebräuchen deutlich: So verdoppelt sich die Frist ritueller Unreinheit bei der Geburt einer Tochter. Die Erziehung der Mädchen geschieht nur durch die Mutter. Mädchen werden schon früh zu Hausarbeiten und anderen häuslichen Dienstleistungen angehalten, um sie auf ihre Rolle als Frau und Mutter vorzubereiten. Die Vermittlung der Thora darf nur durch den Vater geschehen. Die Frau ist überwiegend zuständig für die Alltagspflichten, um dem Mann Zeit für das Studium zu geben. Töchter haben Anspruch auf Mitgift und Unterhalt und sie sind nach der Mutter erbberechtigt.

Viele dieser religiösen Regeln haben in Israel bis heute Gesetzeskraft. Das Rabbinatsgesetz von 1953 schreibt Trauung und Scheidung vor dem Rabbi vor, eine zivile Eheschließung in Israel gibt es nicht. Frauen dürfen weder als Zeuginnen noch als Richterinnen vor dem jüdischen Zivilgericht auftreten. Noch immer kann Unfruchtbarkeit der Frau fur den Mann ein Scheidungsgrund sein, während sich umgekehrt die Frau bei Sterilität des Ehemannes aber nicht scheiden lassen kann. Wenn der Ehemann nicht einwilligt, können Frauen sich nicht scheiden lassen, aber sie können vom Ehemann verlassen werden, ohne daß sie dadurch das Recht zur Wiederheirat erlangen. Eine Witwe, die keine Mutter ist, gilt als Eigentum der Familie, und bei ihrer Wiederverheiratung muß der Schwager zustimmen.

Christentum

Ähnliche Normen und Wertvorstellungen hinsichtlich der Frauenrolle finden wir auch im Christentum: Seit dem Mittelalter gab es keine Eheschließung ohne kirchliche Trauung. Erst im 19. Jahrhundert wurde der Kirche durch die beginnende Säkularisierung dieses Recht genommen. Dennoch erkennt die Katholische Kirche auch heute noch eine nur standesamtlich geschlossene Ehe nicht an. Die Ehe wird als ein Sakrament verstanden, ein Bündnis von Mann und Frau. »Die Selbsthingabe Gottes an den Menschen kann vom Menschen angemessen nur beantwortet werden in der Hingabe seines ganzen Lebens an Gott. . . In der christlichen Ehe soll dies nun noch einmal zeichenhaft verdeutlicht werden. Indem die Eheleute sich einander schenken und sich einander verdanken, wird ihre gegenseitige Liebe zum Abbild des innersten Wesens Gottes.«[36] Aus diesem Grunde kommt eine Scheidung nicht in Betracht, da eine Ehe auf Dauer angelegte untrennbare Einheit ist, entsprechend der unwiderruflichen Liebe Gottes zu den Menschen. Das Gebot der Fruchtbarkeit gilt auch für die christliche Ehe. Da sie keine Privatangelegenheit ist, wird sie in der Kirche gefeiert, vor den Augen der Gemeinde. Die lutherische Glaubensauffassung sieht in der Ehe zwar eine weltliche Angelegenheit. Obwohl die Eheschließung nicht der kirchlichen Trauung bedurfte, wurde diese aber auch bei den Protestanten zur Norm. Die obligatorische Zivilehe wurde in Deutschland erst 1874 eingeführt.

Zwar hatte die Kirche als Institution über Jahrhunderte hinweg eine dominierende Stellung, im Unterschied zu muslimischen Gesellschaften führte die gesellschaftliche Entwicklung, namentlich die Entstehung und Entwicklung des Bürgertums, jedoch schon früh zu zivilen Rechtsbestimmungen, die kirchliche Normen und kirchlichen Einfluß zurückdrängten, modifizierten oder ihnen gänzlich konträr waren.

Das Ausbleiben eines Prozeses der Säkularisierung, der in dieser Weise weder im arabischen Raum noch in anderen vornehmlich islamischen Ländern stattgefunden hat, ist der entscheidende Grund der dort anders gearteten rechtlichen Stellung der Frau. Dennoch gab es auch hier Veränderungen und Weiterentwicklungen. Die Art und Weise, wie sich islamische Rechtsvorschriften im Laufe der Jahrhunderte durchsetzten bzw. veränderten, hängt von vielen verschiedenen Faktoren ab: Von der Entwicklung der innergesellschaftlichen Strukturen, der Einbeziehung in übergreifende sozio-ökonomische Entwicklungen, von den ökonomischen Potenzen und politischen Systemen, der Politik der Kolonialmächte, den geografischen Besonderheiten usw. Zwar kann man einerseits von wesentlichen Gemeinsamkeiten zwischen verschiedenen islamischen Ländern und Kulturen sprechen, doch müssen andererseits auch diese Faktoren und die von ihnen bedingten Unterschiede berücksichtigt werden, will man vereinfachende Beurteilungen vermeiden.

Kontrovers diskutiert wird die Frage, ob eine Emanzipation der Frau innerhalb der islamischen Religion möglich ist. Während Fatema Mernissi in der Säkularisierung, d. h. der Zurückdrängung des offiziellen Einflusses der Geistlichkeit und der Demokratisierung der Staaten, eine unablässige Voraussetzung sieht, argumentiert Nawal el Saadawi für Reformen innerhalb des Islam. Diese Frage stellt sich jedoch nicht nur für den Islam, sondern auch für jede andere Religion. Meines Erachtens mag man innerhalb verschiedener Religionssysteme durchaus mehr Rechte für Frauen durchsetzen, eine Feminisierung gesellschaftlicher Bereiche erreichen, politische Machtpositionen für Frauen erlangen können, trotzdem bezweifele ich die Möglichkeit der Vereinbarkeit von Religion und Emanzipation im Sinne einer vollständigen Eigenverantwortlichkeit des Menschen für sich selbst.

Frauen ohne Macht – ohnmächtige Frauen?

Unsere Annäherung an islamische Frauen ist stark geprägt von einer bestimmten Wahrnehmungsweise, die von Vorurteilen und Mißverständnissen nicht frei ist; wiederholt wurde der Vorwurf des Rassismus und neokolonialistischen Dünkels artikuliert. »Die Frauen im Westen sollen wissen, daß wir im Gegensatz zu ihnen mit unseren Angelegenheiten und Problemen vertraut sind. Wir lehnen ihre gönnerhafte Haltung ab. Sie entspringt dem eingefleischten Hang zum Kolonialismus und ihrem Überlegenheitsgefühl. Vielleicht tun einige dies nicht bewußt, aber es ist nun mal so: sie entscheiden, was für Probleme wir haben und wie wir sie anpacken sollen, dabei sind sie gar nicht in der Lage, unsere Probleme zu erkennen.«[37]

Westliche Diskussionen ranken sich wesentlich um das Feld der Geschlechtersegregation mit ihrer Verbannung der Frau in das Haus und damit aus dem öffentlichen Einfluß- und Machtbereich. Daraus auf deren völlige Macht- und Einflußlosigkeit zu schließen, wäre jedoch verkürzt. Die Gemeinschaft der Frauen, so widersprüchlich sie aufgrund der hierarchischen Strukturen auch sein mag, hat dazu beigetragen, die Position der einzelnen Frau innerhalb der Familie zu stärken. Die Frauen haben innerhalb ihres Rahmens ein Selbstbewußtsein und eine Stärke entwickelt, »eine Frauensolidarität, die Schutz bot vor allzu ausschweifender Tyrannei einzelner Familienväter, eine Frauengemeinschaft, in der sich die Frau frei und ungezwungen bewegen, in der sie echte Emotionalität und Wärme leben konnte und in der gemeinsam gearbeitet und gefeiert wurde. . .«[38]

Die Veränderung der Familienstrukturen durch die zunehmende Verstädterung hat deshalb auch zu einem Macht- und Identitätsverlust von Frauen beigetragen. »Mit der ständig wachsenden Zahl von Kleinfamilien in modernen Großstädten ändert sich die Familienstruktur, und ältere Frauen können nicht mehr im gleichen Maß Einfluß nehmen, wie das in der Vergangenheit der Fall war. Sie leben unter Umständen zwar noch bei ihren Töchtern und Söhnen, aber nicht mehr in der Funktion des weiblichen Haushaltsvorstands.«[39]

Erika Friedl schildert in ihrem Buch über iranische Dorffrauen[40], wie sich diese trotz ihrer begrenzten Möglichkeiten selbstbewußt gegen Einschüchterungen zur Wehr setzen. Sie zeigt aber auch, daß Frauen nicht nur Opfer, sondern zugleich innerhalb der gesellschaftlichen Hierarchien mitverantwortlich für die Aufrechterhaltung dieser Strukturen sind. Als Schwiegermutter führen sie häufig ein hartes Regiment über ihre Schwiegertöchter, als Mütter sind sie es, die sich nicht selten energisch Ausbruchsversuchen ihrer Töchter entgegenstellen.

Ein Fehlurteil wäre es auch zu glauben, die islamische fundamentalistische Bewegung setze sich nur aus Männern zusammen – es gibt auch islamische Aktivistinnen. In Ägypten z. B. hat Zaynab al-Ghazali die »Muslimische Frauen Gesellschaft« gegründet, mit der sie versucht, Frauen für die extrem konservative Islamische Bruderschaft zu gewinnen, und auch im Iran gibt es militante schiitische Aktivistinnen. Im Sudan beteiligte sich in den Wahlkämpfen 1987–1989 die der Muslimbruderschaft nahestehende Nationale Frauen Front.[41]

Generell muß davon ausgegangen werden, daß auch Frauen sich von den Zielen und Motiven der islamischen Gruppen verschiedenster Ausprägung angezogen fühlen und sich für eine islamische Staatsverfassung einsetzen. Hier sind es zum einen intellektuelle Frauen, die sich in bewußter Ablehnung der Verwestlichung dem Islam als identitätsstiftende Bewegung zuwenden, zum anderen Frauen der ärmeren Schichten, die sich von den religiösen Kräften eine Verbesserung ihres Lebens erhoffen.

Die Möglichkeiten zur Entfaltung der Frauenbewegung sind in den einzelnen Ländern sehr unterschiedlich, generell gilt jedoch, daß das Fehlen demokratischer Strukturen und einer demokratischen politischen Kultur vehemente Auswirkungen auch auf die Artikulationsmöglichkeiten der Frauen hat.

Die Aktivitäten von Frauen, die sich in vielen Ländern in Zusammenhang mit dem Kampf gegen den Kolonialismus entwickelten, wurden geduldet, begrüßt und gefördert. Nach der Unabhängigkeit mußten die Frauen allerdings die bittere Erfahrung machen, daß ihr Engagement für eigene Rechte weit weniger toleriert oder unterstützt wurde, mehr noch, Frauen und Frauengruppen wurden sogar starken Repressionen ausgesetzt. Dies hängt nicht unwesentlich mit der Veränderung der politischen Ziele der Frauen zusammen. Dies sei am Beispiel Ägyptens und Tunesiens und des Iran erläutert.

Die im Zuge der Unabhängigkeitsbestrebungen entstandenen Frauengruppen verfolgten hier etwa gleiche Ziele wie die Frauenbewegung in Europa, die parallel zur bürgerlichen Emanzipationsbewegung entstand: Recht auf politische Beteiligung, Bildung, Ausbildungsmöglichkeiten, Gesundheitsfürsorge. Es entstanden wohltätige Vereinigungen die sich im Bildungs- und Gesundheitswesen engagierten.

So entwickelte sich z. B. zu Beginn des Jahrhunderts in Ägypten[42] eine gebildete Oberschicht, die sich von den doktrinären islamischen Auffassungen abwandte. Aus ihr rekrutierte sich die Schicht von Offizieren, die 1952 König Faruk zum Rücktritt zwang. Schon ab etwa 1920 begannen Frauen, sich zu organisieren und Arbeitsgesetze zu fordern. Dank ihres Kampfes wurden die tägliche Arbeitszeit von 15, 16 Stunden reduziert und die Löhne angehoben. 1923 entschleierte sich öffentlich Hoda Sharaoui und gründete den »Ägyptischen Frauenverband«, der von den Reformkräften unterstützt wurde. Sie forderte Bildungsmöglichkeiten für Frauen. Ab 1928 durften in Ägypten Frauen Universitäten besuchen. Auch das Familiengesetz wurde reformiert: Verstoßung und erzwungene Heiraten und Kinderehen wurden verboten. Unter Nasser erhielten die Frauen volle politische Rechte, kostenlose Erziehung für Mädchen und Jungen wurde institutionalisiert, Koedukation angestrebt. 1959 wurde offiziell die Beschneidung von Frauen verboten – allerdings mit wenig Erfolg. Ab 1964 versuchte man, auf dem Lande eine Familienplanungskampagne zu starten, um so einerseits die Geburtenrate zu reduzieren, aber auch, um die hohe Kindersterblichkeit zu verringern.

Aufgrund der Existenz verschiedener politischer Parteien und von Gewerkschaften ist in Ägypten der Spielraum für eine feministische Bewegung größer als in den anderen diktatorisch regierten Ländern. Dennoch setzte im Zuge der Öffnung zum Westen unter Sadat, die verbunden war mit starker Unterdrückung aller linken Kräfte und gleichzeitiger Förderung islamischer Gruppen, eine Repression auch der Frauenbewegung ein. Nawal el Saadawi z. B. wurde inhaftiert. Ursache dafür waren nicht nur ihre Arbeiten über die sexuelle Unterdrückung der Frau, sondern auch ihre kritische Haltung gegenüber der Politik der USA und Israels. Als sie 1982 auf Druck der internationalen Öffentlichkeit entlassen wurde, gründete sie mit anderen Frauen die »Arabische Frauenvereinigung«. Bis 1985 wurde diese nicht offiziell anerkannt, was in Ägypten für die politische Betätigung notwendig ist. Über diese Organisation sagt Nawal el Sadawi: »Unser grundlegendes Ziel ist, uns selbst zu organisieren und politische Macht zu erreichen, weil die Möglichkeiten der einzelnen sehr begrenzt sind. Wir versuchen, Frauen verschiedener Klassen, verschiedener Orte, Städte und Dörfer, zusammenzubringen. Vielleicht mag das zu weitreichend erscheinen, aber andererseits ist es naheliegend, Frauen zusammen zu bringen.«[43]

Eine ähnliche Entwicklung vollzog sich in Tunesien. Schon im Zusammenhang mit dem Kampf um die nationale Unabhängigkeit wurde die Forderung nach mehr Bildung und Freiheit für Frauen laut: »Die Forderung wurde allerdings . . . nur im Hinblick auf die gewünschte moderne Erziehung der Kinder zu ›aktiven dynamischen Bürgern von morgen‹ gesehen, eine Erziehung, die eingeschlossene und analphabetische Frauen schlecht leisten konnten.«[44] 1930 veröffentlichte Tahar Haddad ein Buch zur Situation der tunesischen Frauen, das massive Proteste seitens der islamischen Gelehrten und Gläubigen auslöste. Der Autor führte den Schleier, die Polygamie und die Verstoßung auf die konservative Auslegung des Koran durch die Rechtsgelehrten zurück. 1935 erschien die Frauenzeitung »Leila«, und 1936 entstand die erste Frauengruppe, die allerdings nur illegal aktiv werden konnte. Nach der Unabhängigkeit 1958 gründete sich die »Union des Nationale des Femmes Tunisiennes« (UNFT), die sich mit Familienplanung, Ausbildung von Landmädchen und Bildungsfragen auseinandersetzte. Parallel dazu wurde die »Muslimische Frauen-Union Tunesiens«, eine reformerisch islamisch geprägte Gruppe, ins Leben gerufen sowie andere Frauenvereinigungen, die sich im Sozial- und Bildungsbereich betätigen.

Ende der 70er Jahre entstand auch in Tunesien eine feministische Bewegung, ausgelöst durch Besuche Nawal el Sadawis. In Tunis bildete sich ein Frauenclub, in dem zunächst Diskussionen über eine allgemeine politische Basis der Arbeit stattfanden. 1979 veranstaltete die Sommeruniversität Tabarka ein internationales Colloquium zur Familienplanung, von dem aber feministische Frauen ausgeschlossen wurden. Im Rahmen dieses Colloquiums bezichtigten Regierungsvertreter die engagierten Frauen, Huren zu sein. Dies löste eine große Debatte aus mit dem Effekt, daß sich viele Frauen den neuen Gruppen anschlossen. In der Öffentlichkeit wurden die Frauen stark angegriffen, ihr Engagement für den Feminismus als Verwestlichung denunziert. »Man muß begreifen, daß damals das Wort ›Feminismus‹ eine Beleidigung war. Es war die stärkste Beleidigung. Heute ist die Situation anders – es ist erstaunlich, wie innerhalb weniger Monate Worte, die einst so negativ waren so alltäglich werden können. Aber damals war es wirklich eine Beleidigung, das Wort ›Feministin‹ bedeutete, daß man sich an den Westen verkauft hatte, und es bedeutete außerdem, daß man alles mögliche in bezug zur Sexualität vermutete und daß man keine Moral hatte.«[45] In den 80er Jahren führte der Frauenclub drei Kolloquien durch (Sexualität und Verhütung, Frauen und Macht, Frauen und Feminismus), innerhalb der Gewerkschaften entstand eine Frauensektion. Die Frauen engagierten sich jedoch nicht nur für frauenpolitische Fragen im engeren Sinne, sondern auch gegen die israelische Invasion des Libanon, und sie protestierten öffentlich gegen das Massaker von Sabra und Shatilah. Innerhalb der tunesischen Frauenbewegung kam es aufgrund unterschiedlicher politischer Orientierung zu Differenzen und zur Zersplitterung. Allerdings war die feministische Bewegung nicht ohne nachhaltige Auswirkungen geblieben: Die Aktivität der Frauen hatte das Thema der Frauenunterdrückung und der patriarchalen Herrschaft in allen Bereichen der Gesellschaft bewußt gemacht – zum wachsenden Mißbehagen der stärker werdenden islamischen Gruppen.

Die 80er Jahre waren in Tunesien von wachsender politischer und ökonomischer Instabilität geprägt. An den Universitäten entstanden islamische Gruppen, die Diskussionen anzettelten, ob Frauen in Universitäten westliche Kleidung tragen dürften. Die islamischen Gruppen gewannen sowohl unter Intellektuellen als auch bei der armen Bevölkerung Anhänger. 1984 kam es zu Aufständen gegen die Erhöhung der Brotpreise, an denen sich vor allem Frauen und Männer der Unterschicht beteiligten.

Große Veränderungen für Frauen haben sich auch durch die Investitionen im Bildungsbereich ergeben. War noch bis Mitte des 19. Jahrhunderts in arabischen Staaten Mädchenbildung weitgehend unbekannt, entstanden durch christliche Missionare erste Mädchenschulen, danach auch staatliche Mädchenschulen. Bis zur Unabhängigkeit war Bildung allgemein nur einer verschwindend kleinen Gruppe zugänglich. Nach der Unabhängigkeit wurde viel in das Bildungswesen investiert, und es stieg der Anteil der Mädchen an den verschiedenen Bildungs- und Qualifikationsstufen. Fast alle arabischen Staaten haben Anstrengungen unternommen, das Bildungswesen auszubauen, und den Anteil weiblicher Studentinnen an der Gesamtheit der Studierenden in arabischen Staaten beträgt heute zwischen 30 und 36%. Auch in der beruflichen Bildung stieg der Frauenanteil, wenngleich sich Frauen auf bestimmte, frauentypische Bereiche konzentrieren. Große Unterschiede gibt es aber sowohl zwischen der städtischen und ländlichen Bevölkerung als auch zwischen ärmeren und reicheren Bevölkerungsgruppen. Aufgrund anhaltender ökonomischer Krisen wächst in den letzten Jahren wieder der Anteil von Analphabetinnen.

Das Auf und Ab der Entwicklungsmöglichkeiten für die Frauenbewegung zeigt ganz besonders auch das Beispiel Iran: Im Zusammenhang mit den allgemeinen politischen Erhebungen gegen Abhängigkeit und Unterdrückung entfalteten sich in der Geschichte Irans immer wieder auch Aktionen von Frauen. So beteiligten sich Frauen 1891 an der Volkserhebung gegen die Tabakkonzessionen für die britische Tabakgesellschaft »Imperial Tobacco Corporation of Persia«. Wenngleich Frauen in diesen Zusammenhängen auch nicht für frauenspezifische Ziele eintraten, war ihre Beteiligung dennoch bedeutungsvoll, da sie bislang überhaupt keinen Anteil an politischen Aktionen nehmen konnten und außer bei religiösen Veranstaltungen gar nicht in der Öffentlichkeit erschienen waren. Zu Beginn des 20. Jahrhunderts initiierte eine kleine Gruppe von Frauen, unter dem Vorwand, sich zum Tee zu treffen, Lese- und Schreibunterricht für Frauen.

Als sich zu Beginn des 20. Jahrhunderts der Volkswiderstand gegen die wachsende Ausplünderung durch England und die korrupte Herrschaft einer feudalen Clique richtete, beteiligten sich viele Frauen an den Demonstrationen und Streikaktionen. Schon in diesen Aufständen profilierten sich Geistliche als Fürsprecher des Volkswillens, und es entstanden Revolutionskomitees. 1906 wurde unter dem Druck dieser Ereignisse in Persien ein Verfassungsentwurf erlassen, der 1907 mit Ergänzungen verabschiedet wurde. In der Phase von 1917 bis 1925 entstanden einige Frauengruppen, die sich vor allem für Bildung einsetzten und Näh- und Handarbeitskurse anboten. Als Reza Chan mit Hilfe der Engländer an die Macht gekommen war, wurde die politische Opposition unterdrückt, die Frauengruppen mußten ihre Tätigkeit einstellen, einige Frauen mußten das Land verlassen. Das schon erwähnte Verschleierungsverbot bzw. der Entschleierungszwang von 1936 wurde mit brutaler Gewalt durchgesetzt und traf auf entschiedenen Widerstand vor allem der religiösen Frauen. Die Widersprüchlichkeit gesellschaftlicher Veränderungen von oben wird am Beispiel des letzten Schah-Regimes deutlich: In einem Staat mit nur geringen politischen Rechten wurde den Frauen das Wahlrecht eingeräumt! Dies geschah vor allem mit dem Ziel, die Geistlichkeit zu schwächen. Außerdem wurde 1967 das Gesetz zum Schutz der Familie erlassen – dies wiederum durch eine Regierung, die keinerlei Rücksicht auf die wirklichen Lebensbedingungen der Mehrheit der Bevölkerung nahm. Die Verarmung vieler Bauern wurde schon genannt, jedoch auch vom Ölreichtum profitierten die Iraner nur geringfügig. Die Lebensbedingungen der Frauen hatten sich nicht verbessert, mehr als 75% der Frauen in den Städten (90% auf dem Land) waren Analphabetinnen. In den Dörfern und den Städten erlebten die mehr als 1,4 Millionen erwerbstätigen Frauen Ausbeutung und Geringschätzung ihrer Arbeitskraft. Als Teppichknüpferinnen, Schilfmattenflechterinnen, Stickerinnen, Arbeiterinnen im Reisanbau und bei der Teernte, in Färbereien, Stickereien und bei der Rohziegelherstellung leisteten sie neben der umfangreichen Hausarbeit schwere körperliche Arbeit. Sie profitierten von den erlassenen Gesetzen nicht, im Gegenteil, in der patriarchalen Gesellschaft erschwerte der Zwang zur Entschleierung ihre Situation – sie fühlten sich schutzlos und entehrt. »Für die überwiegende Zahl der Frauen in den Städten (auf dem Land und bei den Nomaden war die Verschleierung nie strikt eingehalten worden) bedeutete die Anordnung, statt des Schleiers in der Öffentlichkeit westliche Kleidung zu tragen, etwa soviel, als hätte man der Europäerin von 1850 vorgeschrieben, sich im Mini-Rock oder gar im Bikini zu zeigen.«[46]

Einzig die Frauen der oberen Schichten profitierten von diesen Veränderungen, und es ist kein Zufall, daß sich an den Erhebungen gegen den Schah 1978/79 viele Studentinnen beteiligten, die überwiegend aus diesen Schichten stammten. Als sie zum schwarzen Tschador griffen und riefen »Der Schleier ist unsere Ehre«, hofften sie noch, die Revolution würde nicht nur das verhaßte politische Regime beseitigen, Chancen für einen ökonomischen und sozialen

Neuanfang bringen, sondern ihnen auch eine eigene, von westlich dekadenten Erscheinungen befreite Identität geben. Was nach der Revolution geschah, beschreibt Nasrin Bassiri in ihrem Beitrag.

Frauen im Iran sind heute zwar einerseits die am meisten unterdrückte Gruppe, andererseits unterstützen aber auch viele Frauen den Kurs Khomeinis. Mit den Gründen dieser Unterstützung hat sich Manny, Mitglied einer in London entstandenen Frauen-Befreiungsgruppe, auseinandergesetzt. Sie veröffentlichte 1980 ein Buch mit dem Titel »Frauen im Iran und ihre Rolle in der Revolution«, in dem sie schreibt: »Warum unterstützen Frauen, Arbeiterinnen und Erwerbslose, dieses Regime, das alles in seiner Macht Stehende getan hat, ihre Rechte und ihre Interessen anzugreifen? Die Macht des Islam in unserer Kultur und Tradition ist ernsthaft von der marxistischen Linken unterschätzt worden, und vermittels der religiösen Ideologie leitete Khomeini seine Regierung. Die Geistlichkeit befaßte sich mit den alltäglichen Problemen und äußerte sich zu menschlichen Beziehungen, Sexualität, Sicherheit und Schutz der Familie und zu den spirituellen Bedürfnissen der Menschen. Es war sehr leicht für die Menschen, sich mit diesen Fragen zu identifizieren und deshalb unterstützten sie auch die Geistlichkeit, obwohl damals noch niemand wußte, was diese später tun würde. Als Khomeini Opfer forderte – ›wir haben die Revolution nicht gemacht, um mehr Huhn zu essen oder uns schöner anzuziehen‹ – akzeptierten Frauen (so großartig in ihrer Opferbereitschaft) diese anti-materialistischen Thesen. Zahlreiche Streiks der Arbeiter endeten mit diesem Ruf und ihre Aufmerksamkeit wurde auf eine Belagerung der Amerikanischen Botschaft gelenkt und den Hauptfeind, den amerikanischen Imperialismus. Die Anziehungskraft, die Khomeini auf Frauen ausübt, begründet sich nicht einfach nur in seiner islamischen Politik, sondern auch in der Art und Weise, wie er die Behandlung von Frauen kritisierte, die unter dem Schah-Regime zu Sekretärinnen und Sex-Objekten degradiert worden waren. Frauen waren in echter Weise unzufrieden und erwünschten eine Änderung. Einige gebildete iranische Frauen kamen aus Europa und den USA in den Iran zurück, um der Geistlichkeit mit den gleichen Botschaften zu helfen, verschleierten sich bewußt und verteidigten islamische Tugenden und geistige Werte, indem sie sich auf ihre Erfahrungen im Westen bezogen. Sie sagten, es sei im Westen kalt und einsam gewesen, westliche Frauen hätten nichts anderes als die Verfolgung ihrer Karriere im Sinn und seien selbstzufrieden, und ihre polygamen sexuellen Beziehungen hätten ihnen keine Freiheit, sondern Unsicherheit und Ausbeutung gebracht.«[47]

Die Frauenbewegung in islamischen Ländern steht vor einer schwierigen Aufgabe: Einerseits befindet sie sich in permanenter Auseinandersetzung mit den politischen Kräften des jeweiligen Landes und den patriarchalen Restriktionen und Wertvorstellungen, andererseits muß sie eine eigene Identität gegenüber allen diskriminierenden Bevormundungen und westlicher Dominanz behaupten. Daraus erklärt sich auch, warum vielfach die westliche feministische Bewegung insgesamt oder einige ihrer Teilforderungen als Ausprägung westlichen Denkens abgelehnt werden. Die Frauenbewegung in den islamischen Ländern beharrt darauf, Forderungen nach Bildung, Erwerbsmöglichkeiten, Veränderung der Ehe- und Familiengesetze ebenso als Bestandteil des Frauenkampfes zu sehen wie das Eintreten für Demokratie, Menschenrechte und eine gerechtere Verteilung der Reichtümer der Welt.

Anmerkungen

1) Mernissi, Fatema; Die Angst vor der Moderne, Frauen und Männer zwischen Islam und Demokratie, Hamburg 1992.

2) Baumgart, Marion; Wie Frauen Frauen sehen, Westliche Forscherinnen bei arabischen Frauen, Frankfurt 1989.

3) Lutz, Helma; Unsichtbare Schatten? Die »orientalische Frau in westlichen Diskursen – zur Konzeptualisierung einer Opferfigur", in: peripherie Nr. 37/1989, S. 51–61.

4) Ebd., S. 51.

5) Zit. aus: Dwyer, K.; Arab Voices, The Human Rights Debate in the Middle East, Berkeley/Los Angeles 1991, S. 185, Übersetzung: E. L.

6) El Saadawi, Nawal; zit. in: Laudowicz, Edith; Befreites Land – Befreites Leben?, Köln 1987.

7) Dabei beziehe ich mich auf folgende Quellen: Ende, Werner/Steinbach, Udo; Der Islam in der Gegenwart, Entwicklung und Ausbreitung, Staat, Politik und Recht, Kultur und Religion, Frankfurt 1989; Antes, Peter; Der Islam als politischer Faktor, Bonn 1991; Minai, Naila; Schwestern unterm Halbmond, Muslimische Frauen zwischen Tradition und Emanzipation, München 1989; Robbe, Martin; Welt des Islam, Geschichte und Alltag einer Religion, Köln 1988; Mernissi, Fatema; Geschlecht, Ideologie, Islam, München 1987, dies.; Der politische Harem, Mohammed und die Frauen, Frankfurt 1989; Islam – was ist das, Anmerkungen zur Entstehungsgeschichte, Verbreitung, Kunst und Kultur, Berlin 1981.

8) Robbe, Martin; Der Islam, a.a.O., S. 33.

9) Robbe, Martin; ebd., S. 39.

10) Islam – was ist das, a.a.O., S. 9.

11) Peters, R.; Erneuerungsbewegungen im Islam vom 18. bis zum 20. Jahrhundert und die Rolle des Islams in der neuen Geschichte: Antikolonialismus und Nationalismus, in: Ende, W./Steinbach, U., a.a.O., S. 91–151, 109.

12) Mernissi, Fatema; Die Angst vor der Moderne, Frauen und Männer zwischen Islam und Demokratie, Hamburg 1992, S. 62.

13) Grobe-Hagel, Karl; Der Islam, Sprengsatz Mittelasien, in: Dritte Welt, Heft 5/1992, S. 11–13, S. 13.

14) Mernissi, Fatema; Die Angst . . ., a.a.O., S. 221.

15) Ebd., S. 158.

16) Mernissi, F.; In der Nacht vom 16. bin ich gestorben, in: Emma-Sonderband Krieg, Was Männerwahn anrichtet und wie Frauen Widerstand leisten, Köln 1991.

17) Vgl.: Tabibi, Larif; Staatliches und traditionelles Recht in Afghanistan, Probleme und Materialien, in: Revolution in Iran und Afghanistan, mardom nameh – Jahrbuch zur Geschichte und Gesellschaft des Mittleren Orients, Frankfurt 1980.

18) Mernissi, Fatema, Der Prophet – ein Feminist? Interview von Sabine Kebir, in: Freitag, Nr. 18, S. 14.

19) Dwyer, Keneth; Arab Voices, The Human Rights in the Middle East, S. 186.

20) Dwyer, Keneth; Arab Voices, a.a.O., S. 78.

21) Barakat, Halim; The Arab Family and the Challenge of Social transformation, in: Warnock Fernea, Elizabeth, Women and the Family in the Middle East, new Voices of Change, Austin 1983, S. 27–48, S. 28.

22) Al-Khayyat, Sana; Ehre & Schande, Frauen im Irak, München 1991, S. 222.

23) Barakat, Halim; The Arab Family, a.a.O., S. 32.

24) Ebd., S. 37.

25) Attir, Mustafa O.; Ideology, Value changes, and Women's Social Position, in: Lybian Society, in: Warnock Fernea, a.a.O., S. 121–133, S. 129.

26) Minces, Juliette; The House of Obedience, Women in Arab Society, London 1982, S. 31, Übersetzung: E. L.

27) Mernissi, Fatema; Islam, a.a.O., S. 43.

28) Pollock, Christine; Der gebannte Dämon, arabische Frauen zwischen Phantasie und Wirklichkeit, Bielefeld 1984.

29) Minai, Naila; Schwestern unterm Halbmond, München 1989, S. 183

30) Alliata, Vittoria; Der Schleier ist die Freiheit – zur Rolle der Frau im Islam, in: Völger, Gisela/v. Welck, Karin (Hrsg.); Die Braut. Geliebt. Verkauft. Getauscht. Geraubt. Zur Rolle der Frau im Kulturvergleich, Bd. 1, Köln 1985, S. 780–787.

31) Richter-Dridi, Imhild; Frauenbefreiung in einem islamischen Land – ein Widerspruch?, Frankfurt 1981, S. 31.

32) Mohsen, Safiah K.; New Images, Old Reflections: Working Middle-Class Women in Egypt; in: Warnock Fernea, Elisabeth; Women and the Family in the Middle East, New Voices of Change, Austin 1985, S. 56–72, S. 69, Übersetzung: E. L.

33) Richter-Dridi, Irmhild; Frauenbefreiung in einem islamischen Land – ein Widerspruch?, Frankfurt 1981, S. 239.

34) Somogyi; Die Braut im Alten Testament, in: Geliebt, verkauft, getauscht, geraubt. Zur Rolle der Frau im Kulturvergleich, Gisela Völger/Karin v. Welck, Köln 1985.

35) Maier, J.; Die Stellung der Frau im jüdischen Recht, in: Die Braut, S. 164–171, siehe auch: de Vries, S. Ph. Jüdische Riten und Symbole, Reinbek 1990.

36) Eisenbach, F.; Zeichen der Liebe und Treue Gottes. Die christliche Ehe aus katholischer Sicht, in: Die Braut, a.a.O., S. 144–155.

37) Dr. Shehida Elbaz im Interview mit Angela Davis, in: Frauen. Ein Weltbericht, Berlin 1986, S. 308.

38) Richter-Dridi, Imhild; a.a.O., S. 86.

39) Al-Khayat, Sana; Ehre und Schande, Frauen im Irak, München 1991, S. 212.

40) Friedl, Erika; Die Frauen von Deh Koh, Geschichten aus einem iranischen Dorf, München 1991.

41) Vgl. hierzu: Ismail, Ellen/Makki, Maureen; Frauen im Sudan, Wuppertal 1990.

42) Vgl. hierzu: Minces, Juliette; The House of Obidience, a.a.O.; Gala, Salma; Emanzipationsversuche der ägyptischen Frau, Münster 1977; Projekt Wüstensand, Die Brotrevolution in Nordafrika 1983–1988, Düsseldorf o. J.

43) Ebd., S. 188, Dwyer.

44) Richter-Dridi, Irmhild; a.a.O., S. 99.

45) Dwyer, Keneth; a.a.O., S. 198.

46) Rahnema, Touradj; Frauen in Persien, Erzählungen, München 1986, S. 10.

47) Manny, The Revolution, That Failed Women, in: Davies, Miranda (Hrsg.); Third World – Second Sex, Women's Struggles an National Liberation, London 1983, S. 150–158, S. 154.

Nasrin Bassiri

Frauen in der Islamischen Republik Iran

Zur Situation iranischer Frauen

Der Iran ist ein großes Land – fast vierzigmal so groß wie die Schweiz, fast fünfmal so groß wie das vereinigte Deutschland. Von seinen 57 Millionen Einwohnern lebt mehr als die Hälfte in Städten, die anderen zum überwiegenden Teil in Dörfern. Einige hunderttausend Menschen sind Nomaden ohne festen Wohnsitz. Die Kulturen und Traditionen der verschiedenen Volksgruppen sind zu unterschiedlich, die Kluft zwischen dem Leben der Reichen, Privilegierten und Gebildeten und dem der Armen ist zu groß, um umstandslos vom Leben der »iranischen Frau« sprechen zu können. Deshalb konzentriere ich mich im folgenden weitgehend auf die Lebenssituation der Frauen städtischer Mittelschichten, die nur mit Abweichungen und Einschränkungen derjenigen anderer Frauen ähnlich ist.

Frauen heiraten in der Regel früh und bekommen im Alter zwischen 14 und 20 Jahren ihre ersten Kinder. Während der Schah-Regierung wurde das Mindestheiratsalter auf 18 Jahre festgesetzt. Jüngere Mädchen durften nur mit Zustimmung eines Arztes, der ihnen die körperliche Reife bestätigte, heiraten. Diese Regelung hatte aber keine praktische Bedeutung, weil jüngere Mädchen zunächst durch einen Mullah religiös verheiratet wurden und ihre Heirat erst standesamtlich eintragen ließen, als sie achtzehn wurden und oft schon mehrere Kinder zur Welt gebracht hatten. Schon während der Revolution wurde das Mindestheiratsalter auf 13 Jahre herabgesetzt. Wenn Frauen aus einer privilegierten, wohlhabenderen Schicht stammen, heiraten sie später. Sie studieren oder setzen ihr Studium nach Heirat und Mutterschaft fort.

Frauen können heute noch in vielen Fachrichtungen studieren. In einigen Fächern, in denen die Berufsausbildung eine längere Abwesenheit von zu Hause erfordert, wie im Bergbau, im Bauwesen und in der Landwirtschaft, werden sie seit der Machtübernahme der islamischen Regierung aber nicht mehr ausgebildet. Als Juristinnen ist ihnen der Weg zur Ausübung des Richterberufes versperrt. Mehr als die Hälfte der Frauen, darunter auch Frauen mit abgeschlossenem Studium, sind nicht berufstätig. Sie bleiben zu Hause, betreuen ihre Kinder, im allgemeinen sind es drei bis sieben, und verrichten Hausarbeiten. Allerdings benötigen sie dazu mehr Zeit als in westlichen Ländern: Die Lebensmittelrationierung führt zu langen Schlangen vor den Geschäften, außerdem kommen viele Nahrungsmittel wie Reis, Hülsenfrüchte und Gemüse roh auf den Markt, so daß vor dem Kochen ungenießbare Teile oder Steinchen entfernt werden müssen.

Nur ein kleiner Teil der Frauen ist voll berufstätig. Sie arbeiten in städtischen Institutionen, in der Verwaltung der Großfirmen, als Fabrikarbeiterinnen, Haushalts- und Putzhilfen oder Straßenverkäuferinnen.

Nach Khomeinis Machtübernahme sind Gesetze und Verordnungen geschaffen worden, um moderne, ausgebildete Frauen, die sich nicht islamisch kleiden wollten, von ihrem Arbeitsplatz zu vertreiben. Die Zuschüsse für Kindergärten der städtischen Institutionen und Einrichtungen wurden gestrichen, so daß Kindergärten und Kinderkrippen schließen mußten. Viele Frauen waren deshalb gezwungen, ihren Beruf aufzugeben. Die islamische Regierung hat ein Gesetz erlassen – angeblich wegen Bekämpfung der Arbeitslosigkeit –, demzufolge bei Paaren, von denen beide Partner Stellen im öffentlichen Dienst hatten, einer seinen Arbeitsplatz räumen mußte. Dies betraf fast immer die Frauen, weil in der Regel ihre Männer besser ausgebildet waren oder höher bezahlte Posten innehatten. Andere Frauen, wie Fabrikarbeiterinnen, Straßenhändlerinnen, Haushaltshilfen oder Frauen, die in der Landwirtschaft arbeiteten, die der ärmeren Schicht angehörten und sich schon vor der »islamischen Kleiderordnung« nicht westlich-modern anzogen, sich weniger mit Politik beschäftigten und weniger auf bestimmte Freiheiten und Grundsätze pochten, durften ihren Arbeitsplatz behalten.

Auch Lehrerinnen gehörten zu den Berufstätigen, die gern beschäftigt wurden, weil die Schülerinnen lieber von Frauen ausgebildet werden sollten. Lehrerin war auch in der Schah-Zeit ein typischer Frauenberuf, zum einen, weil dafür nur ein bescheidenes Gehalt gezahlt wurde und Männer damit die Familie nicht ernähren könnten; zum anderen, weil das Arbeitsklima in der Schule eine ernste, von »unanständigen« Männern freie Umgebung war, die durchschnittlichen und sogar religiösen Familien als für Frauen angemessen erschien.

Nach der islamischen Machtübernahme sind viele Berufe extra für Frauen geschaffen worden. Dazu gehören Lehrerinnen für Erziehungsangelegenheiten, die in Mädchenschulen auf islamische Kleidung der Schülerinnen und Lehrerinnen achten und für ihr islamisches Benehmen zuständig sind. Sie fungieren zugleich als Spitzel, die politisches »Fehlverhalten« in der Schule den Revolutionskomitees melden und viele Frauen und Mädchen schon dem Tod auslieferten. Außerdem stehen sehr viele Frauen als Wachposten vor öffentlichen Gebäuden, Banken, größeren Kaufhäusern, Krankenhäusern usw., um die islamische Kleidung der Frauen zu überprüfen und um aufzupassen, daß sie während des Fastenmonats Ramadan kein Essen zu ihren Arbeitsplätzen schmuggeln. Sie verweigern auch Besucherinnen den Zutritt, wenn sie nicht streng islamisch angezogen sind.

Frauen bekommen im Iran grundsätzlich für gleiche Arbeit den gleichen Lohn, das gleiche Gehalt wie die Männer. Tatsächlich verdienen sie aber wie in vielen anderen Ländern auch nur ein Bruchteil dessen, was die Männer verdienen. Bei körperlicher Arbeit werden ihr Fleiß und ihre Ausdauer nicht so hoch bewertet wie die angebliche oder wirkliche Kraft der Männer. Qualifizierte Frauen hingegen bekommen selten die Aufstiegschancen, die ihre männlichen Kollegen haben.

Wenn Frauen berufstätig sind, können sie auch dann, wenn sie genauso viel wie ihr Ehemann verdienen, ihren Verdienst als ihr Eigentum ansehen, das sie sparen können. Das haben sie zum Teil in »besseren Zeiten« auch getan. Heute ist das jedoch nicht mehr möglich, weil jeder verdiente Pfennig benötigt wird, um die Familie zu ernähren.

Männer arbeiten in der Regel zehn oder mehr Stunden am Tag und dies an sechs Tagen in der Woche, der Freitag ist der einzige arbeitsfreie Tag.

Die meisten Männer, die einen Arbeitsplatz mit geregelter Arbeitszeit haben, gehen daneben noch ein oder zwei weiteren Beschäftigungen nach, weil sie mit nur einem Gehalt ihre Familie nicht ernähren könnten. Oft beträgt die Miete für ein einfaches Haus oder eine Wohnung mehr als das, was ein Mann mit 40–45stündiger Arbeit in der Woche verdienen kann. Die Männer sind rechtlich wie auch sittlich-moralisch jedoch für die Versorgung der Familie verantwortlich.

Bis vor einigen Jahrzehnten lebten jungverheiratete Paare bei ihren Eltern, bis sie in der Lage waren, ein eigenes Haus zu kaufen. Seit mehreren Jahrzehnten ist die Großfamilie in den Großstädten jedoch seltener anzutreffen. Heute leben Eltern und Kinder nur dann zusammen, wenn sie keine bezahlbare Wohnung finden können, dies ist seit Anfang der 80er Jahre allerdings nicht selten der Fall. Auch wenn die Familie nur aus Eltern und Kindern besteht, ist sie selten allein. Des öfteren leben verwitwete Mütter, eine unverheiratete Schwester, eine ältere Tante ohne Kinder, ein verwandter Student, dessen Eltern in einer anderen Stadt leben, vorübergehend oder auf Dauer bei der Familie. Es kommt selten vor, daß Männer oder Frauen allein leben. Dies gibt es nur bei Wohlhabenden, bei Unverheirateten, die in einer anderen Stadt arbeiten, einer dünnen Schicht von Intellektuellen, gut ausgebildeten Menschen, die geistig oder künstlerisch tätig sind, oder wenn bei älteren Paaren ein Partner gestorben ist und der andere die Wohnung nicht aufgeben möchte. Wenn sie jedoch nicht bewußt und energisch ihr Alleinleben verteidigen, ziehen Scharen anderer Alleinstehender aus ihrer Verwandtschaft oder Bekanntschaft, die zufällig zu Besuch in der Stadt sind oder eine kurze Ausbildung in Anspruch nehmen wollen, zu ihnen.

Die Frauen sind emotionaler Mittelpunkt und Rückgrat der Familie. Mit dreißig oder vierzig Jahren haben sie oft halbwüchsige bis erwachsene Kinder, die sie über alles lieben. Die Mutter ist der einzige Elternteil, der viel Zeit für die Kinder aufbringt. Sie kocht für sie, streichelt sie, schimpft mit ihnen oder schlägt sie, wenn sie sich mit ihren Geschwistern streiten. Der Vater ist aufgrund seiner langen Arbeitszeit hingegen kaum zu Hause und beteiligt sich wenig an der Erziehung. Wenn er nach Hause kommt, setzt er sich vor den Fernseher und reagiert empfindlich, wenn die Kinder laut sind.

Anders als in den meisten Industrieländern des Nordens bleibt die Familie nicht nur dann bestehen, wenn die Paare sich lieben und gut verstehen, sondern auch dann, wenn sie sich nicht mehr vertragen. Gründe dafür sind die Liebe zu ihren Kindern, wirtschaftliche Not sowie der soziale und moralische Verlust und das geminderte Ansehen, die eine Scheidung zur Folge hätte. Ein anderer Grund für Frauen ist auch, daß die harmonische emotionale Beziehung zu den Kindern nicht beeinträchtigt werden kann, da die Männer oft lange abwesend sind. Die Familie bricht auch dann nicht auseinander, wenn die Kinder erwachsen und verheiratet sind. Eltern und Kinder besuchen sich häufig und bewältigen das tägliche Leben gemeinsam. Die Mutter säubert Gemüse und Hülsenfrüchte, um der berufstätigen Tochter z. B. Arbeit beim Kochen zu ersparen. Sie stellt sich für die Tochter in die Lebensmittelschlange, näht und strickt für die Enkelkinder. Sofern die Familie ein Auto besitzt, besorgt die Tochter ihrerseits die unverderblichen Lebensmittel. Sie organisiert Medikamente, die schwer zu bekommen sind, und pflegt ihre Eltern, wenn sie krank sind. Auch die Beziehungen zu entfernten Verwandten werden von ihr aufrecht erhalten. Sie ist emotionaler Mittelpunkt der Familie, »Trägerin der Liebesbotschaften«.

Frauen werden von ihren Männern nur in seltenen Fällen geschlagen. Nicht weil iranische Männer besser als andere wären, sondern vor allem weil sie sich nicht trauen. Sie würden dadurch nicht nur den Zorn der Frauen auf sich lenken, sondern auch den der Kinder und der ganzen Verwandtschaft. Außerdem sind ja in der Familie immer »ZuschauerInnen« anwesend, BesucherInnen, ein Elternteil, eine Schwester oder die Kinder, die ihn weniger lieben würden, wenn er ihre geliebte Mutter angriffe. Das ist für mich eine Erklärung dafür, daß Frauen trotz ihrer Rechtlosigkeit selbstbewußt erscheinen und mutig gegen die Unterdrückung in der Gesellschaft kämpfen.

Sexualität und Liebe

Jeder voreheliche und außereheliche sexuelle Kontakt ist im Iran laut islamischem Gesetz, aber auch nach den bestehenden sittlichen und moralischen Vorstellungen verboten. In den letzten Jahren vor Khomeinis Machtübernahme wurde diese Regel von den »modernen«, intellektuellen Familien, insbesondere von den reichen, westlich orientierten »oberen Zehntausend« durchbrochen. Es kam zu halboffenen oder offenen Liebschaften Unverheirateter.

Die Moralvorstellungen und die Traditionen, die von der Durchschnittsfamilie akzeptiert werden, verbieten es sogar offiziell verlobten Paaren, sich allein zu treffen und ohne Begleitung Dritter auszugehen. Zu den zwingenden moralischen Grundsätzen gehört die Jungfräulichkeit der Frau vor der Ehe. In den traditionellen Familien ist es üblich, daß diese Jungfräulichkeit den nächsten Verwandten nach der Hochzeitsnacht durch ein mit dem Blut der entjungferten Ehefrau beschmiertes Tuch bewiesen wird. Frauen, die vor der Heirat ihre Jungfräulichkeit verloren haben, helfen sich rechtzeitig vor der Hochzeit durch eine operative Ersetzung ihrer Jungfernhaut oder holen sich bei älteren, erfahrenen Frauen, »Zauberinnen«, Rat, wie sie in der Hochzeitsnacht ihre Ehemänner täuschen können. Viele Ehemänner lassen sich, auch wenn sie aus gebildeten oder modernen Familien stammen, wieder scheiden, wenn die Frau in der Hochzeitsnacht nicht ihre Jungfräulichkeit beweisen kann. In Einzelfällen haben wütende Ehemänner in der Hochzeitsnacht ihre Braut sogar umgebracht. Das geschieht allerdings äußerst selten, weil Frauen sich der Gefahren bewußt sind und sich deshalb vorher helfen oder einer Heirat gar nicht erst zustimmen. Täuschen können sie z. B. dadurch, daß sie ihre Hochzeit auf einen Tag legen, an dem sie ihre Menstruation erwarten, oder indem sie einen Fingerhut Taubenblut ins Schlafzimmer schmuggeln und es rechtzeitig auf ihr Bett tropfen lassen. Die Verwandten, die ihnen dabei helfen, sorgen rechtzeitig dafür, daß der Bräutigam genug zu trinken bekommt und die »Hedjleh«, den für die Hochzeitsnacht hergerichteten Schlafraum, nicht ganz nüchtern betritt.

Nach Khomeinis Machtübernahme ist die Keuschheit der Frau zu einer gesellschaftspolitischen Angelegenheit erklärt worden. Jeder Kontakt einer Frau zu Männern, die nicht ihr Ehemann, Vater, Großvater, Bruder oder Onkel sind, ist strengstens verboten. Die Einhaltung dieses Gebots wird seitens des Staates mit Straßenkontrollen verfolgt. Bei Nichteinhaltung werden die Frauen bestraft. Es fahren ständig Patrouillen durch die Straßen, sie kontrollieren, ob die Frauen die islamische Kleiderordnung einhalten, die dunkle große Kopftücher, die bis zur Stirn hinunterzuziehen sind, dunkle weite Mäntel mit weiten Hosen darunter und dicke Strümpfe vorschreibt. Nagellack, Schminke und Puder oder Lippenstift und hochhackige Schuhe sind verboten. Außerdem wird beobachtet, ob sie mit fremden Männern spricht, ißt, spazieren geht oder in einem Auto fährt. Wenn die Patrouillen Verdacht schöpfen und der Verdacht nach ausführlichem Verhör nicht ausgeräumt werden kann, wird die Frau zwangsweise ärztlich untersucht, ob sie noch Jungfrau ist, und bestraft, wenn dies nicht der Fall ist.

Die Strafen, die angewandt werden, reichen von Peitschenhieben z. B. für unerlaubtes Spazierengehen mit einem Fremden bis zum Tod durch Steinigung, wenn eine verheiratete Frau beschuldigt wird, Liebesbeziehungen zu einem fremden Mann gehabt zu haben. Frauen, die wegen Mißachtung der islamischen Kleiderordnung festgenommen werden, werden beleidigt, eingeschüchtert und brutal bestraft. So werden sie z. B. gezwungen, ein Papier zu unterschreiben, auf dem steht »Ich werde in Zukunft nicht mehr Prostitution betreiben«. Sie werden mit einem Schild vor der Brust fotografiert, auf dem zu lesen ist »Prostituierte zweiten Grades«, und ihnen wird gedroht, dieses Foto werde im Fall einer wiederholten Verhaftung wegen Nagellacks oder eines bunteren Kopftuches veröffentlicht. Manche werden in einen Sack voller Küchenschaben gesteckt, andere werden gezwungen, Leichen zu waschen. Eine Frau hat erzählt, die Revolutionswächter hätten sie gezwungen, eine weite kurdische Hose anzuziehen, die am Fuß eng war. Dann wurden junge Katzen in die Hose gesteckt, und die Wächter schlugen ihr auf die Beine. In ihrer Panik zerkratzten die Kätzchen der Frau Beine und Geschlechtsteile.

Menschen, die viele Jahrzehnte unter halbwegs funktionierenden demokratischen Verhältnissen leben und ihren Unmut über Unterdrückung und Unfreiheit laut aussprechen können, fällt es schwer, nachzuvollziehen, warum eine Mehrheit die Unterdrückung durch eine brutale und diktatorische Regierung »unwidersprochen« erduldet. Besonders dann, wenn – wie ich behaupte – mehr als 90% der Bevölkerung mit der Regierung nicht einverstanden sind. Aber wenn lange genug auf demonstrierende Menschen, die nur ihre Meinung kundtun wollen, geschossen wird; wenn Zehntausende hingerichtet werden, nur weil sie eine andere Meinung haben; wenn Menschen sogar in den Gefängnissen nach ihrer Verurteilung nicht sicher sein können; wenn bewaffnete Revolutionswächter auf den Straßen patrouillieren und Frauen (seltener Männer) verhaften, nur weil sie sich anders kleiden; wenn Gefangene körperlich und psychisch so gefoltert werden, daß sie zusammenbrechen und öffentlich Reue üben; wenn an einem Tag hunderte Gefangene hingerichtet werden; wenn städtische Bedienstete sich an verordneten Demonstrationen beteiligen, weil sie Angst vor Entlassung haben – dann finden die breiteren Massen andere Formen, um ihren Unmut gegen die ungeliebte Regierung zu äußern.

Z. B. ziehen sich Frauen trotz wiederholter Mahnungen und trotz Repressionen ein wenig bunter an, als erlaubt ist, oder sie lassen einige Haarsträhnen aus dem Kopftuch hängen, auch wenn das mit Peitschenhieben bestraft wird. Sie beklagen sich über Teuerungen und staatliche Maßnahmen in den Lebensmittelschlangen und erzählen entsprechende Witze. In den Gefängnissen protestieren trotz strenger Strafen Gefangene damit, daß sie nicht beten oder sich an Veranstaltungen beteiligen.

In den letzten Jahren sind zwar gewisse Veränderungen zu beobachten, die aber nicht grundsätzlich sind. Die Regierung möchte sich in der islamischen Welt, und nicht mehr nur bei radikalen Gruppen wie den Hisbollahs im Libanon, Einfluß und Ansehen verschaffen. Die Islamische Republik möchte gern eine Wirtschaftsmacht und ein zuverlässiger Partner für westliche, aber auch für die Staaten der im Zerfall befindlichen GUS werden. Dazu braucht die Regierung mehr internationales Ansehen und den Anschein, die Menschenrechte würden gewahrt. Bis jetzt haben sich die Strömungen, die für eine mildere Form autoritärer Regierung sind – ich möchte bewußt den Begriff »liberalere Kräfte« vermeiden, weil er zu einer Fehldeutung führen würde –, aber nicht stabilisieren können. Noch immer werden im Iran Menschen verhaftet und hingerichtet, noch immer werden Frauen auf der Straße belästigt und mißhandelt, wenn sie falsche Kleidung tragen, immer noch werden zahlreiche Menschen hingerichtet – und immer noch besteht das Todesurteil gegen Salman Rushdie.

Rechtliche Lage

Bei der Eheschließung wird die Frau gefragt, ob sie den vorgeschlagenen Mann heiraten möchte. Ohne ihr Einverständnis kommt die Heirat nicht zustande. Wenn eine Frau zum erstenmal heiratet, muß auch das Einverständnis des Vaters oder Großvaters vorliegen. Sonst kann die Ehe nicht geschlossen werden. Dabei ist es unerheblich, wie alt die Frau ist. Auch wenn sie mit 40 Jahren zum erstenmal heiratet, benötigt sie die Zustimmung des Vaters. Bei der Heirat wird »Mehrieh« festgesetzt, eine Summe, die der Mann seiner Frau auszahlen muß, wenn sie es verlangt, spätestens aber bei einer Scheidung. In der Regel macht diese Summe das Fünf- bis Fünfzehnfache des Jahresverdienstes des Ehemannes aus. Allerdings ist diese »Mehrieh« mehr eine traditionelle Geste und hat keine praktische Bedeutung, weil kaum eine Frau die Auszahlung in der Ehe verlangt. Auch bei einer Scheidung erhalten die Frauen nur selten das Geld, obwohl sie einen Rechtsanspruch darauf haben. Die Ehemänner schikanieren die Ehefrau solange, bis sie sagt: »Ich verlange die Scheidung und verzichte auf meinen Anspruch.« Das Recht auf Scheidung ist den Männern vorbehalten, es sei denn, die Ehepartner hätten vor der Heirat vereinbart, daß auch die Frau das Recht auf Scheidung hat.

Eine besondere Form der Eheschließung ist die »Sieghe«, eine Ehe auf Zeit, die für zwei Stunden, 4 Tage oder 20 Jahre geschlossen werden kann. Der Mann soll der Frau eine bestimmte Summe als Gegenleistung auszahlen. Eine Frau, die eine solche »Sieghe« eingegangen ist, hat keinen Anspruch auf Unterhalt. Der Sieghe-Vertrag wird in der Regel von einem Mullah verlesen, indem er einige arabische Sätze spricht, den Zeitraum der Eheschließung nennt und den vereinbarten Betrag. Ist das Paar einverstanden, ist die Zeitehe geschlossen. Nach Meinung einiger schiitischer Gelehrter dürfen aber auch Paare ohne einen Mullah den Sieghe-Vers sprechen und so die Ehe schließen. Die Sieghe wird vor allem von Witwen oder Frauen, die arm sind und auf diese Weise ihren Lebensunterhalt verdienen, eingegangen. Es sind vor allem reiche oder zumindest besser verdienende Männer, die bereit und in der Lage sind, für ihr Vergnügen die nötigen Mittel aufzubringen. Sie schweigen jedoch darüber und verstecken die Frau vor ihren Familien und Verwandten.

Die Sieghe ist eine zweitklassige Verbindung, eine lockere sexuelle Beziehung, zum Teil auch Prostitution.

Aber sie ist nicht generell als Prostitution anzusehen. Es gibt nicht selten Ehen, die für ein Jahr oder 10 Jahre geschlossen werden und mit Prostitution wie im Westen nicht zu vergleichen sind. Töchter aus besser gestellten Familien sind nicht bereit, eine solche niedere Form der Ehe wie die Sieghe einzugehen.

Die Männer haben das Recht auf vier Ehefrauen, aber sie machen sehr selten davon Gebrauch; zum einen, weil nur wenige Männer finanziell dazu in der Lage sind, zum anderen, weil dies vor allem bei modernen Durchschnittsfamilien verpönt ist und Einbußen an Ansehen zur Folge hätte.

Scheidung

Einige Jahre vor Khomeinis Machtübernahme war es durch Reformen möglich geworden, daß Frauen vor Familiengerichten die Scheidung beantragten. Heute können gewöhnlich nur die Männer darüber befinden, ob sie sich von ihren Frauen scheiden lassen wollen oder nicht. Wenn sie dieses vorhaben, können sie ohne Schwierigkeiten jederzeit die Scheidung vollziehen. Dabei spielt es keine Rolle, ob die Frau einverstanden ist oder nicht. Im Ehevertrag kann aber auch eine hiervon abweichende Regelung vereinbart werden. Der Mann kann die ihm per Gesetz verliehene Macht, über die Scheidung zu entscheiden, per Vertrag seiner Ehefrau mitübertragen. Die Frau hat z. B. dann die Möglichkeit, sich zu einer Scheidung zu entschließen, wenn der Ehemann sich ihrem Studium widersetzt oder eine weitere Frau heiratet. Oder es kann vereinbart werden, daß eine Scheidung einfach auf ihren Wunsch hin stattfindet.

Im Iran gibt es verschiedene Formen der Scheidung. Die »Rodjie« berechtigt den geschiedenen Ehemann, noch während der ersten hundert Tage nach der Trennung seine geschiedene Frau zurückzuholen; wenn er eine Liebeserklärung abgibt, sie berührt oder durch sonstige Gesten und Zeichen zu verstehen gibt, daß er sie haben will, gelten sie wieder als Mann und Frau. Dabei spielt es keine Rolle, ob die Frau einverstanden ist.

Eine Frau hingegen kann nur in seltenen Fällen ihre Ehe rückgängig machen. Dies ist z. B. dann möglich, wenn es bei der Eheschließung vereinbart wurde, der Mann geisteskrank oder impotent ist oder z. B. keine Hoden mehr hat.

Die einzige Regelung zur nachehelichen Versorgung ist die schon erwähnte »Mehrieh«, eine einmalige hohe Summe. Sollte eine Frau diese Summe bei einer Scheidung tatsächlich bekommen, wird sie vor allem nach längerer Ehe aufgrund der Geldentwertung nicht mehr sehr viel wert sein.

Bekleidungsvorschriften und Frauenwiderstand

Wenn ich in meinen Ausführungen von islamischen Vorschriften spreche, meine ich damit Regeln, die die schiitischen Gelehrten im Iran aufgestellt haben. Diese möchte ich aber keinesfalls als »wahren Islam« bezeichnen. Schiitentum war bis zur Machtübernahme Khomeinis der inneren Struktur nach eine demokratische Glaubensrichtung. Jeder schittische Gelehrte ist, wenn er die verschiedenen Ränge und Stufen bis zur »Edtjehad«[1] durchlaufen hat, berechtigt, den Koran selbständig zu interpretieren. Diese Interpretation wurde mündlich oder schriftlich kundgetan. Keine Interpretation war der anderen überlegen, kein Interpret gegenüber dem andern weisungsberechtigt. Macht und Ansehen der Gelehrten wuchsen mit ihrer Anhängerschar und mit Geldern, die diese ihnen, vergleichbar einer freiwilligen Kirchensteuer, spendete. Viele Diskussionen der Gelehrten untereinander sowie viele Meinungen und Regeln blieben den einfachen Menschen unbekannt. Die religiösen Regeln erlangten erst dann Gewicht, wenn sie in Gesetze umgewandelt wurden und die Gläubigen zu ihrer Einhaltung gezwungen waren.

Jeder erwachsene Islamanhänger ist berechtigt, sich einen Gelehrten frei auszusuchen, nach dessen Interpretation die religiösen Pflichten auszuüben und nach von ihm bestimmten Verhaltensregeln zu leben. Die Anhängerschaft ist nirgends registriert, so daß ein Gelehrter von heute auf morgen von seinen Anhängern verlassen werden kann.

Am 11. Februar 1979 übernahm Khomeini die Macht. Schon am 8. März hielt er eine Radioansprache, in der er verkündete, daß Frauen zukünftig Kopftücher oder Schleier tragen müßten. Dies wude von Frauen nicht widerstandslos hingenommen: Am 8. März 1979 zogen bis zum Nachmittag tausende von Schülerinnen in spontanen Märschen durch die Straßen Teherans, um ihre Empörung gegen Khomeinis Verfügung zum Ausdruck zu bringen. Diese und die ihnen folgenden Demonstrationen wurden durch »Hizbollahs« mit Fäusten, Knüppeln und Messern blutig niedergeschlagen. Im Juni 1979 wurde an alle Schulen eine Weisung geschickt, daß vom 8. Juni an keine Frau mehr ohne islamische Kleidung staatliche Institutionen, Schulen und andere Bildungsinstitutionen betreten dürfe. An den Türen standen Revolutionswächterinnen, die die Einhaltung der Vorschriften prüften. Frauen wurde der Zutritt verweigert, wenn sie durchsichtige Strümpfe trugen, wenn ihr Kopftuch angeblich nicht die richtige Farbe hatte oder ihre Mäntel nicht weit genug geschnitten waren. Mit diesen Schikanen konnte das Regime die Bekleidungsvorschriften durchsetzen.

Im Juni 1979 organisierten Referendarinnen in der Gerichtsausbildung einen Sitzstreik im Teheraner Justizpalast, weil sie von der Abschlußzeremonie der Referendare ausgeschlossen worden waren. Nach den islamischen Regeln Khomeinis dürfen Frauen nicht mehr als Richterinnen fungieren.

Frauen haben sich immer wieder gegen die Bekleidungsvorschriften gewehrt. Eine der letzten großen Auseinandersetzungen fand Ende April 1991 in Teheran statt. Hierbei wurden 800 Frauen verhaftet. Beim Kampf gegen die Bekleidungsvorschriften geht es den Frauen nicht nur darum, eine Locke mehr oder weniger zeigen zu dürfen, sondern vor allem um persönliche Freiheit. Schon Farbe und Größe des Kopftuches können Ausdruck des Protestes und des persönlichen Mutes einer Frau sein. Ich bewundere die Frauen, die es nach zehnjährigem Schleierzwang noch immer nicht aufgegeben haben, sich zu widersetzen.

Anmerkung

1) vgl. Anmerkung 27 im Beitrag von Rukhsana Ahmad

Gespräch mit Gohartaj Daneshvar, Lehrerin, seit fast fünf Jahren in Deutschland, über die Situation im Iran.

Frage: Gohartaj, wenn man sich über die Situation im Iran von heute informiert, gelangt man sehr schnell zu der Frage, ob es vielleicht unter der Schah-Herrschaft nicht doch besser gewesen sei, – besonders für Frauen?

Gohartaj: Was heißt besser – die 50 Jahre der Schah-Diktatur waren sehr brutal; es wurden zwar nicht so viele Menschen wie heute umgebracht, und es war auch eine Zeit ohne Krieg, aber es gab keinerlei Demokratie. Der Schah und einige wenige besaßen alles, der Rest der Bevölkerung war sehr arm. Die Unterschiede zwischen den Schichten waren sehr groß. Viele Menschen waren vom Lande in die Städte gegangen, in der Hoffnung, dort Arbeit zu finden. Viele Dörfer waren entvölkert. Als wir die Revolution 1979 machten, war da vor allem Hoffnung auf Demokratie und darauf, wirtschaftlich unabhängig werden zu können.

Frage: Wir habt ihr damals die Rolle der Religion eingeschätzt?

Gohartaj: Wir haben Khomeni unterstützt, weil wir vor allem erreichen wollten, daß der Schah gestürzt wird. Wir hatten damals nicht so viele Informationen über das, was Khomeini wollte. Er hatte ein paar Bücher geschrieben, aber die durften im Iran nicht verbreitet werden. Wir wußten wenig über die Absichten der Fundamentalisten. Der Schah benutzte ja übrigens auch die Religion, wenn es ihm von Nutzen erschien. Er wurde im Fernsehen beim Beten gezeigt. Damals war ja weltweit die Entwicklung der fundamentalistischen Bewegung gar nicht vorhanden, die setzte ja erst nach der Revolution im Iran ein.

Religion hatte natürlich im Iran immer eine Rolle gespielt, war aber eher eine private Sache gewesen. Ich selbst war nie religiös, meine Mutter hingegen sehr. Sie war aber dennoch gegen eine islamische Republik. Damals habe ich sie nicht verstanden. Ich glaube aber auch, daß wir Intellektuellen die religiösen Gefühle unterschätzt haben.

Frage: Es entsteht der Eindruck, vor allem Frauen unterstützten die islamische Republik, wenn man die großen Demonstrationen sieht. Das ist schwer zu verstehen, wenn man weiß, wie sie diskriminiert werden.

Gohartaj: Man muß bedenken, daß Frauen im Iran immer wenig Möglichkeiten gehabt haben, sich öffentlich zu äußern. Die Religion gibt ihnen aber jetzt die Möglichkeit dazu. Es gibt auch unter den Revolutionswächtern Frauen – ich denke, das sind Frauen, die unter einem solchen Regime auch eine Art Karriere machen können und wollen. Aber es wäre falsch zu glauben, nur weil viele Frauen bei den Demonstrationen auf der Straße sind, seien sie für das Regime. Man wird ja gezwungen, an den Demonstrationen teilzunehmen. In meinem Bekanntenkreis z. B. hatte eine Familie ihren Sohn im Krieg verloren. Ich habe auf der Trauerfeiner erlebt, wie die Mutter über Khomeini schimpfte. Sie wurde dann von jemandem in einen anderen Raum gerufen und danach sagte sie nichts mehr, und die Trauerfeier wurde so abgewickelt, wie es Vorschrift ist.

Außerdem muß man sehen, daß viele sich nicht für Politik interessieren, sie wollen einfach nur leben, arbeiten, ein bißchen Vergnügen haben, das ist ja hier auch nicht anders. Und man darf nicht vergessen, daß die Menschen im Iran ja keine Demokratie kennengelernt haben – wie sollen sie sie da vermissen?

Frage: Wenn man sich mit Iranern unterhält, die hier leben, hat man oft den Eindruck, das ganze Volk sei eigentlich gegen Khomeini, nur könne es sich wegen der Unterdrückung nicht äußern. Aber es gibt doch auch bestimmt Leute, die eine islamische Republik wollen. Ich denke vor allem auch an die fanatisierten Pasdars. Wie beurteilst du die Situation? Es gibt ja auch die Meinung, vor allem die Männer profitierten davon.

Gohartaj: Direkt nach der Revolution sind viele junge Leute Pasdars geworden. Damals war noch nicht klar, wie diese sich entwickeln würden. Es ist aber sehr schwer, da wieder herauszukommen, wenn man einmal dabei ist. Sodann muß man auch bedenken, daß vor allem die jungen Leute durch die ständige Propaganda doch beeinflußt werden, überall hört man das Gerede, und wenn man noch sehr jung ist und nichts anderes kennenlernt, kann man sich schon dafür begeistern. Es herrscht ja Pressezensur und es gibt auch keine offiziellen Möglichkeiten, sich zu informieren. Natürlich profitieren die Männer davon. Während der Schah-Zeit haben viele sich modern gegeben, aber das ist nicht sehr tief gegangen. Besonders wenn es in der Familie Probleme gibt, kommen dann doch wieder die alten Vorstellungen hervor. Man muß sehen, daß es für bestimmte Frauen vor der Revolution Möglichkeiten der Bildung gab, und das Selbstbewußtsein vieler Frauen ist gewachsen. Ich selbst habe 1964 die Uni verlassen, da gab es noch sehr wenige Frauen, die studierten. Die Familienstruktur veränderte sich auch, und das hat zu Verunsicherungen geführt. Das Regime hat die Macht der Männer gestärkt.

Frage: Ich habe über Widerstand gegen die Festnahme von Frauen in Isfahan und von den Streiks der Metallarbeiter 1991 gelesen. Im selben Jahr streikten mehrere tausend Ölarbeiter gegen die beabsichtigte Streichung des Streikrechts. Kann man sagen, daß der Widerstand größer geworden ist?

Gohartaj: Viele Menschen sind ja wegen irgendeiner Form von Widerstand verhaftet und viele sind getötet worden, viele mußten wie ich und meine Kinder das Land verlassen. Übrigens bin ich nicht als politisch Verfolgte hier anerkannt! Widerstand entsteht heute eher spontan, nicht organisiert, z. B. bei Fußballspielen; wenn es zu Konflikten kommt, schlägt das in politische Proteste um. Die Frauen halten sich nicht immer an die Kleiderordnung. In Shiraz ist es ja auch im Mai 1992 zu größeren Aktionen gekommen.

Frage: Wie beurteilst du die Situation nach Khomeinis Tod? Gibt es Verbesserungen? Was erwartest du von der größeren Öffnung zum Westen?

Gohartaj: Es hat sich nicht viel geändert. Der eigentliche Machtinhaber war meines Erachtens immer schon Rafsanjani, der sich unter Khomeini zurückgehalten hat, aber über Macht verfügte. Das Regime hat wirtschaftlich nichts erreicht, im Gegenteil. Es wurden in Teheran zwar einige – eher kosmetische – Verbesserungen vorgenommen, im Bereich des Verkehrs und des Straßenbaus, aber die Armut ist größer geworden, und die Inflationsrate ist gestiegen.

Die Öffnung zum Westen wird nichts verändern – die westlichen Ländern haben ja immer, auch während des Krieges, gute Beziehungen zum Iran gehabt, sonst hätte Khomeini ja nicht die vielen Waffen bekommen. Die westlichen Länder wissen doch genau, wie die Waffen auf den Schwarzmarkt kommen und dort zu erhalten sind. Wir haben mit der Revolution für die Unabhängigkeit der Wirtschaft gekämpft, aber genau das Gegenteil ist eingetreten.

Frage: Das ist richtig, z. B. haben die USA 1981

Israel eine Waffenlieferung in den Iran gestattet, die mehrere Milliarden Dollar betrug; von 1987 bis 1990 erlaubte Washington amerikanischen Firmen die Lieferung modernster Technik, darunter auch eine Computeranlage, die militärisch genutzt werden kann. Der Iran hat sich bis Ende 1990 mit 10 Milliarden Dollar verschuldet, Hauptimportländer des Iran sind die damalige BRD, Japan, Italien, Großbritannien und Frankreich, seit Anfang 1990 gehören die USA zu Irans Haupthandelspartnern.

Gohartaj: Die westlichen Ländern haben doch gar kein Interesse daran, das Regime zu verändern. Sie hätten das Khomeini-Regime doch boykottieren können, dann gäbe es das heute nicht mehr. Ich glaube nicht, daß sich deshalb jetzt etwas ändert. Auch für die Frauen nicht.

Rukhsana Ahmad*)

Frauenbewegung in Pakistan

Historischer Hintergrund

Das heutige Pakistan wurde als Antwort auf die Forderung nach einem separaten Heimatland für die Muslime Indiens im August 1947 von den scheidenden Briten nach fast einem Jahrhundert kolonialer Herrschaft durch die Aufteilung Indiens geschaffen. Eine wirre Zeit voller Zwietracht, Chaos, Kriegen und Aufständen zwischen den einheimischen Gemeinschaften – den Hindus, Sikhs und Muslimen – vor dem Hintergrund fremder Einmischung war diesen hundert Jahren vorausgegangen.

Im Jahre 1757 konnten die Briten ihre Übermacht gegen die konkurrierenden französischen Truppen durchsetzen und danach schrittweise ihr Gebiet von Bengalen und der östlichen Küste westwärts ins Innere ausdehnen. Indien wurde 1858 formal Großbritannien angeschlossen. Das diesem Datum vorangegangene Jahr 1857 hatte die Schrecken eines bewaffneten Aufstands indischer Soldaten in Nordindien erlebt, der beide Seiten mit Erinnerungen an schlimme Bösartigkeiten zurückließ. Hindus und Muslime hatten sich zwar zum Kampf vereint, da dabei aber die Muslime die führende Rolle spielten, wurde die »Meuterei von 1857« seitens der Briten in der Folgezeit als weitestgehend von ihnen ins Leben gerufen bewertet. In den folgenden Jahren waren diese den Muslimen gegenüber deshalb argwöhnischer und feindlicher. Sie vertrauten eher den Hindus und erzeugten dadurch neue Feindschaft zwischen den beiden Gemeinschaften. Langsam, aber beständig wurden die Muslime so aus Machtbereichen und von Zugangsmöglichkeiten zu Ressourcen und Positionen verdrängt. Sie zogen sich in eine Welt der Nostalgie zurück, tauchten in den Ruhm der

Vergangenheit, lehnten es ab, sich an britischen Institutionen oder Bildungseinrichtungen zu beteiligen und wurden noch weiter in einen Circulus vitiosus der Ausgrenzung verbannt.

In der letzten Hälfte des 19. Jahrhunderts tauchten einige wenige muslimische Reformkräfte auf, um gegen die Unterdrückung und das Leiden ihrer Gemeinschaft zu kämpfen. Zwei einander diametral gegenüberstehende Strömungen entstanden in diesem Zeitraum, die beide eine Dichotomie verkörperten, die bis heute ungelöst ist und den gegenwärtigen philosophischen und politischen Diskurs in Pakistan spaltet: Die modernistische Strömung, die sich betont für eine westlich geprägte Erziehung und Integration in das britische System einsetzte, wurde von Sir Syed Ahmed Khan – der von den britischen Herrschern für seine Bemühungen geadelt wurde – geführt. Demgegenüber betrieb die traditionalistische Sichtweise – vertreten durch die Deoband-Schule, deren bekannteste Vertreter die Brüder Ali, Maulana Mohammad Ali und Maulana Shaukat Ali, waren – das Gegenteil. Sie wollte eine vorbehaltlose Rückkehr zu muslimischen Werten und muslimischer Kultur. ». . . sie . . . strebten keine unmittelbar gesellschaftlichen und wirtschaftlichen Lösungen politischer Probleme an. Ihnen ging es mehr um das, was sie als die psychologische, kulturelle und spirituelle Desintegration der muslimischen Gemeinschaft in Indien ansahen. Ihr Ziel bestand nicht darin, einen Anteil an der Macht im Staate zu erlangen, sondern eine integrierte muslimische Identität in Indien zu gewinnen. Hierfür traten sie mit einer nach innen gerichteten Strategie ein, die sich gegen die Strukturen britischer Kolonialherrschaft abgrenzte.«[1]

Indiens erste muslimische Partei, die Muslim-Liga, war eine Übersetzung des Pragmatismus der Modernisten in konkrete politische Aktion. Bezeichnenderweise wurde die Forderung dieser Partei nach einem separaten muslimischen Staat von den Traditionalisten abgelehnt und verhöhnt. Diese waren der Ansicht, die Muslim-Liga sei zu verwestlicht, um jemals das Ziel einer idealen islamischen Gesellschaft zu erreichen. Nichtsdestoweniger bewirkten jedoch die Aktivitäten beider Gruppierungen die Mobilisierung der muslimischen Frauen. Wie voraussehbar, waren es vor allem die Modernisten, die entschieden für die Gleichheit der Frau eintraten. Einige Bildungseinrichtungen wurden geschaffen, von denen jede die Art von Bildung propagierte, die von den männlichen Verfechtern innerhalb der genannten Gruppierungen als für Frauen angemessen gehalten wurde.[2]

Als 1917 die Brüder Ali verhaftet wurden, sah sich deren Mutter genötigt, auf einer Protestversammlung eine Ansprache zu halten, in der sie ironischerweise den Traditionalisten den ersten Schritt in die für die Frauen richtige Richtung zuschrieb. Auch verschiedene andere Frauen wurden während der Freiheitsbewegung sehr bekannt. Die Frauen sollten, soweit sie erst einmal mobilisiert worden waren, den Geschmack auf und das Versprechen nach Freiheit nicht vergessen. Ihr beträchtlicher Anteil an der Bewegung und an der Unterstützungsarbeit, die von Freiwilligen unter den in das neu gegründete Land Geflüchteten unternommen wurde, ist zwar nur in groben Umrissen belegt. Er lebt aber in der Erinnerung der Bevölkerung fort und ermutigt noch heute die jüngeren Frauen.[3]

Nach der Unabhängigkeit hat trotzdem auch die Muslim-Liga ihr Versprechen gebrochen, gleiche Rechte für die Frauen herzustellen, wenn erst einmal der neue Staat Wirklichkeit geworden wäre. Als sich dann in der jungen Republik die politische Elite um die Macht zankte, wurde das Thema der Gleichheit bewußt fallengelassen oder vergessen.

Jüngere politische Geschichte

In den Anfangsjahren Pakistans nahm die Geistlichkeit (im allgemeinen mit dem abwertenden Terminus Mullahs anstelle von Maulanas bezeichnet) eher eine Randstellung ein. General Ayub Khan versuchte während seines Kriegsrechts zwar, die orthodoxen Elemente innerhalb der Geistlichkeit zu schwächen. Umgekehrt griff er aber immer dann, wenn es nützlich schien, auch auf den Islam zurück: z. B., indem er ihn als einigenden Faktor anrief, als er mit der früheren separatistischen Bewegung Ostpakistans[4] konfrontiert war. Um den Forderungen der konservativeren Kräfte etwas entgegenzusetzen, gründete er das Zentrale Institut für Islamische Forschung, welches Voraussetzungen für eine liberalere Interpretation des Islam schuf. Bevor er seine Familiengesetze erließ, war er sorgfältig darauf bedacht, die Rückendeckung verschiedener religiöser Experten zu erhalten.[5]

Dies sollte für die auf ihn folgenden politischen Führer zum Beispiel werden. Konfrontiert mit der Macht der Religion, nutzte Bhutto die Losung vom Islamischen Sozialismus, der seinem Ermessen nach in den ländlichen Regionen des Punjab eher zu verkaufen war als der gottlose Maxismus. Aber er behielt auch den Maulana Kausar Niazi[6] dauernd in seinem Kabinett und war vorsichtig bemüht, auf religiösen Gefühlen nicht herumzutrampeln. Auch in seiner Außenpolitik baute er bewußt Bündnisse mit anderen muslimischen Ländern auf, insbesondere mit dem radikalen Libyen. Später beschuldigte er den Westen, gegen ihn zu konspirieren und ihn zu betrügen, weil er eine unabhängige Außenpolitik versucht habe.

Als seine Popularität nachließ, machte Bhutto wichtige Zugeständnisse an die religiöse Lobby des rechten Flügels. Als schlimmste Konzession erklärte er die Ahmediya-Sekte zu Nicht-Muslimen, wodurch sie zu einer Minderheit[7] herabgestuft wurde. Andere, eher symbolische Gesetze, wie das Verbot des Alkohols, die Erklärung des Freitags zum arbeitsfreien Feiertag und die Schließung von Diskotheken westlichen Stils, erließ er als letzten Versuch zu überleben. Diese Gesetze stärkten die muslimischen Parteien, deren Macht langsam, aber beständig wuchs. Deren großer Anschlag gegen die Frauenrechte stand noch bevor.

Der Islam wurde immer deutlicher zum Nebelschleier für die Unzulänglichkeiten und politischen Fehler sowohl von Politikern als auch von ungewählten Führern. Die Extremisten des rechten Flügels, die gegen die Schaffung von Pakistan votiert hatten, erlebten sich in Indien als machtlos und unbedeutend und kamen deshalb schon kurz nach der Teilung, um an der Polititik teilzuhaben und so im neuen Heimatland die Sache des Islams zu fördern. Die Jamaat-i-Islami (JI), die stärkste Partei, wuchs an Größe und Organisation durch dauerhafte finanzielle Unterstützung von auswärts.[8] Während andere Gruppen wegen der fehlenden Freiheit für politische Aktivitäten verschwanden, blieb sie aufgrund der Unterstützung durch die Regierung am Leben und gewann an Einfluß, verbesserte ihre Organisation und entwickelte sich sowohl durch Manipulation als auch durch Infiltration der Medien zu einer lärmenden und einschüchternden Minderheit.

Der negative Grund für den hervorragenden Erfolg der JI war das Dilemma, in dem sich die eher westlich orientierten und weltlichen Pakistanis befanden: Wie konnten sie gegen die Islamisierung Pakistans auftreten, wo doch die Freiheit, den Islam zu praktizieren, ein Grund für die Schaffung dieses Staates gewesen war? Ihr Widerstreben, sich auf diese Debatte einzulassen, hat als Versäumnis dem rechten Flügel genützt. Die Pakistanische Volkspartei (PPP) unter Führung Benazir Bhuttos zog niemals in Betracht, den religiösen Rahmen in Frage zu stellen. Die Befürchtung, eine Debatte über die Rolle der Religion könne eine tiefe Spaltung innerhalb des Landes hervorrufen, die seine Existenz gefährden könne, hat mehr und mehr die so sehr benötigten Diskussionen über eine Säkularisierung und Demokratisierung erschwert.

Die PPP hat fälschlicherweise angenommen, und sie tut das immer noch, der Islam könne der Zement für eine abbröckelnde nationale Identität sein: Eine Identität, die seit dem Abfall Ostpakistans bedroht ist. Aufgrund der andauernd vorgebrachten Forderungen Sindhu Deshs in Sindh, der gegenwärtig der Zentralmacht am meisten entfremdeten Region, und der weniger häufigen nach einem eigenständigen Pashtunistan in der nordwestlichen Grenzprovinz, die die instabile und oberflächliche Ordnung gefährden, wird dies auch weiterhin so bleiben.

Muslime und Indien

In Südostasien hat der Islam eine relativ kurze Existenz: Weniger als 1200 Jahre in einer Region mit einer stolzen Zivilisation schon seit dem 4. Jahrtausend vor unserer Zeitrechnung. Dieser Glauben wurde zuerst durch arabische Eroberer in das Tal des Indu gebracht, später durch Eroberer aus Nordostpersien. Mohammed Ghori etablierte 1195 eine muslimische Herrschaft in Nordindien, indem er einen Sklaven, Qutbuddin Aibak, zum Vizekönig der von ihm eroberten Gebiete machte.

Die vergleichweise große Stabilität, die im 16. und 17. Jahrhundert unter den Mughal-Königen folgte, hatte eine Ausbreitung des Islam über weite Gebiete der indischen Halbinsel zur Folge. Im großen und ganzen lebten Hindus und Muslime auch schon vor dem Eintreffen der Briten in diesem Gebiet nur in einem unsicheren Frieden. Die kolonialistische Strategie des Teilens und Herrschens vertiefte noch die Feindschaft zwischen ihnen. Die vielleicht harmonischste Periode war dic unter Kaiser Jalal-ud-din Akbar (1556-1605) gewesen. In der Hoffnung, seine Untertanen miteinander auszusöhnen, hatte dieser, wenn auch nicht sehr erfolgreich, versucht, einen neuen, vereinten Glauben zu entwickeln: Deen-i-Elahijund er selbst hatte Hindu-Prinzessinnen geheiratet, um Bündnisse zu schmieden.

Aber die Spaltung zwischen Hindus und Muslimen, die nicht so leicht beigelegt werden kann, bleibt bitter. Sie ist nicht einfach nur in der Erinnerung der Bevölkerung wachgeblieben, sondern wird auch von nationalistischen Eigeninteressen und den Kräften des rechten Flügels auf beiden Seiten der Grenze sorgfältig genährt und am Leben erhalten. Die paranoide Angst in Pakistan vor einer indischen Hegemonie, die bis zu einem gewissen Grad verständlich ist, nützt der Armee in Gestalt der Mittel, die ihr zugewiesen werden, und ihrer strategischen Bedeutung im Lande. Auch in Indien hat die Bedrohung durch einen Krieg mit Pakistan immer als nützliche Ablenkung von innenpolitischen Problemen gedient. Konflikte mit Pakistan, entzündet und immer glimmend gehalten durch Hindu-Fundamentalisten in Indien, erhöhen unmittelbar die Spannungen zwischen Hindus und indischen Muslimen. Deshalb ist es nicht überraschend, daß der Fehlschlag einer indischen Säkularisierung und die Zwangslage der indischen Muslime gelegentlich triumphierend von den muslimischen Parteien als Begründung für die Existenz Pakistans zitiert werden.

Trotz all dieser Unstimmigkeiten auf der politisch-nationalen Ebene gibt es indes Bindungen, die die Menschen beider Länder miteinander verknüpfen, nicht zuletzt gemeinsame Sprachen, ethnische Identitäten und kulturelle Gebräuche. Schriftsteller, bildende Künstler und Schauspieler, unter ihnen auch viele Feministinnen, haben sich um Verbindungen über die Grenze hinweg bemüht und versucht, Netzwerke zu schaffen. Einige zerbrechliche Einflußkanäle sind offen geblieben.

Neben diesen bewußten Verbindungen lebt noch eine andere Art des Einflusses durch das Verhalten und die Gewohnheiten der Menschen fort. Viele zum Islam Konvertierte haben verständlicherweise Elemente ihres viel tiefer verwurzelten früheren hinduistischen Glaubens oder Glaubenslebens beibehalten. Anita Weiss merkt zur Frage der »Kasten« in Pakistan an: »Da der Islam die Gleichheit aller Menschen proklamiert, wird diese hier durch die Schichtung der Muslime im Qaums (grob übersetzt: Stämme) und Klassen in Praxis umgesetzt. Die soziale Schichtung wird bei den Muslimen nicht so stark betont wie bei den Hindus, obwohl es einige Qaums gibt, die historisch mit bestimmten gesellschaftlichen Rollen identifiziert werden. Zum Beispiel sind Mughals und Rajputs eher die politisch Mächtigen, während Syeds und Qureshis eher religiöse Führer sind ... Obwohl die Qaum-Identität einst einen bestimmten gesellschaftlichen oder beruflichen Status verliehen haben mag, kann sie jedoch heute nicht mehr als wirksames Moment sozialer Differenzierung angesehen werden. Der gegenwärtige Qaum ist eine bloße soziale Identität, die nicht dieselbe Bedeutung wie der Hindu-Ausdruck Jati (Kaste) hat, die tatsächlich zugleich auch rituelle und berufliche Identität zuweist. Die Klasse hat als wichtigster Indikator gesellschaftlicher Schichtung den Qaum übertroffen.«

Besonders in ländlichen Gebieten gibt es aber in Pakistan bis heute, zumal dann, wenn Hochzeiten arrangiert werden, eine Bezugnahme auf die Kaste der beteiligten Parteien. Die meisten Muslime sind sich ihres Kastenhintergrundes bewußt und suchen nach Heiratsbindungen im Rahmen ähnlicher oder »höherer« Kasten.

Verschiedene Verhaltensweisen, die für den Status der Frauen von Bedeutung sind, sind als kulturelle Überreste der Hindu-Vergangenheit in die pakistanische Gesellschaft eingebettet: zum Beispiel das gesellschaftliche Tabu gegen die Ehescheidung und die Wiederverheiratung von Witwen, die Praxis der Mitgift, die bemerkenswerterweise allesamt in dieser Form in der saudisch-muslimischen Kultur nicht vorhanden sind.

Der Einfluß kolonialer Herrschaft hat einige islamische Regeln ausgehöhlt, die von Vorteil für die Frauen waren. Weil die Briten beschlossen, hinduistisches Gewohnheitsrecht anzuwenden, verloren muslimische Frauen ab 1860 das Recht, Besitztum zu erben. Es wurde teilweise durch das Personenstandsgesetz von 1937 mit Ergänzung von 1951 wiederhergestellt, indem in Anlehnung an das Shariats-Recht[10] Landbesitz in das Erbrecht der Frauen eingeschlossen wurde.

Der Status von Frauen in Pakistan

Mit einer geschätzten Bevölkerung von über 93 Millionen hat Pakistan ernsthafte bevölkerungspolitische Probleme. Bei der letzten Zählung (1981) waren von 84,35 Millionen Menschen nur 40,02 Millionen Frauen, das sind 47,05%. Im Unterschied zum Westen ist die Lebenserwartung von Frauen mit 54 Jahren geringer als die von Männern mit 55 Jahren.[11] Natürlich sind beide Zahlen viel niedriger als die Durchschnittszahlen in Europa und den Vereinigten Staaten.

Zahlen, die einen bezeichnenden Einblick in pakistanisches Frauenleben vermitteln, sind die Heirats- und Scheidungsstatistiken. Nur 0,8% aller Frauen bleiben ledig, und die Scheidungsrate beträgt gerade eben 1,2%.[12] Betrachtet man außerdem den Prozentsatz weiblicher Alphabetisierung – weniger als 10% in ländlichen und 29% in städtischen Gebieten –, hat man ein Bild hoffnungsloser Abhängigkeit. Dies wirft ein Licht auf die gewaltige Aufgabe, vor der pakistanische Feministinnen stehen. Bildung ist der erste Schritt im Kampf, und Frauenbildung ist von den aufeinanderfolgenden Regierungen vernachlässigt worden.

Erwerbszahlen pakistanischer Frauen

Obwohl pakistanische Frauen zu vielen neuen Bereichen bezahlter Erwerbsarbeit Zugang gefunden haben, ist ihr Anteil in den männlich dominierten Berufen wie Ingenieurwesen, Architektur, Recht, Management, öffentlicher Dienst, Verlagswesen und Polizei immer noch gering. Sabeeha Hafeez unterscheidet drei verschiedene Niveaus der Frauenemanzipation: die körperliche, wirtschaftliche und kulturelle: »Frauen in Pakistan befinden sich auf verschiedenen Niveaus der Emanzipation, die sich durch den Charakter der Gemeinschaft, in der sie leben, und den Grad der Verstädterung und Industrialisierung des Gebietes unterscheiden.«[13] Sie reichen von der Möglichkeit, sich frei zu bewegen und außerhalb des Hauses zu arbeiten, um finanzielle Unabhängigkeit zu erreichen, bis zur Herausforderung der Beschränkungen, die einer Akzeptanz und Anerkennung innerhalb eines Berufes entgegenstehen. Die Zahlen des Berichtes der »Pakistanischen Kommission zur Lage der Frau« belegen, daß Frauen in einigen wenigen Bereichen des Erwerbslebens konzentriert sind, die kulturell als angemessen für eine Frau betrachtet werden. Fast 32% der Lehrer, 25% der Ärzte und fast alle Krankenpfleger sind weiblich.

Immer noch ist die Zahl unverheirateter Frauen mit Erwerbsarbeit deutlich geringer, obwohl nachgewiesen wurde, daß sie sich vorteilhaft auf das Heiratsalter junger Frauen auswirkt, indem sie dieses erhöht.[14] Dies ist wiederum eher ein städtisches Phänomen. Die große Mehrheit pakistanischer Frauen lebt und arbeitet in ländlichen Gebieten. Ihre produktive Rolle wird teilweise durch die Tatsache verborgen, daß ihre Arbeit nicht bezahlt wird, und teilweise dadurch, daß sie als Hausarbeit gilt. Eine Tabelle der täglichen Routinearbeiten illustriert dies:[15]

Tätigkeiten	Zeitverbrauch in Stunden	Anteil an der Arbeit in %
Zucht und Pflege von Vieh	5,50	35
Melken und buttern	1,0	7
Kochen	1,75	11
Essen auf die Felder tragen und Kinder füttern	1,50	10
Reinigung des Hauses Dungkuchen und Brennstoff herstellen	0,75	5
Wasser tragen	0,50	3
Kinderpflege	0,50	3
andere Hausarbeiten (Essen zubereiten, Handarbeiten)	3,00	19
Nachmittagspause	1,00	7
	15,50	100

Diese Tabelle über die Zeit, die für reine Hausarbeiten und wirtschaftlich produktive Aktivitäten verwendet wird, ist typisch. Dennoch wird der Beitrag von Frauen zur ländlichen Wirtschaft nicht entsprechend wahrgenommen.[16]

Unabhängige Frauengruppen

Bald nach der Entstehung Pakistans wurde die Gesamtpakistanische Frauengesellschaft (APWA), die bekannteste und große Frauenorganisation, gegründet. 1949 durch Begum Rana Liaquat Ali Khan ins Leben gerufen, wurde sie bald die führende Organisation und Hauptrepräsentantin der Frauen. Die APWA verfügt über ein nationales und internationales Netzwerk. Sie hat erfolgreich Mädchenschulen, weiterführende Schulen und handwerklich orientierte Wohlfahrtszentren eingerichtet und weitergeführt, die sich durch eigene Kampagnen und Spendenaktionen finanzierten. Die Politik der APWA wurde aber immer gemäßigter und richtete sich eher auf Wohlfahrt als auf Frauenemanzipation. Heute wird die APWA sogar offiziell von der Regierung unterstützt. Den Ehefrauen der im Ausland tätigen Gesandten oder Botschafter und der regionalen Verwaltungschefs wird automatisch die Rolle von Vorsitzenden eingeräumt, was unvermeidlich zu einer hierarchischen Struktur mit sehr begrenzten Möglichkeiten demokratischer Beteiligung und Kritikmöglichkeiten an der Regierungspolitik führt.

Begum Liaquat Ali, die – neben anderen Leistungen – sich beständig für die Beteiligung von Frauen in verschiedenen Bereichen eingesetzt hat, hat neben der APWA noch die Föderation der Universitätsfrauen und den Club der Berufstätigen und Geschäftsfrauen initiiert.

Behbud

Dies ist eine kleinere, weniger hierarchische Organisation, die aber das gleiche Wohlfahrtsethos hat. Sie hat kleinere Gruppen in allen wichtigen Städten und verfolgt eine Politik der Einmischung in örtliche Angelegenheiten mit Schwerpunkt auf praktischer Hilfe und Ausbildung für Frauen. In den letzten Jahren konnte sie sich bedeutend ausdehnen.

Der Club der Berufstätigen und Geschäftsfrauen

Wie schon der Name besagt, beschränkt er sich auf die wenigen berufstätigen Frauen, die in männliches Territorium vordringen konnten. Der Club konnte sein hohes Ansehen aufrechterhalten, da er einige bekannte Frauen und Aktivistinnen einbeziehen konnte. Seine Forderungen sind auf die Bedürfnissen städtischer berufstätiger Frauen gerichtet.

Aktivistinnen für gesetzliche Rechte

Die Kampagne für gesetzlich verankerte Rechte wurde sehr früh von den Rechtsanwältinnen Begum Shah Nawaz und Begum Shaista Ikramullah begonnen, die schon Erfahrungen in politischer Arbeit in der Muslim-Liga gewonnen hatten. Es ist interessant, anzumerken, daß sie ihre ersten Siege dadurch gewannen, daß sie sich auf den Islam bezogen.[17] Die Bewegung der Frauen *Aurat* und *Shirkat Gah* waren die wichtigsten Organisationen, die an vorderster Stelle der Kampagnen für Gesetzesänderungen standen.[18]

Offizielle Förderprogramme

Während der letzten 20 Jahre wurden mehrere Programme für die Förderung von Frauen ausgedacht oder durchgeführt, viele von ihnen mit großen Ankündigungen und publizistischen Maßnahmen, einige von ihnen sogar unter Einbeziehung führender Frauenaktivistinnen – eine Strategie, die von Gardezi als ein Schachzug interpretiert wird, der darauf abzielte, abweichende Meinungen zu schwächen, indem die lautesten Stimmen integriert wurden. Die wichtigsten Beispiele für diese Strategie sind die Frauenabteilung und die Pakistanische Kommission zur Lage der Frau. ». . . es ist einfach nicht möglich, innerhalb dieser Organisation eine feministische Linie zu verfolgen – sie sind darauf aus, Lösungen innerhalb der herrschenden Ordnung zu finden, oder sie werden von denen kontrolliert, die keinen Versuch und keine Diskussion in Richtung auf wirkliche Veränderungen erlauben würden.«[19]

Ihre Bedeutung liegt vor allem in ihrer Dokumentations- und Forschungsarbeit über die umfangreichen Probleme, mit denen pakistanische Frauen konfrontiert sind. Ihre Ineffektivität mag neben dem schon genannten wichtigen noch auf einen anderen Grund zurückzuführen sein: ihre Weigerung, Abhilfe zu schaffen für die strukturellen Ungleichheiten, die Grundlage der Benachteiligung sind:

a) Bei der Entwicklungsplanung lassen sie Unterschiede hinsichtlich der Frauen gegenüber den Männern zu. So wurde z. B. nach Auskunft einer ehemaligen Vorsitzenden der Frauenabteilung eine Überbrückung der Lücke zwischen weiblicher und männlicher Bildung niemals geplant oder auch nur versucht.

b) Im Vergleich zu den mächtigen Ministerien für Finanzen und zur Planungsabteilung, die die wichtigsten Verbindungen halten, ist ihre Position randständig. Es ist deshalb sehr deutlich, daß diejenigen, denen es an politischem Willen mangelt, sich mit Frauenbenachteiligung zu befassen, derartige Strukturen, die lediglich dem Anschein dienen, benutzen, um fehlende Aktivitäten oder Vernachlässigungen zu verbergen.

Rückschritte für Frauen: General Zia ul-Haqs Regime

General Zia ul-Haq, der im Juli 1977 durch einen Militärputsch gegen Premierminister Zulfikar Ali Bhutto an die Macht gelangte, versprach freie Wahlen innerhalb von 90 Tagen. Weniger als zwei Jahre später wurden jedoch Bhutto erhängt, Wahlen verschoben und politische Arbeit verboten. Was hingegen während dieser Zeit gründlich formuliert und ausgefeilt wurde, war ein Islamisierungsprogramm, erlassen, um die Unterstützung der Kräfte des rechten Flügels für ein ansonsten eher ungeliebtes Regime zu gewinnen, das in starkem Ausmaß privates Kapital und freies Unternehmertum förderte. Die diesem Programm weitestgehend zugrundeliegenden Ziele bestanden darin, die Demokratie einzuengen und einen theokratischen Staat zu errichten, der nur sehr schwer zu beseitigen sein würde.

Die sowjetische Invasion in Afghanistan

Die sowjetische Invasion in Afghanistan hätte zeitlich nicht besser abgepaßt sein können, um den politischen Bedürfnissen der Regierung zu entsprechen, indem sie wesentliche Hilfe durch die USA brachte und internationale Kritik in einer kritischen Situation abschwächte, so daß die Bevölkerung Pakistans alleingelassen wurde und die Exzesse eines tyrannischen Prozesses elf zerstörerischer Jahre erleiden mußte.

Die westliche Unterstützung afghanischer Mujahedins, die hauptsächlich von muslimischen Fundamentalisten angeführt wurden, brachte den muslimischen Organisationen in Pakistan zusätzliche Kräfte und Mittel. Sie bedeutete außerdem, daß das Regime, welches Frauenrechte in Pakistan aushöhlte, keiner Kritik des Westens, wie sie etwa die muslimischen Fundamentalisten im Iran erfuhren, ausgesetzt war.

Die schlimmste Auswirkung war die riesige Ausstattung der afghanischen Rebellen mit hochmodernen Waffen durch den Westen, die auch ein Ansteigen der Gewalt in den städtischen Bildungseinrichtungen Pakistans zur Folge hatte. Die militanten Aktivisten des studentischen Flügels der Muslim-Liga verbreiteten eine Stimmung der Angst in den Universitäten, und es kam gelegentlich zu bewaffneten Auseinandersetzungen und regelmäßigen Schließungen.

Ein weiteres, daraus folgendes Problem – neben der Eskalation der Gewalt zwischen den ethnischen Gruppen – war das häufigere Vorkommen von Verbrechen in Pakistans größeren Städten. In Karachi, wo Entführungen mit Lösegeldforderungen heute alltäglich sind, hat das Problem der persönlichen Sicherheit die finanziellen Aussichten und das Leben der Stadt beeinträchtigt.

General Zia ul-Haqs Programm der Islamisierung

Durch aufeinanderfolgende Gesetze, von General Zia im Namen des Islam in Kraft gesetzt, wurden persönliche Freiheiten ausgemerzt. Eine Zeit lang blieb der Rat für Islamische Ideologie beauftragt, bestehende Gesetze daraufhin zu überprüfen, ob sie möglicherweise mit dem Shariatsrecht unvereinbar seien.[20] Frauengruppen wurde von General Zia permanent zugesichert, daß das Familiengesetz von 1961 nicht ersetzt werden würde. Dieses Gesetz, das begrenzten Schutz vor Bigamie bot und einige Rechte innerhalb der Ehe absicherte, war nun gefährdet. In der Tat wurde seine Wirksamkeit eingeschränkt, und Frauen mußten gegen eine Gesetzgebung kämpfen, die weitaus rückschrittlicher war und einen direkteren Angriff auf ihre Grundrechte darstellte.

Angeführt von Nawa-i-Waqt, einer führenden Urdu-Tageszeitung, wurde eine landesweite Medienkampagne hochgezogen, um die Verschleierung von Frauen durchzusetzen. Regierungsbestimmungen wurden erlassen, die Fernsehansagerinnen das Tragen des Taschadors vorschrieben. Danach folgte eine »Anti-Pornographie-Kampagne«,[21] die den Anteil der Frauen im Fernsehen und im Unterhaltungsbereich reduzierte. Die muslimischen Parteien waren sich bewußt, daß General Zia ihre Unterstützung benötigte, und machten von dessen Zwangslage vollen Gebrauch. Es wurd ein ernsthafter Versuch unternommen, die Bildungsmöglichkeiten für Frauen und Mädchen einzuschränken. Das Mindestheiratsalter, vom Familiengesetz auf 18 Jahre angehoben, wurde wieder auf 16 Jahre gesenkt, und es wurde versucht, in Übereinstimmung mit islamischen Gesetzen die Anzeichen der Pubertät als Zeichen der Reife, die eine Heirat schon in diesem Alter ermöglichen würde, durchzusetzen. Glücklicherweise geschah dies unter dem Druck der Weltbank nicht, die die Auswirkungen eines solchen Gesetzes auf das Bevölkerungswachstum erkannte. Eine Kampagne, die Frauen auf separate Universitäten verweisen sollte, ist noch in der Schwebe, und zwar zum einen wegen ihrer finanziellen Implikationen, zum anderen deshalb, weil die Anzahl der Frauen an der Universität Karachi höher ist als die der Männer, und letztlich wegen des Drucks von Frauengruppen, die in einer solchen Maßnahme zu Recht eine Einschränkung der Möglichkeiten für Frauen sahen.[22]

Die Gesetze, die politische Aktivitäten beschränken, und die Förderung der Vorschrift, daß nur gute Muslime als Zeugen und für den öffentlichen Dienst in Frage kämen, wirkten sich auf alle Bürger aus, insbesondere allerdings auf die Minderheiten. Demgegenüber wurde es immer offensichtlicher, daß Frauen die Hauptleidtragenden einer Wiederbelebung grausamer Gesetze sein würden.

Die Hudood-Verordnungen

Der volle Ernst der Lage wurde erstmals mit dem Erlaß der Hudood-Verordnungen am 10. Februar 1979 deutlich. Diese befaßten sich mit Diebstahl, Trunkenheit, Qazf (Meineid) und der »Zina«, die Vergewaltigung *und* Ehebruch beinhaltet. Hudood ist der Plural des Begriffs »Hadd«. Er meint Grenzen oder Beschränkungen einer Höchststrafe für ein bestimmtes Vergehen, festgesetzt durch das Shariatsgericht.

Staatliche Shariatsgerichte wurden eingesetzt, um den Prozeß der Islamisierung zu beschleunigen. Sie bestanden aus besonderen Kammern an den Hohen Gerichten und aus einer Berufungskammer am Obersten Gericht. Sie setzten wirksam jene Veränderungen durch, die der Islamische Ideologische Rat mit seiner beratenden Rolle nur empfehlen konnte. Sie hatten nicht nur die Macht, die von den Hudood-Verordnungen vorgesehenen Strafen zu verhängen oder zu überprüfen, sie hatten darüber hinaus auch die Macht, jedes Gesetz zu überprüfen, das von irgend jemandem durch eine Petition als unislamisch bezeichnet wurde Die Hadd (Strafe) für Diebstahl – Amputation der rechten Hand im Falle des Erstvergehens und des linken Fußes im Falle eines zweiten Vergehens, wenn keine mildernden Umstände geltend gemacht werden können – schockierte die meisten Pakistanis. Die Niederen Gerichte hatten früher gelegentlich Strafen verhängt, die auf der Hudood basierten. Sie lösten dadurch aber öffentliche Proteste und die Wut der Frauen aus, was stets die Höheren Shariatsgerichte dazu veranlaßte, diese Strafen angesichts des öffentlichen Widerstands zurückzunehmen. Es war ein leichtes für die Regierung, das Auspeitschen für Trunkenheit, für Störungen der öffentlichen Ordnung wie auch für geringfügige Delikte als machtvolles Instrument zu nutzen, um eine Atmosphäre der Angst zu erzeugen und Widerspruch zum Schweigen zu bringen.

Die für Frauen schwetwiegendsten Gesetze standen jedoch noch aus. Als sie erschienen, verstanden nicht alle die vollen Implikationen der Hudood-Verordnung bezüglich der Zina. Ein Verstoß gegen die Zina konnte für eine verheiratete Person die Todesstrafe zur Folge haben, und die Hadd-Strafe sah eine Steinigung vor, während für Unverheiratete die Strafe in bis zu 100 Peitschenhieben bestehen konnte. In der Praxis wurde jedoch zwischen Unzucht, Vergewaltigung und Ehebruch kaum unterschieden. Die Zinabiljabr schreibt bei Vergewaltigung dieselbe Form der Beschuldigung wie bei Ehebruch vor, nämlich von vier männlichen Muslimen mit gutem Leumund, die bezeugen, den Akt der Penetration gesehen zu haben. Dies machte die Verfolgung von Vergewaltigung unter diesem Gesetz unmöglich. (Deshalb wurden bei Vergewaltigungen während der Zia-Zeit weiterhin zivile Gerichte angerufen, in denen die Opfer Beschuldigungen gegen die Täter vorbringen konnten.) Dagegen wurde in einigen Niederen Gerichten versucht, dieses Gesetz gegen Frauen anzuwenden. Besonders bedroht waren unverheiratete Frauen, die schwanger wurden und deshalb ungesetzlichen Verkehrs bezichtigt werden konnten. Dies führte zu einigen aberwitzigen Verurteilungen und wurde von der Polizei und zivilen Behörden gegen Frauen der Arbeiterklasse mißbraucht, die weniger in der Lage waren, ihre Interessen zu schützen.

Erst im Herbst 1982, als das Ehepaar Fehmida und Allah Bux zum Tode durch Steinigung verurteilt wurde, wurden Frauen zu Aktionen aufgerüttelt. *Shirkat Gah* löste diese Entwicklung aus, indem sie zu einer Versammlung aller Frauengruppen aufrief und diese aufforderte, für den Schutz der Frauenrechte zu handeln.

Frauenaktionsforum

Ein Frauenaktionsforum (WAF) mit Schwerpunkt auf Aktionen wurde ins Leben gerufen, nur zwei Monate später entstand in Lahore eine Gruppe, und es folgten Islamabad und Peshawar. Frauen aus verschiedenen Organisationen beteiligten sich, und trotz heftiger Auseinandersetzungen und Machtkämpfe noch in den Kinderschuhen konnte die Bewegung Schwung entfalten. Der größte Erfolg des WAF bestand darin, daß es die Unterstützung der APWA erreichte, die wertvoll und wichtig war. Das WAF hatte beschlossen, für das verurteilte Paar Berufung einzulegen; doch Khalid Ishaque, einer der führenden islamischen Rechtsgelehrten, kam ihm zuvor und erreichte eine Freilassung.

Die Frauen erkannten nun klar, daß »das Gesetz, so wie es gültig ist, Vergewaltiger beschützt, Frauen davon abhält, als Zeuginnen aufzutreten und den Tatbestand der Vergewaltigung mit Ehebruch vermengt.«[23]

Deshalb bestand ihr nächster Schritt darin, diese Gesetzgebung vor Gericht anzufechten. Eine Gruppe bedeutender Rechtsanwälte, darunter Rashida Patel und Khalid Ishaque, vertrat sie. Aber als der Fall endlich 1985 zur Verhandlung kam, war er durch die »Achte Ergänzung« nichtig geworden.

Niemals zuvor war Steinigung in Pakistan als Strafe vorgesehen gewesen oder gar praktiziert worden. Und es gibt auch keine beweiskräftigen Dokumente dafür, daß sie seit frühester Zeit in der muslimischen Welt – noch nicht einmal in Saudi-Arabien – angewendet worden wäre: Viele Pakistanis, Frauen wie Männer, lehnen eine solche Bestrafung ab, und einschlägige Urteile werden in der Regel nach Protestkampagnen aufgehoben, aber die Gesetze bleiben im Gesetzbuch und können dazu benutzt werden, die einfachen Menschen einzuschüchtern. Frauengruppen leisten noch immer Betreuungsarbeit zugunsten von Personen, zumeist Frauen, die angreifbar sind und sich durch persönliche Feindschaften oder Bösartigkeiten der Behörden in der Falle der Hudood-Gesetze befinden.

Frauen haben sich gegen all diese rückschrittlichen Veränderungen gewehrt, aber es war das Gesetz zur Zeugenschaft, das sie auf die Straße trieb. Dieses wurde mit dem Ziel entworfen, ihre bürgerlichen Rechte und ihren bürgerlichen Status zu beschneiden, indem es bestimmte, daß die Zeugenaussage einer Frau als Beweis unzureichend sei, wenn sie nicht von einer zweiten Frau bestätigt wird. Damit wurde die Zeugenaussage einer Frau als nur halb soviel wert eingestuft wie die eines Mannes. Der absurde, rückschrittliche Charakter dieses Gesetzes und die Angst, es könne ein Schritt zur vollständigen Entziehung der Bürgerrechte sein, brachte am 12. Februar 1983 in Lahore Frauen zu einem Marsch zusammen, der von der Gesellschaft der Rechtsanwältinnen organisiert worden war und dem sich auch andere Berufstätige anschlossen. Die Polizei griff die ca. 200 demonstrierenden Frauen gewalttätig an. Es entwickelte sich eine wütende Konfrontation, als die Polizei versuchte, mit Gewalt Habib Jalib zu entfernen, die Gedichte rezitierte, die sie zur Unterstützung der Frauen geschrieben hatte. Viele Frauen wurden bei dem folgenden Knüppelangriff verhaftet, andere konnten den Polizeikordon durchbrechen und zum Hohen Gericht gelangen, wo männliche Rechtsanwälte sie erwarteten, um sie zu unterstützen.

Dieser Marsch und der Angriff hatten für die Frauen einen starken symbolischen Wert. Er half, den Widerstand zu entfalten, indem er ein Licht auf die Gefährdung ihrer Rechte warf und die Bedeutung ihres eigenen organisierten Kampfes deutlich machte. Die muslimischen Parteien reagierten darauf, indem sie ihre eigenen Frauen auf die Straße brachten, um gegen diese »kulturellen Verräter und blinden Imitatoren des Westens«, die gegen die islamischen Gesetze demonstriert hatten, zu protestieren.

Das Gesetz zur Zeugenschaft, gegen das die Frauen schon im Entwurfsstadium so mutig gekämpft hatten, mußte nach 18 Monaten hartnäckiger Kampagnen in seiner letzten Fassung geändert werden. Es sollte nur noch angewendet werden bei urkundlichen Vereinbarungen, die finanzielle Abmachungen und geschäftliche Verträge betrafen, nicht aber bei Kriminaldelikten. Die meisten Frauen betrachteten dies als einen Sieg. Die Regierung war nun vorsichtig gegenüber ihrer Macht, sich zusammenzuschließen und Widerstand zu leisten.

Dieser Konflikt brachte einige interessante schriftstellerische Arbeiten hervor: Saeeda Gazdars Gedicht »Zwölfter Februar 1983« ist ein Beitrag zum Kapitel dieses Kampfes der Frauen. Kishwar Naheed antwortete auf die Vorwürfe seitens der Mullahs von Sünde und Abtrünnigkeit mit der Satire »Wir sündigen Frauen«.[24] Najma Sadeques Hartnäckigkeit lenkte die öffentliche Aufmerkwamkeit auf mehrere Fälle extremer Grausamkeit und Ungerechtigkeit gegen Frauen während der Zia-Jahre. Sie spielte als eine der Begründerinnen des WAF und als erfolgreiche und engagierte Journalistin eine wichtige Rolle im Widerstand in Karachi. Eine Gruppe von Journalistinnen, die unter der fähigen Leitung von Razia Bhatti die führende Zeitschrift »Herald« herausbrachte, begründete durch ihre packenden journalistischen Recherchen ihren Ruf als mutige Stimme des Widerspruchs. Ihre Arbeiten, die auf Englisch veröffentliche wurden, wurden von General Zia weitgehend geduldet. Aber während Benazir Bhuttos Amtsdauer wurden die Frauen allesamt gezwungen, zu kündigen, weil das Management des »Herald« ihre herausgeberische Unabhängigkeit einzuengen versuchte. Diese Gruppe veröffentlicht jetzt die »Newsline«, das immer noch lesenswerteste, fortschrittlichste und treffendste Gegenwartsmagazin in englischer Sprache.

Kulturelle Ereignisse, die rein männliche Veranstaltungen mit Musik, Tanz und Gesang geworden waren, verschwanden von den Bühnen. Das Fernsehen wurde zu einer machtvollen Waffe der religiösen Propaganda, das die Tugenden des Gebets und der asketischen Lebensweise pries, während die Reichen reicher wurden und die Armen litten. Einige Malerinnen malten Bilder, die sich auf die politische Situation bezogen und in starkem Maße das Bewußtsein für die Unterdrückung von Frauen schärften. Zu ihnen zählen Salima Hashmi und Naazish Ataullah, die beide Umschläge für Kishwar Naheeds Bücher entworfen haben.

Plötzlich schien es, als habe ein Ausbruch der Kreativität eingesetzt. Frauen wurden sich ihrer eigenen Lage bewußt und brachten, angestachelt von der Notwendigkeit des Widerstandes, Arbeiten hervor, die politisch und aufrüttelnd waren. Nun setzten sich Frauen bewußt für Zusammenschlüsse ein und unterstützten einander in ihrer Arbeit.

In Karachi gelang es Sheema Kirmani, einer Aktivistin der Tehrik-i-Niswaan – eine der initiierenden Gruppen des WAF und eines ihrer Gründungsmitglieder –, eine Straßentheatergruppe aufzubauen, deren einziger Zweck darin bestand, feministische Themen ins Gespräch zu bringen. Sie und ihr Ehemann Khalid Ahmed spielten vor sehr großem Publikum, manchmal 1000 bis 1200 Menschen. 1986/87 präsentierten sie Adaptionen europäischer Stücke wie »Nora oder Ein Puppenhaus« von Ibsen oder sogar Brecht, übertragen in den einheimischen Zusammenhang. Sie brachten dieses Drama in die Industriezonen Karachis wie z. B. SITE, Landhi, Korangi und in das innerste Sindh, in Gebiete wie Larkana, Hyderrabad und Shehzadpur. Sie bewirkten damit, daß das WAF von Karachi erstmals wirkliche Verbindungen zu Landfrauen bekam.

Probleme der Frauenbewegung

Das WAF hatte auch seine Grenzen. Seine Organisatorinnen und Aktivistinnen waren überwiegend städtische Frauen der Mittelschicht, die fähig und in der Lage waren, sich zu artikulieren, aber durch eine tiefe kulturelle Kluft von den Frauen der Arbeiterklasse der Städte und, mehr noch, der ländlichen Gebiete getrennt waren. Religiose Gewohnheiten waren hier ein wesentlicher Unterschied und ebenso die Sprache. Frauen der städtischen Oberschicht haben es vergleichsweise einfach, die Religion abzulegen, und viele von ihnen sprechen eher Englisch als die einheimischen Sprachen. Nun wollten sie ihren Adressatinnenkreis über Klassengrenzen hinweg ausdehnen. Ein Erweiterungskonzept mit dem Schwerpunkt auf Veranstaltungen wurde entwickelt: »Jalsas«, die dazu gedacht waren, Frauenfragen ins öffentliche Bewußtsein zu bringen. Anstelle von Reden boten diese Zusammenkünfte leichte Unterhaltung, Sketche, Musik und engagierte Lyrik in den lokalen Sprachen. Dies Konzept erwies sich als sehr erfolgreich, und die »Jalsas« wurden gut besucht.

Die Erfahrung von Feministinnen in muslimischen Ländern hat immer wieder bewiesen, daß fortschrittliche Veränderungen einfacher zu erreichen und auch kurzfristig besser durchzusetzen sind, wenn sie im Rahmen der Religion verbleiben. Der Islam ist immer noch eine mächtige, lebensvolle Kraft im Leben der Menschen. Die Strategie bestand deshalb darin, eher nach liberaleren Interpretationen muslimischer Gesetze zu suchen, als die Religion insgesamt abzulehnen, was die Gefahr eines Fehlschlags mit sich gebracht hätte. In einer Kritik an diesem Prinzip eines politischen Pragmatismus argumentierten Azar Tabari, daß ». . . selbst die reformorientierteste fortschrittliche Interpretation des Islam nur ein Hindernis im Kampf für Emanzipation darstellt«.[25]

Das Frauenaktionsforum berücksichtigte jedoch bei seiner Entscheidung die gemäßigte, pragmatische Linie, die von Nawal el Saadawi vorgeschlagen wurde. »Die Tatsache, daß die Regierung ihre Gesetze und Maßnahmen als göttliche Gerechtigkeit darstellte, ließ dem WAF keine andere Möglichkeit, als innerhalb islamischer Rahmenbedingungen zu arbeiten; es scheint sinnlos, sich gegen das Wort Gottes nur mit den Worten von Frauen zu wenden.«[26]

Diese Strategie war zumindest teilweise erfolgreich, da es immer noch liberale Interpreten des Islams gab, die bereit waren, die Sache der Frauen zu unterstützen. Sie realisieren das Bedürfnis nach einer Ijtehad[27], wenn nicht noch mehr Frauen vom Glauben abfallen sollten. Aber selbst diese Vorgehensweise hat ihre Probleme. In einer nützlichen Kritik an der Politik des WAF, im Rahmen des Islams zu arbeiten, betont Fauzia Gardezi die sich daraus unmittelbar ergebenden Probleme: ». . . es stärkt die Macht der Fundamentalisten ... Und auf diesem Gebiet der Fundamentalisten ist ein Sieg fortschrittlicher Kräfte nicht wahrscheinlich.«[28] Vielmehr »... schiebt (es) den Kampf um grundlegende Existenzfragen auf ein Nebengleis ...«. Sie zitiert Shanaz Rouse: »Der Punkt ist der, nicht den Islam abzulehnen, sondern deutlich zu machen, daß die Frage der Frauenrechte eine weltliche Frage der Menschenrechte ist.«[29]

Gardezi argumentiert, daß es möglich sei, Frauen »durch einen Diskurs zu mobilisieren, der eine starke Kritik patriarchaler und gesellschaftlicher Beziehungen und gesellschaftlicher Strukturen zum Inhalt hat«. Sie ist überzeugt, daß Frauen eher durch ihre eigene Wirklichkeit als durch ihren Glauben oder durch »ideelle Faktoren« motiviert werden können. Außerdem ist sie der Auffassung, daß es eine Kluft gibt zwischen dem Islam, der von den Menschen praktiziert, und dem, der von den Fundamentalisten propagiert wird.

Die Verabschiedung des Shariatgesetzes[30] 1991 hat die Schlinge enger gezogen. Feministinnen in Pakistan müssen ihre Strategie ändern, um sich aus der Falle des kulturellen Chauvinismus zu befreien, die von den Traditionalisten gestellt wird. Sie müssen ihren Kampf untermauern mit einem festen Glauben an egalitäre Strukturen, um Verbindungen einzugehen mit Gruppen, die ein ähnliches Ziel haben, und um säkulare, demokratische Rahmenbedingungen zu suchen, die sich bewußt von der Debatte über islamische Ideologie und ihre Interpretationen entfernen, wie sie von den Dunkelmännern wie besessen geführt wird. Tatsächlich wird gegenwärtig von einigen Frauen in Pakistan selbst versucht, eine solche Strategie zu verfolgen.

Das zugrundeliegende Problem ähnelt natürlich demjenigen, mit dem auch westliche Feministinnen konfrontiert sind: die scheinbar unveränderte Macht der Vorstellung von Ehe und Familie innerhalb der Bevölkerung und die Untrennbarkeit von Religion und Kultur. Das emotionale Zentrum im Leben pakistanischer Frauen ist die Familie, psychologisch ist die Religion ihr existenzieller Bezugspunkt, der ihnen die Kraft und die Fähigkeit gibt, unter den sich weitgehend ihrer Kontrolle entziehenden, äußerst widrigen Umständen einer verarmten Dritten Welt zu überleben. Um auch nur eine dieser Institutionen zu schwächen, müssen Feministinnen ebenso die Rechtschaffenheit und die Überzeugtheit von Heiligen besitzen wie die Unbarmherzigkeit und den Extremismus ihrer Gegner. Solange sie keinen zusammenhängenden, nachweislich gleichwertigen Entwurf der Alternative haben, die sie anbieten können, gleicht die Stärke der Feministinnen im Konflikt mit den patriarchalen Reaktionären, die auch noch vom Westen gestützt werden, sehr dem Kampf zwischen David und Goliath – und erfordert vielleicht denselben Glauben.

Anmerkungen

1) Mumtaz, Khawar/Shaheed, Farida: Women of Pakistan: Two steps forward, One step back? London 1987, S. 5.

2) 1885 öffnete die Gesellschaft zur Förderung des Islam fünf Grundschulen in Lahore, später warb die Reformpartei für Frauenerziehung, und die erste reguläre Schule für weibliche Lehrer wurde 1903 eröffnet. Zwischen 1904 und 1911 wurden verschiedene muslimische Mädchenschulen in ganz Indien eröffnet.

3) Ibid. Siehe auch: Quaid-i-Azam and Muslim Women, Islamabad 1976.

4) dem heutigen Bangladesch.

5) Rahman, Fazlur: The Impact of Modernity on Islam, Islamic Studies VII, No. 2, The Islamic Research Institute, Islamabad 1968.

6) Niazi, Kausar: Modern Challenge to Muslim Families, Lahore 1,76.

7) Ähnlich verfolgt weie die Bahais im Iran.

8) Es wird allgemein angenommen, daß diese Partei finanzielle Unterstützung von den USA und Saudi-Arabien erhält. Vgl. Weiss, Anita (Hg.): Islamic Reassertion in Pakistan, Lahore 1987, S. 36.

9) Weiss, Anita M.: Culture, Class and Development in Pakistan, Oxford 1991, S. 23.

10) Muslimisches Recht.

11) Basierend auf dem Bericht der Pakistanischen Kommission zur Lage der Frau, 1985.

12) Shah, Nasrah M.: Pakistan Women, Pakistan Institute of Development Economics, Islamabad 1986, S. 90–95.

13) Haafez, Sabeeha: The Metropolitan Women in Pakistan, Karachi 1981, S. 9.

14) Ebenda.

15) Zusammengestellt von Ruth Dixon, zit. in: Newland, Kathleen: Women Men and the Division of Labour, Worldwatch Paper 37, Washington 1980.

16) Khau, S./Faiz, Bilquis: The Environment, Attitudes and Activities of Rural Women: A Case Study, Pakistan Development Review, Vol. 12, No. 3/1976, weist eine etwas längere Stundenzahl auf.

17) Wie schon angemerkt, erhielten Frauen das Recht zurück, Eigentum zu besitzen, durch eine Anwendung des muslimischen Personenstandsrechtes, für das sie erstmals 1948 eintraten.

18) Detaillierte Angaben dazu siehe in: Mumtaz und Shaheed, a.a.O.

19) Gardezi, Fauzia: Islam, Feminism and the Women's Movement in Pakistan 1981–1991, in: South Sasia Bulletin, Vol. 10, No. 2. Gardezi wendet auf Pakistan Marai Mies Analyse einer von »oben nach unten gerichteten Bewegung« an, in: Patriarchat und Kapital, Berlin 1988.

20) Vgl. Fußnote 10.

21) Die Definition der Begriffe Pornographie und Obszönität unterscheidet sich aber wesentlich vom westlichen Verständnis.

22) Vgl. Caroll, Lucy: Nizam-i-Islam: Process and Conflicts in Pakistan Programme of Islamisation, with special reference to Women, in: The Journal of Commonwealth and Comparative Politics, Vol. XX, No. 1.

23) Mumtaz und Shaheed, a.a.0., S. 101.

24) Ahmad, Rukhsana (Hg.): We sinful women, London 1991; eine Sammlung feministischer Poesie von Frauen.

25) Tabari, Azar/Yeganeh, Nahid: In the Shadow of Islam, London 1982, S. 19.

26) Mumtaz und Shaheed, a.a.O., S. 131.

27) Auslegung bestehender Gesetze in Übereinstimmung mit dem Bedürfnis nach Änderung in eine fortschrittliche Richtung »eine auf Vernunft gegründete Methode der selbständigen Wahrheitsfindung überall da, wo als echt anerkannte hadithe einander zu widersprechen oder zu Aussagen des Korans in Widerspruch zu stehen scheinen«. Ende, W./Steinbach, U.: Der Islam, Frankfurt 1989, S. 80.

28) Gardezi, a.a.O.

29) Ebenda.

*) Übersetzung von Edith Laudowicz

Elke Grawert

Alltag und soziale Stellung der Frauen im Westsudan

Gut zwei Drittel der sudanesischen Bevölkerung arbeiten in der Landwirtschaft und produzieren die wichtigsten Nahrungsmittel für die Einwohner des gesamten Sudan. Laut UNDP (United Nations Development Programme) betrug der Anteil der Frauen an der Gesamtarbeitskraft im Sudan 1988 21,5%. Nach den Daten der Volkszählung von 1983 hatten die weiblichen Arbeitskräfte in der Landwirtschaft einen Anteil von 34,7%, im Handel von 8,3%.

Solche Zahlen sind als grobe Schätzwerte zu betrachten, und da es sich um nationale Durchschnittswerte handelt, unterschlagen sie regionale, städtische und ländliche Unterschiede. Unberücksichtigt bleibt in diesen offiziellen Statistiken der Hauptteil der weiblichen Arbeit im Hause, auf den Feldern, in den Gärten und als Kleinhändlerinnen. Dies liegt daran, daß solche Tätigkeiten weder entlohnt noch über den Markt vermittelt sind, sondern der Selbstversorgung der Familien dienen.

Daß dies die üblichen Maßstäbe sind – und das gilt für den Sudan wie international –, ist Ausdruck patriarchaler Machtstrukturen: Arbeiten, die Männer verrichten, werden tendenziell höher bewertet als Frauenarbeiten. Auf diese Weise werden die tatsächlichen Leistungen von Frauen im Entwicklungsprozeß zugunsten der Männer verzerrt. Welches diese Leistungen sind und wie sie durch ein patriarchalisch dominiertes Geschlechterverhältnis unter fundamentalistisch-islamischen Vorzeichen herabgewürdigt werden, ist Thema dieses Beitrags.

Der Sudan – ein Land im Spannungsfeld von Dürre und Krieg

Als Land, das sich bis in die Sahelzone erstreckt, ist der Sudan betroffen von der Ausbreitung der Wüste und erfährt eine ökologische Krise, die sich in der Zunahme und Häufung von Dürre äußert. Die Landbevölkerung verarmt, Hungersnöte treten auf, es kommt zur Massenflucht vom Land in die Städte, Dörfer veröden.

Die Städte wachsen gewaltig, große Slums und städtische Armut prägen das Stadtleben. In wenigen Zentren wurde eine kapitalintensive Industrie aufgebaut, die die Arbeitsuchenden längst nicht absorbieren kann. Eine Auslandsverschuldung von 13 Milliarden US-Dollar und ein schlechtes Verhältnis zu internationalen Geldgebern erschweren die wirtschaftliche Lage des Sudan.

Die Bevölkerung ist abhängig von Nahrungs- und Technologieimporten bis hin zur Nahrungsmittelhilfe. Zuschüsse und Kapitalleistungen zu Vorzugsbedingungen wurden bis 1989 vorwiegend von den USA, Deutschland, den Vereinten Nationen, der IDA (International Development Association), Großbritannien und Nordirland, der Europäischen Gemeinschaft, Italien und der OPEC (Organisation Erdöl exportierender Länder) geleistet. Nahrungsmittelhilfe kam während der Hungersnot von 1983–85 vor allem vom Welternährungsprogramm der UNO und aus den USA.

Neben der Armut in Stadt und Land gibt es einen kleinen Mittelstand und einige wenige reiche Händler und Politiker. Um die Verteilung von Macht, Einfluß und Ressourcen werden ethnisch und religiös verbrämte Konflikte in Form von Bürgerkrieg, Inhaftierungen, Folterungen, Morden und Massakern ausgetragen.

Der gegenwärtige Bürgerkrieg zwischen Nord und Süd hat seine Wurzeln im 19. Jahrhundert, als weite Teile des heutigen Nordsudan türkisch-ägyptisch kolonisiert wurden und arabische Sklavenhändler den heutigen Südsudan als Reservoir menschlicher Naturressourcen ausbeuteten. Tausende südsudanesische Einwohner und Einwohnerinnen wurden als Arbeitssklaven und -sklavinnen in die arabische Welt verkauft.

Mohamed Ahmed al Mahdi und seinen Anhängern, den *Ansar*, gelang es 1885, das Kolonialregime zu stürzen und für die Dauer von 14 Jahren einen islamischen Gottesstaat zu errichten. In diesem Staat wurde das islamische Recht, die *Sharia*, praktiziert.

Ursprünglich war die *Sharia* ein Rechtssystem, das die Frauen im Vergleich zur vorislamischen Zeit unter Schutz stellte. Sie verbot die vorher praktizierte Tötung neugeborener Mädchen, wertete die Frauen durch Heiratsregelungen auf und propagierte die Verehrung der Mütter. Frauen wurde die freie Verfügung über ihr in die Ehe gebrachtes Eigentum und eigenständige wirtschaftliche Betätigung im Handel zugestanden. Auch die Bildung von Mädchen und Frauen in eigenen Schulen war in der Sharia verankert.
1898 eroberten britische gemeinsam mit ägyptischen Truppen die Herrschaft über den Sudan. Die Kolonialherren schafften offiziell die Sklaverei ab und fügten bis 1916 den heutigen Nord- und Südsudan zusammen. Die Grenzziehung verlief gemäß der unter den europäischen Mächten vereinbarten Aufteilung Afrikas, die ethnische Gruppen zerriß und aus der Sicht der Kolonisierten völlig willkürlich war.

Die anglo-ägyptische Kolonialmacht beließ für Angehörige des islamischen Glaubens die Heirats- und Erbfolgegesetze der *Sharia,* führte darüberhinaus jedoch eine weltliche Rechtsprechung ein.

Unter der Kolonialherrschaft wurde der islamische Nordsudan entwicklungsökonomisch begünstigt: Ein riesiges Bewässerungsprojekt, die *Gezira,* wurde am Nil aufgebaut, um Baumwolle für die britische Textilindustrie zu produzieren. Im Südsudan dagegen trieben die Briten keinerlei technische Entwicklung voran, sondern missionierten die naturgläubigen Menschen.

1955, ein Jahr vor der Unabhängigkeit, begann der erste Krieg zwischen Nord- und Südsudan um die Beteiligung an der Macht und an der wirtschaftlichen Entwicklung. Nach einem Waffenstillstand, der von 1972 bis 1983 anhielt, zerbrach der auf tönernen Füßen stehende Friede durch den ersten großen Islamisierungsschub, den noch der Militärherrscher Jaafar Nimeiri (1969-1985) dem Sudan zufügte: Politisch in die Enge getrieben, machte er nach dem Scheitern aller anderen möglichen politischen Allianzen einen letzten Versuch, nämlich den, sich mit den islamischen Fundamentalisten im In- und Ausland gutzustellen: Er führte für den gesamten Sudan die *Sharia* wieder ein.

Islamischer Fundamentalismus – Antwort auf die sudanesische Existenzkrise?

Die *Sharia* wurde jedoch nicht modernisiert und den heutigen Verhältnissen angepaßt. So, wie sie unter Nimeiri angewandt wurde, bedeutete die *Sharia* für die ethnisch und religiös stark vermischte sudanesische Gesellschaft einen Rückschritt. Besonders die sudanesischen Frauen, die sich in den vorangegangenen Jahrzehnten viele Freiräume, Rechte und Zugang zu allen Bildungseinrichtungen erkämpft hatten, erfuhren durch die Neuregelung des Straf- und Familienrechts eine Zurückdrängung aus dem öffentlichen Leben.

Folgende Maßnahmen wurden im September 1983 eingeführt:

– Diebstahl wurde mit der Amputation der rechten Hand, Raub mit der zusätzlichen Amputation des linken Fußes, bzw. siebenjähriger Haft bestraft. Unter den Opfern dieser Rechtsprechung waren viele nichtmoslemische Südsudanesen, die in der Hauptstadt Khartoum lebten.

– Alkoholkonsum, -herstellung und -verkauf hatten Auspeitschungen bis zu 80 Hieben bzw. Haftstrafen zur Folge. Dies betraf viele west- und südsudanesische Frauen, die vom Hirsebier- und Dattelschnapsbrauen lebten. Der

Konsum dieser Getränke war bei Festen und als Lohn für Jät- und Erntearbeiten eine alte Tradition gewesen, die durch die neuen Gesetze schlagartig kriminalisiert wurde.

– Ehebrecher, Ehebrecherinnen und Prostituierte wurden durch Steinigung hingerichtet. Dies entzog vielen südsudanesischen und ausländischen Flüchtlingsfrauen ihre Lebensgrundlage.

– Zeugenaussagen von Frauen galten nur halb soviel wie die eines moslemischen Mannes. Eine Straftat mußte demnach von mindestens zwei Zeuginnen beobachtet worden sein, um strafrechtlich verfolgt zu werden, bei schwereren Verbrechen waren mehr Zeugen bzw. Zeuginnen erforderlich.

– Im Familienrecht galt, daß ein Mann durch dreimalige Wiederholung des Scheidungsspruches seine Ehe scheiden konnte. Eine Frau hatte die Möglichkeit, die Scheidung einzureichen, wenn der Ehemann seit mehr als drei Jahren unauffindbar war, oder wenn nach Gewalttätigkeiten, bei schwerer Erkrankung oder Unfruchtbarkeit des Mannes der Familienrat einer Scheidung zustimmte.

– In der Erbfolge herrschte das Prinzip, daß eine Frau den halben Anspruch wie ein Mann auf das Erbe hatte. In bäuerlichen Regionen, in denen Frauen Zugang zu Landtiteln haben, wirkte sich dies so aus, daß Männer doppelt soviel Land wie Frauen erbten. Dies setzte einen Prozeß in Gang, der langfristig das Landeigentum von Frauen verringert.

– Frauen durften nur in Begleitung naher männlicher Verwandter reisen, während Männer beliebig umherziehen konnten.

Die Einführung der *Sharia* war von vornherein heftig umstritten. Progressive islamische Geistliche mahnten, die *Sharia* dürfe erst bei einem gewissen Wohlstand des Landes eingeführt werden, nicht in Zeiten wachsender Armut und wirtschaftlichen Niedergangs, wenn Menschen stehlen, um ihre Grundbedürfnisse zu decken oder auf Grund von Flüchtlingselend. Ein bedeutender liberaler islamischer Lehrer, Mahmoud Mohamed Taha, wurde 1985 wegen seiner Kritik an der Einführung der *Sharia* nach der öffentlichen Verbrennung seiner Bücher als Ketzer hingerichtet.

Als Folge der Hungersnot von 1983–85, des wieder ausgebrochenen Bürgerkrieges zwischen den Regierungstruppen und der südsudanesischen Befreiungsfront SPLA (Sudanese Peoples Liberation Front) und der zwangsweisen Einführung der *Sharia* wurde Nimeiri im April 1985 durch einen Volksaufstand gestürzt. Die demokratische Regierung unter Sadig al Mahdi (1986–1989) zeichnete sich durch eine umfassend zögerliche Haltung aus: Weder gelang ihr, die Beendigung des Krieges, noch der Aufbau stabilerer wirtschaftlicher Strukturen, sie wagte – als liberal-moslemisch dominierte Koalition – nicht, die *Sharia* abzuschaffen, setzte jedoch den Vollzug der Strafen aus bzw. wandelte sie in Haftstrafen um.

Zwischen September 1983 und 1989 erstarkte die NIF (National Islamic Front), die Partei der islamischen Fundamentalisten. Sie erhielt Unterstützung aus Saudiarabien und aus dem Iran, so daß ihre Mitglieder sich wirtschaftliche Schlüsselpositionen erobern konnten. Besonders schnell verbreiteten sie islamische Banken im Sudan und beherrschten bald den Im- und Exporthandel.

Als die nächste Hungersnot ins Haus stand und es gleichzeitig mehrere Hinweise gab, daß die Regierung kurz vor einem Friedensschluß mit der SPLA stand, putschte sich der jetzige Präsident Omar Bashir mit Hilfe eines Teils des Militärs am 30. Juni 1989 an die Macht. Hinter dem Staatsstreich stand die NIF, die nun ihre Ziele in kurzer Zeit vorantrieb.

Die Regierung verbot jegliche Opposition, auch die Gewerkschaften und Menschenrechtsorganisationen. Sie verhaftete, folterte und tötete Kritiker und verschleppte Menschen in sogenannte Geisterhäuser, inoffizielle Gefängnisse an unbekannten Orten.

An Bevölkerungsgruppen im West- und Südsudan, von denen sich Teile gegen die Regierung organisierten, aber auch unter Flüchtlingen in Khartoum verübten regierungstreue bewaffnete Volksmilizen Massaker.

Die *Sharia* wird seit März 1991 in verschärfter Form wieder praktiziert. Prinzipiell gilt die Regel, »Aug' um Auge, Zahn um Zahn«. Raubüberfälle, die besonders gehäuft in

Darfur auftreten, wurden mit der öffentlichen Hinrichtung der Täter durch Erschießungskommandos und Kreuzigung bestraft. Auf Ketzerei steht die Todesstrafe.

Nicht-Moslems wurden die vollen Bürgerrechte entzogen; sie werden z.B. vor Gericht nicht als vollwertige Zeugen anerkannt.

Im Südsudan gilt die *Sharia* nur begrenzt; allerdings unterstehen die zwei Millionen Südsudanesen, die in Khartoum leben, unabhängig von ihrer tatsächlichen Religionszugehörigkeit dem islamischen Recht.

Die öffentliche Freiräume der Frauen wurden rigoros beschnitten:

– Kleinhändlerinnen wurden durch Razzien von den städtischen Märkten verjagt und verhaftet.

– Frauen müssen in öffentlichen Verkehrsmitteln von den Männern getrennte Plätze einnehmen.

– Frauen wurden aus Behörden und akademischen Berufen entlassen, da sie unter der *Sharia* keine Autorität über Männer ausüben dürfen.

– Frauen sowie Nicht-Moslems ist die Ausübung des Richteramtes untersagt. Studentinnen wurden aus allen Studiengängen außer dem Lehramtsstudium verdrängt.

– Das Scheidungsrecht für Frauen wurde so eingeschränkt, daß sie ohne die Zustimmung des Ehemannes kaum noch Möglichkeiten haben, eine Scheidung durchzusetzen.

– Frauen dürfen das Land ohne Begleitung naher männlicher Verwandter nicht verlassen.

– Seit Ende 1989 müssen Frauen in der Öffentlichkeit (bisher in Schulen und im Beruf) den *Hijab* tragen, einen bodenlangen, gesichtsverbergenden, grauen, braunen oder schwarzen Schleier, der im Vergleich zum lässig übergeworfenen farbenfrohen *Tob,* den sie traditionell verwendeten, jede Individualität der Frauen unsichtbar macht. Die Zuwiderhandlung gegen diese Bekleidungsvorschrift wird durch Auspeitschungen bestraft.

Der Prozeß der Verdrängung der Frauen aus der Öffentlichkeit ist noch nicht beendet. Es gibt immer wieder Nachrichten über weitere einschränkende Regelungen.

Alle diese Maßnahmen dienen angeblich dem Zweck, die Ehre der Frauen zu schützen, indem sie von Kontaktmöglichkeiten mit fremden Männern ferngehalten werden. Ein wirtschaftlicher Hintergrund für diese Erlasse ist der vom Internationalen Währungsfonds ausgeübte Zwang, Strukturanpassungsmaßnahmen mit dem Ziel des Personalabbaus im öffentlichen Sektor durchzuführen, um international kreditfähig zu werden. Ehemals berufstätige Frauen werden auf diese Weise zurück ins Haus verbannt, wobei sie durch die kostenlose Versorgung der Kinder, Alten und Kranken den öffentlichen Sektor entlasten.

Abwanderung der Männer vom Land – Standbein oder Fallstrick für die ländliche Entwicklung?

Schon seit Jahrzehnten veranlassen Gründe wie Ausbildung, Lohnarbeit, Handel oder Viehversorgung eine große Anzahl von Männern und eine geringere Anzahl von Frauen, ihre Heimatorte vorübergehend zu verlassen. Dürren, Hungersnöte und Krieg kommen seit den achtziger Jahren verschärfend hinzu, zwingen viele Männer zur Abwanderung und entwurzeln ganze Familien.

Lohnarbeit am Heimatort wird hauptsächlich saisonal von reichen und mittleren Bauern, Bauherren oder Garteneigentümern nachgefragt. Vor allem verarmte Kleinbauern und Kleinbäuerinnen verdingen sich in Notzeiten auf Feldern, beim Bau oder für Gelegenheitsarbeiten. Solche Arbeit hat ein schlechtes soziales Ansehen, während Lohnarbeit in der Fremde nicht stigmatisiert, sondern mit positiven Erwartungen besetzt ist.

1983 und 1984 befragte ich während einer Feldforschung in den Zuckerprojekten Kenana und Assalaya Wanderarbeiter aus dem Süd- und Westsudan über ihre Lebens- und Arbeitsbedingungen. Wie unterschiedlich die Bewertung der geschlechtsspezifischen Tätigkeiten ist, läßt sich an den Antworten ablesen, die sie auf die Frage nach ihren Heimatorten gaben: Viele sagten, ihre Frauen und Kinder lebten noch dort, und die Männer versuchten, etwas Geld anzusparen und dorthin zu schicken. Doch die Lebenshaltungskosten in den Städten sind hoch, den Arbeitern verbleibt nur wenig, um es heimzuschicken.

Auf die Frage nach der Tätigkeit ihrer Frauen sagten sie, diese seien Hausfrauen. Erst auf genaue Nachfragen, wer denn aber auf ihren heimatlichen Feldern und in den Gärten arbeite, gaben sie zu, das täten die Frauen auch.

Um die Lebens- und Arbeitssituation der Frauen von Arbeitsmigranten zu analysieren, führte ich von März bis September 1988 im Rahmen eines DAAD-Stipendiums eine soziale Untersuchung über die Frauen in Kutum durch. Kutum ist eine westsudanesische Stadt, die etwa 110 km nordwestlich der Hauptstadt des Bundesstaates Darfur und ca. 300 km östlich der Grenze zum Tschad liegt. Die Einwohnerzahl von Kutum hat sich zwischen 1983 und 1987 auf der einen Seite durch Zuwanderung aus den umliegenden Dörfern von etwa 6000 auf 12000 verdoppelt. Auf der anderen Seite ist Kutum von Abwanderung betroffen, wie fast alle Orte in der Region Darfur: 35 Prozent der Haushalte hatten 1988 mindestens ein abgewandertes männliches Familienmitglied.

Die Männer, die in Kutum leben, sind teils Bauern, die in der Regenzeit zusammen mit ihren Familien Hirse und einige Gemüsearten anbauen, teils Gärtner, Regierungsangestellte (Kutum war 1988 Distrikthauptstadt), Viehzüchter, Händler, Handwerker. Was die zur Arbeitssuche abgewanderten Männer tun, ist nicht allen daheimgebliebenen Frauen bekannt. Schätzungen, gestützt auf die Angaben der weiblichen Familienangehörigen in Kutum, ergaben, daß etwa 40 Prozent der Migranten als Arbeiter und Handwerker tätig sind, 30 Prozent als Händler und Kleinhändler, 26 Prozent als Lehrer und Büroangestellte, die übrigen als Polizist, Soldat, Arzt, Richter und nur zwei Prozent als Kleinbauern und Hirten. Wenn diejenigen mitgezählt werden, die zu Ausbildungszwecken abgewandert sind, machen die Auszubildenden 15 Prozent allller Migranten aus. Eine Mehrheit von 66 Prozent der Migranten war zum Zeitpunkt der Umfrage zwischen zwei und fünf Jahren abwesend; 12 Prozent mehr als fünf Jahre.

Eine Haushaltsumfrage in Kutum ergab, daß 35 Prozent der Haushalte männliche Familienmitglieder hatten, die zur Arbeitssuche abgewandert waren – gut die Hälfte in arabische Ölstaaten, etwa ein Viertel in andere Orte in Darfur, ein Fünftel nach Khartoum, die übrigens in andere Orte im Sudan.

Von den arbeitenden Migranten waren zwei Drittel verheiratet. Von diesen hatten 20 Prozent nach sechs oder mehr Monaten Abwesenheit immer noch nichts nach Hause geschickt. Von den unverheirateten Migranten hatte fast die Hälfte noch nichts geschickt.

Diese Ergebnisse zeigen, daß Haushalte kurzfristig nicht durch die Arbeitsmigration der Männer am Leben erhalten werden. Sie müssen zunächst für sich selbst sorgen.

Frauenarbeit am Beispiel von Kutum / Westsudan

Die meisten Familien in Kutum und Umgebung haben Zugang zu Land und pflanzen in der Regenzeit (zwischen Juli und September) Hirse, Sesam, Erdnüsse, Wassermelonen und Okra. Die Frauen spielen als Bäuerinnen eine wichtige Rolle für die Nahrungsversorgung der Familien. In der Regenzeit säen überwiegend Frauen und Mädchen Hirse auf den Sandböden aus. Das Jäten erfolgte früher im Rahmen eines Arbeitsfestes. Verwandte und Nachbarn des Bauern jäteten zusammen ein Feld und erhielten dafür eine reichhaltige Mahlzeit. Heute können sich nur noch wenige diese Ausgaben leisten, obwohl sie ja selbst von der schnellen Abjätung profitieren und an einem andern Tag am Arbeitsfest eines Nachbarn teilnehmen könnten. Die große Armut vieler alleinstehender Frauen führt dazu, daß sie mit Hilfe der Alten und Kinder ohne weitere Unterstützung die Felder roden, bestellen und zu den Jät- und Erntezeiten bis zur Erschöpfung auf den Feldern bleiben.

In den letzten beiden Jahrzehnten reichte die Eigenproduktion der Bauern und Bäuerinnen nicht mehr zur Selbstversorgung der ländlichen Familien aus. Nahrungsmittel wie Öl, Salz, getrocknete Früchte, Zwiebeln, Tee, Zucker und in schlechten Erntejahren auch Getreide müssen auf dem Markt zugekauft werden. Die Marktbedingungen sind schwierig; in Dürrezeiten (wie z.B. 1983–85, 1987, 1990/91) steigen die Hirsepreise immens, während die Kaufkraft der Landbewohner niedrig ist und weiter sinkt. Die Landwirtschaftspolitik der Regierung bevorzugt bis heute den bewässerten Baumwoll-, Erdnuß-, Zuckerrohr- und neuerdings Weizenanbau am Nil im Zentral- und Ostsudan. Die Kleinbauern haben selten Zugang zu verbessertem Saatgut, Düngern, Pestiziden, verbesserten landwirtschaftlichen Geräten, Informationen über ressourcenerhaltende Anbaumethoden und erhalten kaum Hilfe für Aufforstungsmaßnahmen oder für den Gebrauch ressourcenschonender Energieträger.

Die Frauen als Hauptverantwortliche für die Nahrungsversorgung der Familien leiden am meisten unter den kleinbauernfeindlichen Bedingungen. Sie weichen auf andere Arten der Lebenserhaltung aus:

Die wichtigste einkommenschaffende Arbeit der Frauen ist die Produktion von Verkaufsfrüchten auf den tonigen Ufern des *Wadi*. *Wadi* ist ein Flußbett, das nur in der Regenzeit Wasser führt. Kutum liegt an einem solchen *Wadi*. Etwa 90 Prozent der Gemüsegärtner sind Frauen. Sie bewässern, pflanzen, jäten und ernten per Hand.

Nach der Ernte verkaufen sie die Zwiebeln, Tomaten, Möhren, Blattgemüse, Rote Bete, Gurken, etc. auf dem Markt, entweder direkt an kaufkräftigere Mittelschichtbürger oder an Zwischenhändler, die sie dann in der Landeshauptstadt und in anderen Städten weiterverkaufen.

Der Gemüseanbau ergänzt von der Saison her den Hirseanbau: Die Regenzeit ist mit der Hirsesaat und dem Jäten auf den sandigen Feldböden ausgefüllt. Auch die tonigen *Wadi*-Uferböden werden eingesät. Der schwere Boden macht das Jäten dort zu einer harten Arbeit. Nach der Hirseernte im Oktober/November stehen die *Wadi-Ufer für den Gemüseanbau zur Verfügung.*

Die weiblichen Mitglieder der gartenbesitzenden Familien können selbst nicht das ganze Land bearbeiten. Daher erhalten Frauen aus den Dörfern Zugang zu Gartenland für die Trockensaison und können dort frei Gemüse für den Markt produzieren. Die Gartenbesitzer haben von der saisonalen Landvergabe den Vorteil, daß die Böden bepflanzt und vor der nächsten Regenzeit zur Hirsesaat vorbereitet werden.

Der Bedarf an Gartenland richtet sich nach dem Erfolg der Hirseernte. In guten Jahren brauchen nur wenige Frauen von außerhalb die Erwerbsquelle des Gartenbaus. In Hungerjahren konnten mit Hilfe der Gartenproduktion schon Familien vor dem Darben bewahrt werden.

Die gestiegene Bedeutung der Gartenproduktion in den trockenen 80er und ersten 90er Jahren belastet die Frauen mit schwerer zusätzlicher Arbeit, die sie neben der Hausarbeit, dem Brennholz- und Wassertransport, der Kinderversorgung, der Feldarbeit und dem Marktverkauf auszuführen haben.

Darüberhinaus gibt es weitere Tätigkeitsbereiche, die durch die verschlechterten Lebensbedingungen in der Sahelzone und den wirtschaftlichen Niedergang des Sudan notwendig für die Deckung des täglichen Bedarfs geworden sind: Kleinviehhaltung und das Sammeln wilder Früchte. Ziegen oder Schafe dienen der Milcherzeugung, aber auch als eiserne Reserve für Notsituationen. In schlechten Jahren wird Vieh verkauft, um Bargeld zum Kauf von Hirse zu erhalten. Wildfrüchte ergänzen oder ersetzen sogar die knappen Grundnahrungsmittel in Dürrejahren.

Arme Frauen verdingen sich als Land- oder Bauarbeiterinnen für Lohn. Allerdings werden gerade in schlechten Jahren auf den Feldlern keine Lohnarbeiter gebraucht, in guten Jahren dagegen sind Landarbeitskräfte knapp, da alle auf ihren eigenen Feldern beschäftigt sind.

Weitere Arten des Gelderwerbs sind das Angebot von Dienstleistungen wie Tee- und Speisenverkauf, Wasserbelieferung von Haushalten, Verkauf von verarbeiteten Nahrungsmitteln wie Erdnußbutter, Joghurt, Fett, Tomaten- oder Okramehl, Ankauf von Getreide, Viehfutter, Brennholz, Gemüse oder Obst bei Großhändlern und etwas teuerer Weiterverkauf auf dem Markt, oder Verkauf von selbst gefertigten Handwerksprodukten wie Matten, Körben, Speisebedeckungen, Mützen, Decken, Tongefäßen.

Die Einnahmen aus allen genannten Tätigkeiten genügen nur zum Kauf der benötigten, nicht selbst produzierten Lebensmittel. Das Geld für größere Ausgaben wie Schulgeld, Schulmaterial, Hausrat, Kleidung etc. sollte von den männlichen Familienmitgliedern erwirtschaftet werden.

Die geschlechtsspezifische Arbeitsteilung schreibt die eintönigen, zeitaufwendigen Tätigkeiten Frauen zu, während die Durchführung kurzer, schwerer Arbeiten die Aufgabe der Männer ist (z.B. Roden, Brunnen- und Zaunbau etc.).

Die Not der letzten Jahre und der Mangel an männlichen Arbeitskräften haben zu einer Verschiebung der geschlechtsspezifischen Arbeitsteilung geführt. Immer häufiger müssen Frauen Arbeiten der Männer übernehmen. In jedem Fall ist die Mehrheit der westsudanesischen Frauen gleichzeitig in mehreren Bereichen aktiv, wobei Hausarbeit und Kinderversorgung selbstverständlich sind.

Die soziale Stellung der Frauen – zwei Beispiele

Trotz der Ausweitung der wirtschaftlichen Tätigkeitsbereiche der Frauen hat sich das Frauenbild in der Gesellschaft nicht gewandelt. Dies soll an zwei Beispielen illustriert werden:

Muna ist Rektorin an einer Grundschule in Kutum. Sie ist etwa 45 Jahre alt. 1966 hat sie als Lehrerin angefangen.

Unter der Regierung Nimeiri (1969–1985) war sie Mitglied der Partei-Frauenorganisation. Es gab damals eine Einheitspartei, die Sudanese Socialist Union. Die Frauenorganisation nannte sich Sudanese Women's Union und war zentralistisch wie die Partei. In jeder Kleinstadt gab es neben der lokalen Parteigruppe auch eine lokale Partei-Frauengruppe, die als propagandistisches Sprachrohr der Partei die Frauen indoktrinierte.

In dieser Frauenorganisation war Muna aktiv. Darüberhinaus ließ sie sich in den Volksrat wählen, die Stadtregierung von Kutum. Ein Viertel der Sitze war Frauen vorbehalten.

Nach Aussage des Leiters der Stadtverwaltung zum Zeitpunkt meines Besuchs in Kutum 1988 sind in Darfur Frauen, die in der Öffentlichkeit sprechen, sehr schlecht angesehen. Sie gelten als dickköpfig und unweiblich. Schon kleine Mädchen werden, angeblich im Sinne des Islam, so erzogen, daß sie ein öffentliches Auftreten für sich nicht in Erwägung ziehen, sondern außerhalb des Hauses still und zurückhaltend sind. Daher – so der Leiter der Stadtverwaltung – nahmen die Frauen die ihnen zustehenden sechs Sitze im Volksrat nicht wahr, blieben den Sitzungen fern oder verhielten sich still, wenn sie kamen.

Muna dagegen war in den siebziger Jahren aktiv. Es gelang ihr zusammen mit den anderen Parteifrauen, ein Haus im Zentrum von Kutum für ihre Treffen und Aktivitäten zur Verfügung zu erhalten. Allerdings war die Beteiligung der Kutumer Frauen aus den erwähnten gesellschaftlichen Gründen schon damals gering. Die aktiven Frauen forderten die Aufwertung der Frauen, besonders am Arbeitsplatz. Nach dem Gesetz wurde die Gleichheit von Frauen und Männern unter Nimeiri festgeschrieben, in der Praxis wurde dies allerdings nicht erreicht.

Muna bekam die gesellschaftliche Ablehnung politisch und beruflich aktiver Frauen am eigenen Leibe zu spüren. Die Männer sprachen schlecht über sie, weil sie als Lehrerin arbeitete. Erst mit 33 Jahren, im Jahre 1977, wurde sie von einem Lehrer geheiratet. Zur Zeit des Interviews, mit 45 Jahren, stillte sie ihr fünftes Kind. Politisch aktiv ist sie nicht mehr. Seit der Absetzung Nimeiris 1985 ist die Frauenorganisation aufgelöst. Das Haus der Frauen wurde 1988 von der Stadtregierung für ihre Sitzungen genutzt, nur einmal pro Woche traf sich dort noch eine Hausfrauengruppe. Kurse zur Kinderpflege, Hygiene, zum Kochen und zur Koranschulung mit 25 Teilnehmerinnen wurden dort angeboten.

Muna war zum Zeitpunkt des Interviews glücklich, daß sie so viele Kinder bekam. Denn wenn es nicht so wäre, würde ihr Mann eine zweite Frau heiraten. Sie sagte, sie wünsche sich, noch mehr Kinder zur Welt zu bringen.

Diese Geschichte beleuchtet die sozialen und politischen Möglichkeiten und Grenzen der Frauen im Westsudan. Gesellschaftliche Werte und Denkmuster erschweren Frauen politische Aktivität und die Übernahme öffentlicher Ämter. Auch gebildete, privilegierte Frauen unterliegen der sozialen Rollenzuschreibung und erhalten gesellschaftliches Ansehen nur durch Ehe, Mutterschaft und zahlreiche Kinder.

Das zweite Beispiel handelt von Ascha. 1988 war sie Mitte 20 und seit vier Jahren Witwe. Sie kam aus einem kleinen Dorf, wo sie ein Stück Land bearbeitet und *Tabaks* zum Verkauf hergestellt hatte. *Tabaks* sind Bastscheiben, die zum Warmhalten und zur Abhaltung von Fliegen auf mit Speisen besetzte Tabletts gedeckt werden.

Wegen der Hungersnot zog Ascha 1984 mit ihrem achtjährigen Sohn und ihrer behinderten fünfjährigen Tochter nach Kutum und fand dort Arbeit als Hausmädchen. Der älteste Sohn blieb bei Verwandten auf dem Lande und besuchte dort die Schule.

Ein Verwaltungsangestellter aus Kutum, verheiratet und Vater von fünf Kindern, hielt um Aschas Hand an. Er wollte sie zu seiner zweiten Frau machen. – Nach dem Koran ist es moslemischen Männern gestattet, bis zu vier Frauen zu heiraten. Voraussetzung ist genügend Wohlstand, sie alle und ihre Kinder zu versorgen. Vorzugsweise sollen Witwen und

Waisen auf diese Weise untergebracht werden. Für die Männer in ländlichen Regionen hat die Heirat mehrerer Frauen neben einer besseren Altersversorgung durch eine größere Anzahl von Kindern den Vorteil, daß auf diese Weise mehrere Felder an verschiedenen Orten bebaut werden und ihre Nahrungsversorgung dadurch besser gesichert wird als bei Abhängigkeit von dem Ertrag nur eines Feldes. Darüberhinaus heben die Heirat mehrerer Frauen und die Vaterschaft vieler Kinder in der ländlichen sudanesischen Gesellschaft das soziale Ansehen eines Mannes.

Ascha ließ sich von diesem Mann heiraten. Sie lebte weiterhin mit den beiden Kindern in ihrer Hütte. Der kleine Sohn ging nicht zur Schule, denn er mußte als Schuhputzer für seinen Unterhalt selbst aufkommen. Die Tochter und das Baby, das Ascha mit ihrem zweiten Mann hatte, nahm sie zur Arbeit mit.

An diesem Beispiel wird wiederum deutlich, daß eine Frau erst dann sozialen Schutz genießt, wenn sie einen männlichen Vormund, vorzugsweise den Ehemann, hat. Dies muß nicht unbedingt auch wirtschaftliche Sicherheit mit sich bringen. Das heißt also, ökonomische Unabhängigkeit reicht für die Frauen im heutigen Sudan nicht aus, um auch sozial zu Ansehen zu kommen.

Die soziale Stellung der Frauen – Spiegel der Starrheit des partriarchalen Geschlechtsverhältnisse

Das soeben illustrierte partriarchale Geschlechterverhältnis prägt auch die Situation der Migrantenfrauen.

Zunächst gilt für zwei Drittel der Frauen von Arbeitsmigranten, daß sie durch die Abwesenheit des Ehemannes nicht selbst unmittelbar zu Haushaltsvorständen werden, sondern der Vater oder Bruder des Migranten diesen vertritt. Für die Frauen kann dies mehr ökonomische Sicherheit bedeuten, es muß aber nicht so sein. Denn bei mehrjähriger Abwesenheit des Migranten läßt häufig die Hilfe der Verwandten nach, insbesondere, wenn die Geldsendungen des Abgewanderten nicht den hohen Erwartungen der Daheimgebliebenen entsprechen. Es gibt auch Fälle, in denen der Migrant das angesparte Geld zur Heirat einer zweiten Frau verwendet. Dies erhöht seine soziale Stellung und gewährt ihm mehr ökonomische Sicherheit, da zwei Felder bebaut werden können. Von den befragten Frauen wurde die Polygamie eher als Bedrohung wahrgenommen, der sie sich durch Wohlverhalten und die Erfüllung des Wunsches nach vielen Nachkommen zu entziehen suchen. In Kutum waren etwa 30 Prozent der Männer polygam.

De facto sind also mehr als ein Drittel der Migrantenfrauen Haushaltsvorstände; sie sorgen für die Grundbedürfnisse ihrer Familien.

Die gesellschaftlichen Verhältnisse im Sudan enthalten eine Vielzahl reziproker Elemente, also Austausch und Umverteilung von Leistungen, Nahrungsmitteln, Gütern und Geld innerhalb der Verwandtschaft oder von Teilen einer Dorfgemeinschaft, häufig im Rahmen von Festen. Zielorientierte Zusammenschlüsse von Frauen oder Berufsgruppen, z.B. im Rahmen von Konsumentenkooperativen, ermöglichen ebenfalls einen Zugang der Mitglieder zu verbilligten Nahrungsmitteln und Konsumgütern, die den Haushalten der einzelnen zugute kommen.

Frauengruppen in Kutum sind – bis auf die oben erwähnte Hausfrauengruppe – nicht formal organisiert und umfassen Frauen aus der gleichen Familie, Nachbarinnen, Arbeitskolleginnen, Nutzerinnen eines Gartens oder befreundete Händlerinnen. Letztere tauschen Waren und Preisinformationen untereinander aus. Auf Feldern und in Gärten helfen sich die Gruppenmitglieder gegenseitig bei anstrengenden Arbeiten, oder sie teilen sich die Kinderbetreuung. Es gibt aber auch Frauen, die isoliert arbeiten müssen, da sie keinen Zugang zu einer dieser informellen Gruppen gefunden haben.

Auch Feste unterliegen den Strukturen des herrschenden Geschlechterverhältnisses: Frauen und Männer feiern getrennt, Frauen sind für die Zubereitung des Essens und den Abwasch zuständig; Feste zur Geburt oder Beschneidung eines Sohnes sind größer als solche zur Geburt oder Beschneidung einer Tochter. Beim Hochzeitsfest wird der Bräutigam draußen von einer Menschenmenge gefeiert, während die Braut im Haus bleibt und unter dem Schleier von ihren Freundinnen und Verwandten aufwendig geschmückt wird.

Die Mädchenbeschneidung, die im moslemischen Teil des Sudan bei fast allen sieben- bis dreizehnjährigen Mädchen vorgenommen wird, ist der gewalttätigste Ausdruck der männlichen Vorherrschaft. Durch die Entfernung der Klitoris *(Sunna)* oder zusätzlich der Schamlippen mit anschließendem Zunähen der Vagina bis auf einen winzigen Durchlaß (pharaonische Beschneidung) übt die Familie des Mädchens eine totale körperliche Kontrolle über die Keuschheit der Heranwachsenden aus. Voreheliche Entjungferung gilt als tiefe Verletzung der Ehre des Vaters der Betroffenen und senkt deren Brautwert erheblich bis zur schändlichen Unverheiratbarkeit.

Die Mädchenbeschneidung ist ursprünglich eine afrikanische Tradition, die seit Jahrhunderten in einigen Ländern des Kontinents praktiziert wird, allerdings meistens eher symbolisch durch die Entfernung eines Teils der Klitoris (im Sudan wird diese kleine Beschneidung *Haditha* genannt). Trotz ihrer nicht-islamischen Herkunft wurde den Sudanesinnen glauben gemacht, die Mädchenbeschneidung sei eine Forderung des Koran. – Insofern ist die Mädchenbeschneidung heute als Unterdrückungsmaßnahme des islamischen Patriarchats zu sehen, die sich direkt in die anderen Elemente seiner Keuschheitsideologie einordnen läßt.

Die Übermittlerinnen dieser unmenschlichen Tradition sind vor allem Mütter und Großmütter, obwohl sie selbst unter den Folgen (häufige Entzündungen, schmerzhafte Geburten) leiden. Die pharaonische Beschneidung wird heute zwar in den Städten selten durchgeführt, in Nord-Darfur ist sie allerdings immer noch häufig. Es gibt in der neuen Generation eine Tendenz gegen die pharaonische

Beschneidung. Die *Sunna* oder *Haditha* jedoch erscheint den Frauen unvermeidlich, um den Töchtern ihre Zukunft nicht zu verbauen. Viele Mütter sagten zu mir: »Meine Tochter wird nicht beschnitten. Sie soll nicht so leiden.« – Auf die Frage: »Wirklich ganz und gar nicht?«, antworteten sie: »Ja – nur ein bißchen, damit sie später einen Mann findet.«

Ein Hintergrund, der eine gewisse Rolle bei der hartnäckigen Aufrechterhaltung der Mädchenbeschneidung spielt, ist die afrikanische, aber auch in der islamischen Tradition übliche Regel, daß bei der Verheiratung der Tochter ein Brautpreis vom Bräutigam an die Braut und an die Mutter der Braut zu zahlen ist.

Dieser Brautpreis ist ein Vertrag, der dem Bräutigam die Unberührtheit seiner Braut garantiert und der Braut eine wirtschaftliche Sicherheit für den Fall der Scheidung oder des Todes des Mannes bietet. Der Familie der Braut, der eine weibliche Arbeitskraft genommen wird, wird mit dem Brautpreis eine Entschädigung gezahlt, während die Eltern des Bräutigams von der zusätzlichen Arbeitskraft in ihrem Hause profitieren. – Allerdings hat die Familie der Braut die Verpflichtung, die Hochzeit auszurichten, die Wohnungseinrichtung zu besorgen und während der Jahresfeste (besonders im Fastenmonat *Ramadan* und beim Fest *Id al Fatur)* vor der Hochzeit die Gäste mit Speisen zu bewirten. Dafür wird ein großer Teil des Brautpreises und der Mitgift der Braut ausgegeben.

Der Brautpreis und der Austausch von Geschenken zwischen den Familien des Brautpaares begründen also eine ökonomische Verbindung zweier Familien.

Im moslemischen ländlichen Sudan ist die Cousinenheirat verbreitet, d.h., vorzugsweise wird dem Sohn eines Mannes die Tochter seines Onkels väterlicherseits versprochen. Dadurch werden Verwandschaftsbindungen gefestigt und ökonomisch abgesichert.

Den Migrantenfrauen bietet die häusliche Ebene – also Haushaltsgemeinschaft, Großfamilie, informelle Gruppen – Chancen für sozialen Rückhalt und ökonomische Unterstützung. Für ihr gutes Ansehen in der Öffentlichkeit ist es notwendig, daß sie nach außen einen männlichen Interessenvertreter haben – daher die Bestellung des Schwagers oder Schwiegervaters zum Vormund für die Zeit der Abwesenheit des männlichen Haushaltsvorstands.

Tiefe Armut, Verlassenheit und Elend sind das Schicksal der Frauen, die von ihrer Familie getrennt und nicht in informelle Gruppen eingebunden sind. Gründe für diese Ausschließung können Konflikte, Scheidung, Verarmung, Migration, Kinderlosigkeit, manchmal Alter, Krankheiten oder der Tod des Ehemannes oder anderer Familienmitglieder sein.

Haushalt – Hausfrau: Wie patriarchale Ideologien Frauenarbeit unsichtbar machen

Wie eingangs dargestellt, findet auf Grund der patriarchal geprägten Erhebungsmethoden die Arbeit der Frauen keine Widerspiegelung in den offiziellen Statistiken. Bei Haushaltsumfragen werden Frauen jedoch von den – meist ausschließlich befragten – männlichen Haushaltsvorständen als »Hausfrauen« eingestuft. Auch die Frauen selbst stufen sich als »Hausfrauen« ein: In der Umfrage, die ich mit Hilfe einiger Einwohnerinnen in Kutum durchführte, bezeichneten sich über 60 Prozent der befragten Frauen selbst als »Hausfrauen«. Die anderen Daten, die ich zusammen mit vier Kutumer Frauen erhob, zeigten jedoch, daß über 70 Prozent der Frauen neben der Hausarbeit auf Feldern arbeiteten, fast 40 Prozent außerdem in Gärten und über 30 Prozent als Händlerinnen.
Die Ursache für diese reduzierte Selbsteinschätzung hängt sicherlich mit der ideologischen Tabuisierung der öffentlich auftretenden Frau (auch am Arbeitsplatz) zusammen.

Die Verzerrungen in der Statistik kommen auch noch auf andere Weise zustande. Die Wirtschaftskrise der achtziger Jahre hat die Notwendigkeit der Frauenarbeit verstärkt. Die

Not macht die Tätigkeitsbereiche der Frauen vielgestaltiger und zahlreicher – Frauen brauchen immer mehr Fähigkeiten und Flexibilität für die Lebenserhaltung. So kann z.B. eine Frau neben Haushalt und Kinderversorgung, Holz- und Wasserholen und der Nahrungszubereitung noch einige Stunden den Garten bewässern und jäten, Erdnüsse zu Butter verarbeiten und diese auf dem Markt verkaufen, oder Wildfrüchte sammeln und diese verarbeiten, auch zum Verkauf, oder – je nach Saison – Feldarbeit leisten, Matten flechten, das Haus ausbessern, Wasser anderen Häusern verkaufen etc. Sie würde trotzdem von andern und wohl auch von sich selbst als »Hausfrau« bezeichnet.

Ebenso vielfältig sind die Tätigkeiten anderer Familienmitglieder, Kinder eingeschlossen.

Die Tätigkeiten einer Haushaltsgruppe und jeder einzelnen Person wechseln darüberhinaus im Zeitverlauf, je nach Saison, Lebensphase und ökonomischer Notwendigkeit. Zunehmend verbringen Familienmitglieder einen Teil ihres Lebens außerhalb des Heimatortes bei Verwandten, zur Ausbildung, Arbeitssuche, Arbeit oder um in Notlagen unterzuschlüpfen. Häufig lebt ein Teil der Haushaltsmitglieder in der Stadt, ein anderer Teil auf dem Land, und einzelne Familienmitglieder pendeln zwischen den Standorten. Einkommen und Nahrungsmittel werden so auf vielfältige Weise umverteilt. Frauen spielen eine entscheidende Rolle in diesem Netzwerk.

Literatur

Allgemeine Informationen zur sudanesischen Geschichte

Streck, Bernhard (1982): Sudan. Steinerne Gräber und lebendige Kulturen am Nil, Köln

Zur Frauenarbeit

Boserup, Ester : Die ökonomische Rolle der Frau in Afrika, Asien, Lateinamerika, Stuttgart, 1982

Broetz, Gabriele : »Uns bleibt nur der Hunger.« Auswirkungen des sozialen Destabilisierungsprozesses und der Umweltzerstörung auf die Lebens- und Arbeitssituation von Frauen. Dargestellt am Beispiel der Songhay im Vallée du Niger, Mali, Hamburg, Institut für Afrikakunde, 1992

Ellis, Frank : Peasant Economics. Farm Households and Agrarian Development, Cambridge, 1988
Lachenmann, Gudrun : Ökologische Krise und sozialer Wandel in afrikanischen Ländern, Saarbrücken/Fort Lauderdale, 1990
Lenz, Ilse: Geschlechtliche Arbeitsteilung und Subsisten 2 produktion: Eine einführende Diskussion, in: SSIP Bulletin No 53, 1984
Meillassoux, Claude: Die wilden Früchte der Frau, Frankfurt/Main, 1983
Researching the Household: ids Bulletin, Vol 22 No 1, January, 1991
Sen, Amartya : Gender and Cooperative Conflicts in: WIDER Working Papers WP 18, Helsinki, 1987
Waring, Marilyn: If Women Counted. A new feminist economics, London, 1988
Werlhof, Claudia v. / Mies, Maria / Bennholdt-Thomsen, Veronika: Frauen, die letzte Kolonie. Zur Hausfrauisierung der Arbeit, Reinbek, 1983
Wichterich, Christa: Paradigmenwechsel: Von der »Integration in die Entwicklung« zur »Feminisierung der Entwicklung«, in: Peripherie Nos 25/26, 1987

Zum Westsudan

Barth, Frederic : Economic Spheres in Darfur, in: Raymond Firth (ed.): Themes in Economic Anthropology, London, 1967
De Waal, Alexander : Famine That Kills, Darfur, Sudan 1984–1985, London, 1989
Maxwell, Simon (ed.) : To Cure All Hunger. Food Policy and Food Security in Sudan, London, 1991

Zu Frauen im Sudan

Bernal, Victoria (1991): Cultivationg Workers. Paesants and Capitalism in a Sudanese Village, New York
Hayes, Rose Oldfield (1975): Female Genital Multilation, Fertility Control, Women's Roles, and the Patrilineage in Modern Sudan: A Functional Analysis, American Ethnologist, Vol. 2, No. 4
Ismail, Ellen / Makki, Maureen : Frauen im Sudan, Wuppertal, 1990

Zur Islamisierung

Folgende Zeitschriften berichten regelmäßig über die aktuelle Entwicklung im Sudan:
Sudan Update, London
Africa Watch, Sudan, Washington / New York / London
Sudan Democratic Gazette, London

Margitta Ogundare

Nigeria – Afrikanische Tradition und Frauenrolle gegen islamischen Fundamentalismus

Die Kolonialmacht Großbritannien veranlaßte 1914 ihren Generalgouverneur Lugard, drei benachbarte, jedoch bis dahin getrennt verwaltete Protektorate zu einem Ganzen zusammenzufassen. Lugard gab dieser kolonialen Neuschöpfung den Namen Nigeria – »The Colony and Protectorate of Nigeria« war entstanden.

Bis heute lassen sich innerstaatliche Konflikte auf Gegensätzlichkeiten zurückführen, die durch die erzwungene Vereinigung Anfang dieses Jahrhunderts aufeinanderprallen. Zum eigenen wirtschaftlichen Vorteil hatte man Völker zu einer Einheit zusammengefaßt, die aus divergierenden Traditionen Kriege miteinander führten. Einander widersprechende Regierungsformen wurden zusammengewürfelt, und verfeindete oder doch mindestens miteinander konkurrierende Religionssysteme trafen mit dem Islam, dem Christentum und den regionalen Kulten aufeinander. Die britische Kolonialregierung hatte nach dem Motto »teile und herrsche« auf die Unversöhnlichkeit politischer, religiöser und sozialer Unterschiede gesetzt – eine Rechnung, die allerdings nur teilweise aufging.

Das Spannungsverhältnis von Norden und Süden, von Majoritäten und Minoritäten hat nicht allein zu jener Konfrontation geführt, die gelegentlich als offener Konflikt und damit meist spektakulär ins Bewußtsein tritt. Daneben etablierte sich, sozusagen im Verborgenen des Alltagslebens, ein in seiner sozialen Schubkraft nicht weniger gewichtiges Geschick der Bevölkerung, Gegensätze zu überwinden und Konflikte zu entschärfen. Das besondere Beziehungsverhältnis von Islam, Christentum und regionalen Götterkulten im Südwesten Nigerias, wo die Majorität der Bevölkerung zum Volk der Yoruba gehört, ist ein anschauliches Beispiel hierfür.

Neben Yoruba (20%) gibt es in Nigeria zwei weitere Mehrheitsvölker – die Igbo im Südosten (17%) und die Hausa-Fulani im Norden des Landes (21%). Dazu kommen zahlreiche größere und kleinere Völker, die alle eine andere Muttersprache sprechen. In Nigeria gibt es eine fast nicht zu überschauende Vielzahl an kulturellen und sozialen Formen, an Sprachen und ihren Dialekten, an Religionen und ihren zahlreichen Varianten. Von den heute ca. 120 Mill. Menschen in Nigeria verstehen sich schätzungsweise 50% als Muslime, 35% als Christen und 15% als Anhänger traditioneller Religionskulte. Letztere basieren auf den Resten jener Kultformen, die ehemals von allen Völkern Nigerias gepflegt wurden, bis sie dann von Norden her durch den Islam und vom Süden aus durch das Christentum verdrängt oder überlagert wurden.

Islamisierung

In den nördlichen Teil des heutigen Nigeria kam der Islam bereits am Anfang des 11. Jahrhunderts in das Königreich Kanem Borno, und im 14. Jahrhundert brachten ihn Einwanderer aus dem Königreich Mali in das Hausa-Land. Die Hausa-Städte waren Umschlagplätze des Transsahara-Handels. Mit dem Fernhandel kamen islamische Gelehrte ins Land, die religiöses ebenso wie wissenschaftliches Wissen verbreiteten. Bis ins 18. Jahrhundert hinein blieb der Islam im Hausa-Land, wie in ganz Westafrika, ein städtisches Phänomen. Er bot der dortigen Oberschicht eine einheitliche Rechtsgrundlage, die den Austausch mit Gütern und Dienstleistungen erleichterte. Denn er unterstellte die im Handel verbundenen Völker, über ihre Grenzen und ethnischen Unterschiede hinweg, alle dem gleichen Gesetz – der Scharia. Die Einführung der arabischen Schrift und die Legitimierung einer starken, zentral gesteuerten Führung begünstigten die Administration des Verwaltungsapparates, der Buchhaltung und des Steuerwesens. Parallel dazu bestimmte der Islam auch das soziale Leben seiner Gläubigen. So wurde unter strengen religiösen Führern, wie beispielsweise Muhammed Rumfa, den Frauen die Abgeschiedenheit des Hauses zugewiesen. Dort allerdings boten ihnen die Versorgung durch den Mann und das überschaubare Leben in der Familie ein hohes Maß an Sicherheit.

Als der islamisierte Fulani Usman dan Fodio seine Anhänger 1804 zur Dschihad aufrief, war ein wesentlicher Grund die Überhandnahme religiöser Nachlässigkeiten unter den Bekennern des Islam. Ein zweiter war die unüberbrückbar gewordene Kluft, die die Hausa-Führer in den Stadt-Staaten von der Landbevölkerung trennte. Hirten und Bauern, die hohe Steuern zahlen mußten, schlossen sich aus Verzweiflung und Zorn in großer Zahl der islamischen Revolution an – ganz gleich ob Fulani oder Hausa. Zugunsten des Islam gaben sie ihren bis dahin praktizierten regionalen Glaubenskult auf, konnten aber die traditionellen Wertvorstellungen größtenteils beibehalten. So gestattete beispielsweise der Islam die ökonomisch notwendige Polygamie, die damals wie heute in einer manuell betriebenen Landwirtschaft jenen Kinderreichtum sichern muß, der für die Feldbestellung und Viehversorgung unerläßlich ist. Die Entlastung der Frau besteht darin, daß mehrjährige Pausen zwischen den Geburten möglich werden und die anfallenden Arbeiten im Haus oder auf dem Feld zwischen den Frauen geteilt werden können. Darüber hinaus hat die Frau im Todesfall ihres Mannes die Möglichkeit, als Witwe zum Schwager zu ziehen. So kann sie für sich und ihre Kinder den früheren sozialen Status bewahren und die Zukunft materiell absichern.

1809 konnte die von der Masse der Landbevölkerung getragene Revolution Usman dan Fodios die ökonomisch wichtigen Hausa-Stadt-Staaten überwältigen. Das Königreich Borno im äußersten Osten des Landes widersetzte sich allerdings erfolgreich den Angriffen, und das Dschihad-Heer wurde in einer vernichtenden Schlacht gestoppt.

Usman dan Fodio gründete nun die Stadt Sokoto, die Zentrum des gleichnamigen Kalifats und Regierungssitz wurde. Von hier aus regierten dan Fodio und seine Erben und Nachfolger das eroberte Reich. Dan Fodio führte soziale Reformen durch und setzte sich nachdrücklich für eine höhere Bildung der Frauen ein. Zwar sollte dies als Vorsichtsmaßnahme dienen, um die Ehefrauen und Mütter vor falscher Lehre und Irrglauben zu bewahren. Die neue Politik bewirkte jedoch, zumindest innerhalb der städtischen Eliten, eine beachtliche Anhebung des Bildungsstandards unter den Frauen.

Die neuen Machthaber mischten sich durch Eheschließung mit den städtischen Hausa, entlehnten deren Sprache und übernahmen zur Absicherung der eigenen Herrschaft den bestehenden Verwaltungsapparat, die vorhandenen Machtstrukturen und die Wirtschaftsform, die vom Sahara-Handel getragen wurde. Der Grad der Assimilierung, den die Fulani-Krieger nicht zuletzt im Hinblick auf die vereinigende Kraft des Islam leisteten, drückt sich anschaulich in dem Begriff Hausa-Fulani aus. Diesen Namen erhielt die Bevölkerung der ehemaligen Hausa-Stadt-Staaten, nachdem sie mit den Besatzern zu einer ethnischen Einheit zusammengewachsen war.

Während die Fulani auf dem Land nach wie vor an der nomadisierenden Viehzucht festhielten, ihre Kultur bewahrten und ihre Sprache pflegten, hatte sich die Fulani-Führungsschicht für das Stadtleben und die dazugehörige Kultur der Seßhaften entschieden. Ein knappes Jahrhundert lang gelang es ihnen und ihren Nachfolgern, den Transsahara-Handel aufrechtzuerhalten. Sie drangen in die Minoritätengebiete des Middle Belt im heutigen Bundesland Plateau State vor und eroberten weite Teile des Yoruba-Landes.

Das Königreich Oyo

Im Südwesten des heutigen Nigeria entfalteten die Yoruba vom 12. bis 16. Jahrhundert ihre Macht und trieben Handel mit den angrenzenden Hausa-Staaten. Zahlreiche Yoruba-Königreiche wurden Teil des großen Oyo-Reichs, das im 18. Jahrhundert entstand. Es etablierte seine Macht, als das Königreich Benin gegen die Freiheitsbestrebungen der unterworfenen kleineren Völker kämpfte und schließlich sein gesamtes Territorium aufgeben mußte.

Nach Ife, dem heiligen Ort der Yoruba-Könige und Ausgangspunkt für die Entstehung der heutigen Stadt Ile-Ife, flohen die Oyo-Yoruba, als sie zu Beginn des 19. Jahrhunderts Zuflucht vor den islamischen Fulani suchten, die von Norden her in ihr Reich eindrangen.

Oyos äußere Auflösung war Folge der innenpolitischen Zerstrittenheit. Es konnte keine Einigung in der Frage erzielt werden, ob eine außenpolitische Expansion oder aber der wirtschaftliche Ausbau im Innern des Landes Inhalt der Staatspolitik werden sollte. Außerdem lehnten sich die südlichen Yoruba gegen Oyos Machtanspruch auf, weil sie durch den Transatlantik-Handel der Europäer ökonomische Selbständigkeit und Wohlstand erlangt hatten.

Christentum, Missionierung und Kolonialisierung

1835 brachten Angehörige des Yoruba-Stammes der Egba bei ihrer Rückkehr in die Stadt Abeokuta das Christentum mit. Sie hatten es in Sierra Leone kennengelernt, wo sie nach ihrer Flucht von einem Sklavenschiff gesiedelt hatten.

Erst 1840 setzten die christlichen Missionsstationen, die seit Anfang des 19. Jahrhunderts sporadisch im Innern des Yoruba-Landes gewirkt hatten, zur flächendeckenden christlichen Missionierung an und erreichten Ende des 19. Jahrhunderts das Igbo-Land im Südosten Nigerias. Eine der ersten Missionsgesellschaften war die »Church Missionary Society«. Schon 1861 wurde Lagos, im 17. Jahrhundert von den Portugiesen aufgebaut und Zentrum des Transatlantik-Handels, britische Kronkolonie. Von hier aus vollzog sich die Kolonialisierung des Hinterlandes. Sie diente der Durchsetzung britischer Handelsinteressen, die seit 1900 von der »Royal Niger Company« stellvertretend für die britische Regierung wahrgenommen wurden. Dem Vordringen der Kolonialmacht setzten die Yoruba immer wieder erbitterten Widerstand entgegen. Doch nach der endgültigen Auflösung des Oyo-Reiches und seiner Heeresmacht im Jahr 1835 stand der fortschreitenden Etablierung der britischen Herrschaft im Yoruba-Land keine schlagkräftige Militärmacht mehr im Wege.

1903 unterwarf Generalgouverneur Lugard das Kalifat Sokoto. Die Konfrontation mit der Heeresmacht des islamischen Nordens veranlaßte ihn allerdings, die bisherige Unterwerfungstaktik zu ändern und größere Zugeständnisse einzuräumen. So sicherte er den Emiraten, die weitgehend den Hausa-Fulani unterstanden, vertraglich den Verzicht auf Christianisierung und Einführung des westlichen Bildungswesens zu. Für mehrere Jahrzehnte endete deshalb der europäische Einfluß vor den Toren Zarias. Die Missionierung beschränkte sich auf die Plateau-Völker, die ihren traditionellen Religionskulten noch sehr verbunden waren. Bis heute stellen sie mit Plateau-State das einzige nordnigeranische Land, in dem weniger Muslime leben als Christen.

Mit dem Festschreiben der britischen Einflußsphäre im Protektorat Nordnigeria wurde gleichzeitig die dynamische Expansion des Kalifats von Sokoto nach Süden gestoppt. Der Transsahara-Handel mit seinen zahlreichen Kontakten zu anderen muslimischen Staaten brach zusammen und führte zu einer religiösen Isolierung des nigerianischen Nordens von anderen islamischen Staaten. Die bereits islamisierten Völker des Südens wurden vom Einfluß des Nordens getrennt und frischten ihre alten Bindungen wieder auf. Jene Yoruba, die an dem neuen Glauben des Islam festhielten, suchten eine Verbindung zur ethnischen Tradition ihres Volkes herzustellen. Sie betonten die Gemeinsamkeiten mit dem Islam und mischten Elemente des alten Glaubens mit dem neuen. Die Afrikanisierung des Islam setzte ein – analog zu der des Christentums, die bereits zur Bildung eigener Kirchengemeinden geführt hatte. Diese Bewegung wurde von den britischen Kolonialbeamten kritisch beobachtet – wie sich später zeigte, zu Recht. Denn sie sollte im 20. Jahrhundert starke antikoloniale Kräfte freisetzen. Begrüßt wurde demgegenüber von der Kolonialmacht, daß sich die Afrikanisierung der Religionen auf die ethnischen Grenzen beschränkte.

Unabhängigkeit und Biafra-Krieg

Als Nigeria am 1. Oktober 1960 unabhängig wurde, standen sich Ethnien gegenüber, die im Norden fast ausschließlich und im Südwesten überwiegend dem Islam angehörten. Die Dreiteilung des Landes, durch die natürlichen Grenzen der Flüsse Niger und Benue naheliegend, wurde vom britischen Verwaltungsapparat vorgegeben. Neben der eigenständig verwalteten Hauptstadt Lagos hatte dieser drei Regionen hinterlassen: Die West- und Ostprovinz des südlichen Protektorats, die 1939 eingerichtet worden waren, und das Protektorat Nordnigeria, das allein zwei Drittel des Territoriums ausmachte.

Die Mehrheitsvölker versuchten, durch politische Parteien ihren Einfluß zu sichern. Die Yoruba-Partei wurde 1962 nach innerer Zersplitterung zerschlagen, der Anführer Awolowo ins Gefängnis gesperrt. Das führte zu einer direkten politischen Konfrontation der muslimischen Hausa-Fulani und der zumeist christlichen Igbo, die beide um die Vergrößerung ihres Einflußbereichs bemüht waren. Die Bundeswahlen 1964 brachten einen klaren Sieg der islamisch ausgerichteten Partei des Nordens. 1966 putschten junge Offiziere erfolglos, erlaubten es aber General Aguiyi-Ironsi, einem Igbo, die Regierungsgewalt zu übernehmen und die Verfassung außer Kraft zu setzen. Als er, umgeben von Igbo-Beratern, die Föderation auflöste und Nigeria zum Einheitsstaat erklärte, fürchteten insbesondere die Hausa-Fulani eine Igbo-Hegemonie. Sie stürzten die Regierung noch im selben Jahr. Erstmals erhielten dadurch die Minoritätenvölker Gelegenheit, mit Yakubu Gowon, einem Angar aus dem Middle Belt, einen Staatschef aus ihren Reihen zu stellen. Für den Militärgouverneur der Ostregion Ojukwu erschien er wegen seiner islamischen Religionszugehörigkeit dennoch als Vertreter der Hausa-Fulani.

1967 brach der deutlich politisch motivierte Bürgerkrieg um Biafra aus. Zwar kam es im islamischen Kano zu grausamen Pogromen an christlichen Igbos. Aber Grund des Bürgerkriegs war nicht, wie es im Ausland propagiert wurde, ein religiöser Fanatismus. Erstens blieben die Staaten des Bundesverbandes trotz ihrer religiösen Unterschiede als Föderation vereinigt. Zweitens kam es bei der bedingungslosen Kapitulation Biafras 1970 weder zu den befürchteten Pogromen noch zu Massakern. Statt dessen förderte die Regierung Gowon erfolgreich eine schnelle wirtschaftliche und politische Reintegration der östlichen Provinzen in die Föderation, so daß heute erneut in ganz Nigeria verstreut Angehörige des Igbo-Volkes arbeiten und leben. Sezessionskrieg und Gegenschlag waren die Folge unvereinbarer politischer Machtinteressen. Sie beruhten auf unversöhnlichen Wirtschaftsinteressen, die sich an der Frage der Ölausbeute im Süden Nigerias entzündet hatten.

Islam und Regierungspolitik im heutigen Nigeria

Als 1976 General Obasanjo, ein Yoruba, die Macht übernahm, forderte eine starke Muslim-Fraktion – in Anlehnung an die Gesetzgebung der nordnigerianischen Staaten – die Aufnahme der Scharia in das nigerianische Rechtswesen. In Nigeria gibt es ein allgemeines administratives Recht mit regional unterschiedlichen Sonderrechten, die beispielsweise neben der standesamtlichen Heirat die Möglichkeit zur Eheschließung nach islamischem, christlichem oder ethnienüblichem Gesetz einräumen. Diese Rechtslage ließ der Regierungschef, selbst Muslim, jedoch unangetastet und bestätigte darüber hinaus die Sonderregelungen für Nicht-Muslime in Staaten mit Scharia-Recht. Danach können diese bei Anklage darauf bestehen, nach der allgemeinen nigerianischen Rechtsprechung verurteilt zu werden. Diese Regelung gilt bis heute. Sie unterstreicht das Bemühen der Regierungen, das Gerechtigkeitsempfinden der religiösen Minderheiten zu achten. Allerdings wurde andererseits der Tatsache, daß die Bevölkerung Nigerias mehrheitlich aus Muslimen besteht, durch den Beitritt zur »Organisation of the Islamic Conference«, der Vereinigung Islamischer Staaten, Rechnung getragen. Durch die Gelder, die aufgrund dieser Mitgliedschaft für Moscheen, islamische Schulen und Universitäten ins Land fließen, werden allerdings Probleme aus dem Ausland importiert: Prestigeobjekte wie die große Moschee am Flughafen von Ikeja in Lagos fordern leicht Zwietracht heraus.

Der zentralistisch organisierte Islam des Nordens bietet den Vorteil, Entscheidungen in kleiner Runde und schnell fällen zu können. Der Entscheidungsprozeß im Süden ist dagegen langwieriger. Die Tradition der Yoruba-Stadt-Königreiche und der Igbo-Dorfgesellschaften fordert die Beteiligung verschiedener Interessenvertretungen, um zu einem Konsens zu kommen. Ein solcher kann nur mühsam, Schritt für Schritt, erarbeitet werden.

Abuja, im Zentrum Nigerias gelegen, ist umgeben von 31 Bundesstaaten. Diese große Anzahl bedeutet ein nicht zu unterschätzendes finanzielles Problem für die Bundeskasse. Trotzdem versucht der Bund durch die erneute Untergliederung des Landes, der Vielzahl der Minoritätenvölker eine gerechtere politische Chance einzuräumen und gleichzeitig die Vormachtstellung der Majoritäten einzuschränken. Dennoch bleibt auf Bundesebene die quantitativ größte Gruppe der Hausa-Fulani ein gewichtiger Faktor in politischen und wirtschaftlichen Entscheidungen. Nicht zuletzt deshalb erscheint es so manchem politisch Ambitionierten oder geschäftlich Strebsamen im Süden oder Middle Belt ratsam, zum Islam überzutreten. Das gilt für Männer ebenso wie für

Frauen, die – beispielsweise als Kontraktunternehmerinnen im Baugewerbe oder als Import/Export-Kauffrauen – auf politisch einflußreiche Fürsprecher angewiesen sind. Sie selbst sind, ob sie dem Islam angehören oder nicht, nur selten in der Politik aktiv. Ein Beispiel, das vielleicht Schule machen wird, ist das politische Engagement der Gattin des gegenwärtigen Regierungschefs Babangida, der Muslim ist. Seine Frau setzt sich öffentlich für die Belange von Frauen ein, insbesondere für die der Marktfrauen. Zwar wurde in der Bevölkerung lautstark Kritik geübt, weil ihr kein offizieller politischer Auftrag erteilt worden war. Aber sie beruft sich auf das gesellschaftspolitische Engagement zahlreicher Präsidentenfrauen in anderen Ländern. Relativ häufig und regelmäßig werden im Süden Nigerias Frauen als »Commissioner« berufen. Sie bekleiden dann stellvertretend für die jeweilige Regierung das höchste administrative Amt eines Ministeriums – und verweigern sich gelegentlich, so wie es vor zwei Jahren in Oyo-State geschehen ist, durch demonstrativen Rücktritt der ihnen von der Militärregierung zugewiesenen Rolle als Befehlsempfängerin.

Christentum und afrikanische Kirchen

Einen Zulauf, der dem des Islam vergleichbar ist, haben im Süden des Landes die afrikanischen Kirchen, die bereits vor der britischen Eroberung auftraten und sich nach dem Zweiten Weltkrieg beachtlich vermehrten. Sie machen Glaubensübertritte selbst für Muslime attraktiv. Denn durch einflußreiche Mitglieder erlangen sie zunehmend politisches Gewicht. Darüber hinaus bieten sie in ihren Schulen, Krankenhäusern und profitorientiert arbeitenden Betrieben feste Arbeitsplätze. Und das ist für Nigerianer, die angesichts einer mehr als 300%igen Teuerungsrate kaum noch das tägliche Überleben für sich und ihre Familie sichern können, ein Zeichen für die Hilfe Gottes und dessen Anwesenheit in der betreffenden Glaubensgemeinschaft. So ist vor allem im

Süden Nigerias der Wechsel von einer Religionsgemeinschaft in die andere nichts Ungewöhnliches. Erstens vollzieht sich der Schritt auf der Ebene persönlicher Bindungen durch Fortbleiben von der einen Kultstätte oder Gemeinde und Erscheinen bei der anderen. Bei Unzufriedenheit oder enttäuschter Erwartung kann der Entschluß durch eine reuige Rückkehr, die in Südwestnigeria sehr ernst genommen wird, genauso schnell wieder rückgängig gemacht werden. Zweitens kennzeichnet insbesondere die afrikanisierten Formen des Islam und Christentums, die beide Elemente der einheimischen Religionskulte aufnehmen, daß die Grenzen zwischen ihnen fließend sind und sie zahlreiche Gemeinsamkeiten aufweisen. So vereinigt die »Celestial Church of Christ«, in deren Gottesdiensten aus der Bibel und aus dem Koran vorgelesen wird, christliche und islamische Elemente. Und die »Ruhamau Islamic Society of Nigeria« greift auf traditionelle Riten und alte Kultformen zurück. Damit knüpfen beide an die zahlreichen Sitten und Gebräuche an, die – ähnlich wie beispielsweise bei uns das Osterfeuerspringen – aus früheren regionalen Religionen hervorgegangen sind. Bis heute werden solche Bräuche von vielen Nigerianern gepflegt, auch wenn sie Muslime oder Christen geworden sind. Ein Beispiel ist die Zeremonie des »car washing«, die dem neuen Auto gilt. Bei ihr werden vor dem Umtrunk einige Tropfen auf den Boden geschüttet, um das Wohlwollen der Geister zu erbitten und zukünftige Gefahren vom Autofahrer abzuwenden. – Der afrikanisierte Islam basiert ebenso wie das afrikanisierte Christentum auf den Glaubensinhalten der großen Religionsbekenntnisse, formuliert aber gleichzeitig ein neues Angebot für die Gläubigen. Seit den zaghaften Anfängen der Afrikanisierung im letzten Jahrhundert konnte inzwischen allerdings eine stabile Infrastruktur innerhalb Nigerias aufgebaut und darüber hinaus eine weltweite Vernetzung erreicht werden.

Religion und Stellung der Frauen in der Yoruba-Gesellschaft

In den traditionellen Religionskulten standen und stehen die Frauen bei den heiligen Handlungen meist abseits. Das gilt besonders für die kultische Maskerade, die vielleicht in Bedeutung und Verkleidungszeremonie mit Bräuchen vergleichbar ist, wie sie sich in der süddeutschen Winteraustreibung erhalten haben. Auch da ziehen die Kultgruppen durch die Straßen, jedoch dürfen in Nigeria manche Züge nicht von Uneingeweihten gesehen werden – vor allem nicht von Frauen. Demgegenüber gibt es bei der Ohworu-Maskerade im Urhobo-Land zwei für den Kult zentrale Masken, die Frauen darstellen. In zahlreichen anderen Kulten werden ebenfalls weibliche Göttergestalten verehrt, wie etwa Mami Water im Niger-Delta. Hier wird der Kult von Priesterinnen zelebriert – ähnlich wie die Verehrung des Schöpfergottes Obatala, dessen Priesterin die fast achtzigjährige gebürtige Österreicherin Susanne Wenger ist. Sie lebt seit etwa 40 Jahren in der heiligen Yoruba-Stadt Oshogbo. Durch einen Orakelspruch, den ihr die oberste Priesterklasse der Yoruba vermittelte, wurde sie damals aufgefordert, die weitgehend verfallenen Schreine, Symbole und Ritualplätze des Kultes wiederherzustellen. Denn das Vordringen des Islam und des Christentums hatte zu diesem Zeitpunkt der traditionellen Yoruba-Gesellschaft schwere Einbußen zugefügt. Als vielseitige und aufgeschlossene Künstlerin nahm Susanne Wenger die Herausforderung an. Sie wurde in die Priesterklasse des Kultkreises initiiert und half erfolgreich, durch den von ihr geprägten Stil der »neuen sakralen Kunst«, der traditionellen Religion erneut ein gebührendes Ansehen zu verschaffen. Heute ist der Yoruba-Kult international fast so bekannt wie die Künstlerin und Priesterin, die ihn vertritt. Gleichzeitig zeigt die Bereitschaft, mit der die Frauen und Männer der Priesterklasse einer Ausländerin die Priesterschaft ihres Kultes anvertrauten, welche Toleranz dem Fremden gegenüber in der Religion der Yoruba angelegt ist und ihre Kultur bis heute auszeichnet.

Die Frauen der Yoruba-Gesellschaft fügen sich in ein patrilineares System ein. Aber in der ihnen übertragenen Position verfügen sie über weitestgehende Entscheidungsbefugnisse, handeln selbständig und selbstverantwortlich. Das gilt für den kultischen Bereich ebenso wie für das wirtschaftliche und soziale Leben. Ein illustrierendes Beispiel sind die zahlreichen berufstätigen Frauen, die als Kleinhändlerinnen oder erfolgreiche Geschäftsfrauen arbeiten bzw. nach einer qualifizierten Berufsausbildung als Richterin oder Krankenschwester, Lehrerin oder Regierungsangestellte ihr eigenes Geld verdienen und frei darüber verfügen. Allerdings sind sie verpflichtet, zu den Lebenshaltungskosten beizutragen und die Ausbildung ihrer Kinder mitzufinanzieren. Darüber hinaus erwartet der Ehemann, daß ihn seine Frau bei der Finanzierung weiterer Ausgaben unterstützt – beispielsweise bei der Bezahlung des Hausbaus. Denn jeder Yoruba strebt zur Sicherung seines Altersruhesitzes den Erwerb eines eigenen Hauses an. Allerdings ist es für die Frau ratsam, sich als Mitbesitzerin eintragen zu lassen, weil im Todesfall des Mannes die Ehefrau nicht direkt erbt, sondern vermittelt über ihre Kinder. Gleichberechtigte Erben oder im Falle der Kinderlosigkeit sogar Alleinerben sind die Geschwister des Mannes, vorzugsweise die Brüder. Denn ihre Aufgabe ist es nach traditionellen Vorstellungen, das Wohlergehen der Familie des Verstorbenen zu sichern. Das beinhaltet einerseits die Versorgung der Witwe, die sich für ein Leben als Nebenfrau ihres Schwagers entscheiden kann. Dann hat sie sich den älteren, d. h. den länger im Haushalt lebenden Frauen unterzuordnen – insbesondere der ersten Ehefrau, die im Hause immer das Sagen hat. Noch dringlicher verlangt die Erbpflicht andererseits vom Bruder, daß die Kinder des Verstorbenen aufgenommen und wie die leiblichen Söhne und Töchter versorgt werden. Trotz des so festgelegten Erbrechts können christliche Yoruba, selbst wenn sie wollten und ihre angetraute Frau sich dem nicht widersetzen würde, die Witwe des Bruders aufgrund ihrer

Bindung an die Monogamie nicht als Frau ins Haus aufnehmen. Anders hingegen Muslime, die durch die legale Polygamie nicht per se in Konflikt mit den traditionellen Erwartungen geraten müssen. In der Praxis ist es allerdings so, daß heutzutage mehr und mehr alternative Regelungen zur Versorgung einer vaterlosen Familie getroffen werden. Die Monogamie, verstanden als das Leben mit nur einer Frau zur selben Zeit, verbreitet sich unter den islamischen ebenso wie den christlichen Gebildeten des Landes. Das schließt ein Nacheinander verschiedener Beziehungen nicht aus, so daß Männer und Frauen Kinder mit verschiedenen Partnern haben. Das Kind gehört bei Trennung und im Scheidungsfall offiziell zum Vater, der es bei der Mutter lassen oder auch an sich nehmen kann. Umgekehrt hat die Mutter das Recht, ihr Kind jederzeit dem Vater ins Haus zu bringen, um ihm die Versorgung und Ausbildung des Sohnes oder der Tochter zu übertragen. Alle Kinder gelten als legitim, selbst wenn ihre Mütter nur eine kurzlebige Beziehung mit dem Vater hatten. Auch diese Frauen heißen in der Yoruba-Sprache Iyawo, also Frau im Sinne von Ehefrau. Die gleiche Bezeichnung wird allerdings gewählt, wenn die Frau eines Bruders oder Freundes durch Benennung als Familienmitglied geehrt werden soll. Die als »Iyawo« Angesprochene weiß immer, wo sie im komplizierten Familien- und Sozialgefüge steht und wie die Benennung als Ehefrau demzufolge einzuschätzen ist. Das gleiche gilt für die Bezeichnung als »Ma« oder Mutter, die grundsätzlich jeder Frau gegenüber verwendet wird, die älter ist als der Sprecher. Sie ist nicht allein höfliche Anrede, sondern drückt gleichzeitig jenen Respekt der Frauenrolle gegenüber aus, zu dem jeder Yoruba u. a. über die sehr starke Bindung an die eigene Mutter erzogen wird. Frauen und Männer können ihren sozialen Status, der im traditionellen Kontext oftmals festgeschrieben ist, unter Umständen durch den Beitritt zu einer Religionsgemeinschaft anheben. Denn dort werden neue Zugehörigkeiten geboten. Darüber hinaus findet der einzelne durch die spirituelle Betreuung einen festen Bezugspunkt, um sich in dem Wirrwarr des sozialen Wandels zurechtzufinden und eine annehmbare Erklärung für die wirtschaftliche Verelendung oder private Misere zu finden. In diesem Sinne ist die Religionsgemeinschaft identitätsstiftend.

Fundamentalismus, Konflikte und Ausgleich in Nordnigeria

Die Religionszugehörigkeit ist für die Yoruba ebenso wie für alle anderen Nigerianer Teil des Alltags. Sie wird entsprechend durch Kleidung nach außen getragen und im regen sozialen Leben der Gemeinschaften dokumentiert. In Islam und Christentum steht der Religionsbeitritt allen Interessenten offen, unabhängig von ihrer Volkszugehörigkeit. Insofern weisen beide über die ethnienspezifische Ausprägung der Götterkulte hinaus, wirken also rassistisch motivierten Feindbildern entgegen. Dadurch tragen sie zur sozialen Integration bei. Dennoch bleibt ein Rest von latenter Angst, als Gruppe ausgebeutet, unterdrückt und diffamiert zu werden. Diese Unsicherheit war zu allen Zeiten Ansatzpunkt, um die sonst friedlich miteinander lebenden Gemeinschaften zu fanatisieren. Eine Folge sind Ausschreitungen, wie sie 1987 zwischen muslimischen und christlichen Jugendlichen in der Nähe der Stadt Jos aufflammten. Doch selten liegen die Ursachen der religiös genannten Zusammenstöße dort, wo sie zu sein scheinen. So weisen die Konflikte zwischen den Jugendlichen zurück auf die Einflüsse schiitischer Gruppen, die sich im Gefolge der iranischen Revolution vor allem an den weiterführenden Schulen des Nordens gebildet haben. Ebenso wie die islamischen Gruppen in den Universitäten des Nordens, die sich als Vertreter der reinen Lehre verstehen und enge Verbindung zu Saudi-Arabien unterhalten, sind sie nicht etwa hervorgegangen aus den in Nigeria gepflegten oder entwickelten Formen des Islam. Denn diese zielen heute auf Verständigung ab. So sieht der Kalif von Sokoto eine seiner zahlreichen religiösen Aufgaben in der Vermittlung zwischen Muslimen und Christen. Seine Hauptaufgabe allerdings besteht, da er sich in konsequenter Nachfolge Usman dan Fodios als Oberhaupt aller Muslime versteht, in der Rolle eines Vermittlers zwischen den verschiedenen islamischen Strömungen. Sie kamen, wie heute die Einflüsse aus Iran oder Saudi-Arabien, ebenfalls aus Vorderasien oder dem nördlichen Afrika. So gelangte aus Bagdad die Bruderschaft der Qadiriyya nach Sokoto, aus Nordafrika die Tijaniyya nach Kano, die Mahadiyya aus dem Sudan und die Ahmadiyya aus Pakistan nach Nigeria. Aus solchen Anregungen entstanden dann die vielen regionalen Formen, die seit der Unabhängigkeit in zahlreichen Gemeinden gepflegt werden, u. a. im Yoruba-Land.

Konflikte, die als religiöse Zusammenstöße in Erscheinung treten, haben nicht selten soziale und ökonomische Ursachen. Ein anschauliches Beispiel sind die Maitatsine-Unruhen, die von 1980–85 zahlreiche Städte des Nordens erschütterten. Im Namen Allahs hatte der Prediger Muhammadu Marwa tausende von Gläubigen mobilisiert, zumeist Arbeitslose und Jugendliche ohne Ausbildung, um gegen die islamische Oberschicht und die Regierung vorzugehen. Der bewaffnete Kampf, der von Sicherheitskräften niedergeschlagen wurde, forderte allein in Kano 4000 Tote. Auch Marwa starb, jedoch verfolgen seine Anhänger bis heute ihr Ziel unbeirrt weiter. Damit stellen sie den Kalifen von Sokoto vor eine Vermittlungsaufgabe, die er mit religiösen Mitteln allein kaum lösen kann. Deshalb schaltete sich der Staat mit Truppen ein. Doch schon im Vorfeld des Zusammenpralls lassen sich andere Mittel einsetzen, beispielsweise publizistische, die den populären und geachteten Religionsoberhäuptern oder traditionellen Führern zur Verfügung stehen. Hier können sie zu aktuellen Problemen Stellung nehmen und auf soziale Brennpunkte hinweisen – so wie es die Obas zu Aids und anderen Themen getan haben. Wie sehr das Recht auf freie Meinungsäußerung, das vor allem in den Kulturen Südnigerias tief verankert ist, in Bevölkerung und Elite gleichermaßen geschätzt wird, dokumentiert anschaulich der Sturz von Generalmajor Buhari. Er folgte

1985 unmittelbar nach einer vom Staatschef verfügten Inhaftierung populärer Journalisten. Die staatlich unabhängige Presse konnte bis heute ihre Freiheit erfolgreich behaupten, weil bisher noch jede einschneidende Maßnahme, die der Staat zur Beschneidung der Pressefreiheit versucht hat, mit innenpolitischen Unruhen beantwortet wurde.

Die meisten religiösen Führer in Nigeria unterstützen das Nebeneinander der Religionen, für das die Politik den rechtlichen Rahmen geschaffen hat. Vor diesem Hintergrund hat sich im täglichen Leben, trotz der Aktivitäten religiöser Fundamentalisten, in der Bevölkerung ein eindrucksvolles soziales Miteinander herausbilden können. Es fußt auf der Öffnung der islamischen Gesellschaft für Anregungen, die aus den kulturellen und sozialen Errungenschaften der Völker Nigerias kommen. So gelang es beispielsweise in den 30-er Jahren durch Trennung der geistlichen von der weltlichen Literatur den Hausa-Fulani, eine eigene künstlerische Erzählform zu finden, die auf kritische ebenso wie unterhaltende Elemente zurückgreift. Selbst das Berufssängertum der sogenannten Griots im Hausa-Land, das seit Usman dan Fodio von den Puristen wegen seiner weltoffenen Texte verpönt war, erfreut sich heute in nahezu allen Schichten der Hausa-Fulani-Gesellschaft großer Beliebtheit. Sogar die Populärmalerei auf den Lastwagen konnte sich im islamischen Norden trotz des religiösen Bilderverbots breitflächig durchsetzen – und das, obwohl sie aus dem Igbo-Land kommt und sich in Jos mit der dortigen Truck-Art (Lastwagenkunst) vermischte.

Religion, Kultur und Frauen in Südnigeria

Im Yoruba-Land, das einen hohen Prozentsatz an Muslimen hat, knüpft die Verständigung zwischen den Religionen an die ethnische Tradition an, die allen gemeinsam ist. Die weitverbreitete Verehrung der Obas gilt zwar bei den Konvertierten nicht mehr der religiösen Führerpersönlichkeit. Aber sie drückt Respekt für den höchsten Repräsentanten der eigenen Kultur, für den Oni von Ife aus. Er ist Bindeglied zur Entstehungsgeschichte der Yoruba und sichtbares Symbol für die Richtigkeit der mündlich überlieferten Geschichte. Damit bietet er dem einzelnen eine historische Verankerung, die über die individuelle Lebensgeschichte und die vergleichsweise junge christliche oder muslimische Religionsgeschichte des Landes zeitlich weit hinausweist. Die historische Selbstbewußtheit ist Grundlage jener Selbstsicherheit, die in der täglichen Konfrontation mit euro-amerikanischen Werten Standfestigkeit verleiht und hilft, die suggerierte Minderwertigkeit zurückzuweisen. Die Yoruba-Frau gewinnt ihr Selbstbewußtsein aus der Tradition der Händlerkultur, die der weiblichen Arbeitskraft außerhalb des Hauses einen festen Platz zuwies und den Grundstein legte für die heutige Selbständigkeit der Frauen im Geschäfts- und Berufsleben.

In den traditionellen und modernen Künsten, die meistens als Familienunternehmen organisiert sind, treten Frauen regelmäßig auf. Sie gehen mit dem Ensemble auf Tournee – häufig als Ehefrauen, jedoch nicht als Heimchen am Herd. Denn mit der Eheschließung soll primär die Dauerhaftigkeit des Familienlebens gesichert und die soziale Rolle der Schauspielerin oder Sängerin eindeutig als »ehrbar« definiert werden. Übergeordnet bleibt die künstlerische Tätigkeit. So veranlaßte ihre Wertschätzung die älteste Frau des Dichters und Volksschauspielers Duro Ladipo beispielsweise, nach dessen Tode zusammen mit seinen jüngeren Frauen ein Frauen-Ensemble zu bilden, das die Theatertradition des Verstorbenen fortführte.

Feiern wie Eheschließungen und Beerdigungszeremonien beschränken sich nicht auf die Familie, die durch Zugehörigkeit von Verwandten zweiten und dritten Grades sehr groß ist. Solche Feste sind offen, so daß jeder Gast Freunde und Bekannte mitbringen kann. Die Ehe, die durchaus häufig zwischen Muslimen und Andersgläubigen geschlossen wird, schafft bei den Yoruba eine nachhaltige Verbindung zwischen den Familien. Denn Familienfeste werden fortan gemeinsam gefeiert. Die Ehefrau behält in der Regel ihre vorherige Religionszugehörigkeit problemlos bei. Die Kinder allerdings werden fast immer in der Religion des Mannes erzogen. Bei der Namensgebung, die unabhängig von der Religionszugehörigkeit in allen Haushalten zelebriert wird und wenige Tage nach der Geburt eines Kindes im kleinen Kreise stattfindet, wird dem Neugeborenen neben dem religiösen Namen ein Yoruba-Name gegeben. Häufig ist es später der Rufnahme des Kindes. Im Erwachsenenalter können die Söhne und Töchter dann ihrerseits entscheiden, ob sie beim Bekenntnis des Vaters bleiben oder ein anderes annehmen wollen. Selbst wenn dieser Entschluß innerhalb der Familie auf Widerstände stoßen sollte, wird in der Regel der Familienzusammenhalt über die Religion gestellt. Denn die Familie ist die einzige »Sozialversicherung«, die auf Dauer Bestand zu haben scheint. So ist es die Pflicht eines jeden Verwandten, seinem Verwandtschaftsgrad und seinen materiellen Möglichkeiten entsprechend Unterstützung zu gewähren, wenn ein Familienmitglied in Not geraten ist. Deshalb konnte sich die Großfamilie, mindestens in ihrer Form als Vier-Generationen-Familie, bis heute weitgehend erhalten. Und das, obwohl das Familiensystem durch den Modernisierungsprozeß starke Einbrüche erlebte. Eine Gewähr für die Alterssicherung der Eltern sind ihre Kinder. Deshalb versuchen sie angesichts der hochschnellenden Lebenshaltungskosten, gleich nach Absicherung der eigenen Eltern die Versorgung und spätere Ausbildung der Heranwachsenden zu sichern – insbesondere die der Söhne. Denn sie gehören zeit ihres Lebens zur Familie. Aber auch die Töchter erhalten eine bestmögliche Ausbildung. Denn wenn aufgrund dessen ein gut situierter und zuverlässiger Ehemann gefunden werden kann, wächst für die Eltern die Aussicht auf eine spätere Unterstützung durch die Tochter.

Wahrscheinlich hat es sich wegen der sozial gesicherten und ökonomisch bedeutungsvollen Rolle der Frau im Yoruba-Land bis heute bei den Muslimen nicht durchsetzen können, sie ans Haus zu binden und auf die Kindererziehung festzulegen. Diese wird während der berufsbedingten

Abwesenheit der Mutter meist von der Großmutter übernommen. Ebensowenig hat sich die Verschleierung behauptet, die selbst in dem überwiegend islamischen Ibadan nur selten auf der Straße zu sehen ist. Und dann reicht das schwarze Vierecktuch, das mit einem Band am Hals zusammengehalten wird und einen eingearbeiteten Spitzenschleier für das Gesicht ausspart, mit seinen vier Zipfeln nur kurz übers Knie. Der hervorlugende traditionelle Wickelrock, der die Beine eine Hand breit unter dem Knie frei läßt, kann so weiterhin für die notwendige Bewegungsfreiheit sorgen. Sie ist beim täglichen Einkauf notwendig, um über Pfützen zu springen und problemlos in die Danfos oder Kleinbusse einsteigen zu können.

Fast erscheint die starke Position der Frau als jener Hemmschuh, der in den Yoruba-Staaten Nigerias bis heute ein Vorrücken des Fundamentalismus gebremst hat. Ähnliches kann für die meisten südnigerianischen Staaten angenommen werden. So weist bei den Igbos beispielsweise der hohe Stellenwert des mütterlichen Clans und bei den Gwari die mehrjährige Brautwerbung auf die sozial etablierte und ökonomisch bedeutungsvolle Rolle der Frau hin. Selbst im Norden Nigerias sind die Frauen der Fulani, die ebenfalls in der Öffentlichkeit unverschleiert auftreten, mit ihrem Beitrag zur Viehzucht und zum Verkauf des wohlschmeckenden Käseprodukts Wara ein unersetzbarer Eckpfeiler der Ökonomie. Deshalb werden die Fundamentalisten unter den Männern dieser Frauen wohl kaum Anhänger finden können. Aufmerksamere Zuhörer mögen die vielen Arbeitslosen sein, die mit ihrer Hoffnung auf einen Arbeitsplatz gleichzeitig ihre Rolle als Oberhaupt der Familie dahinschwinden sehen. Es bleibt abzuwarten, ob sich der gegenwärtig etablierte Islam, der über die Ausweitung seiner Wirtschaftsmacht Anhänger wirbt und findet, auch weiterhin behaupten kann. Wenn es gelingt, die Arbeitslosigkeit einzudämmen und die traditionellen Familien- bzw. Sozialbeziehungen als gesellschaftlichen Integrationsfaktor zu stärken, stehen allerdings die Vorzeichen günstig. Selbst gegenwärtig sprechen sie eher für die Konsolidierung des delikaten Gleichgewichtsverhältnisses zwischen Muslimen und Andersgläubigen in Nigeria.

Literatur

Bergstresser, Pohly-Bergstresser H./S: Nigeria. München 1991.
Chesi, G.: Susanne Wenger. Ein Leben mit den Göttern. Schwaz 1980.
Wöhe, G.: Nigeria. Hinter den Kulissen. Hohenthann 1990.

Edith Laudowicz

Töchter der Revolution

Palästinensische Frauen

Am Beispiel palästinensischer Frauen läßt sich zum einen verdeutlichen, wie eng die Entfaltung der Frauenbewegung verknüpft ist mit dem allgemeinpolitischen Kampf, andererseits aber auch, wie kompliziert und widersprüchlich er dadurch wird.

Der Widerstand gegen die englische Mandatsmacht führte in den 20er und 30er Jahren zu einer Beteiligung palästinensischer Frauen an politischen Aktionen. Es waren vor allem Frauen der wohlhabenderen, alteingesessenen Familien, die sich öffentlich äußerten und begannen, Wohlfahrtseinrichtungen zu gründen. Im Zeitraum von 1921 bis 1935 entstanden in verschiedenen Städten Palästinas Organisationen, die sich in erster Linie für die Verbesserung des Erziehungswesens, der Gesundheitsfürsorge und für allgemeine Wohlfahrt einsetzten. Ein wichtiger Bestandteil war jedoch auch ihr Engagement gegen die Mandatsmacht.

Die Demonstrationen von Frauen, die vor dem britischen Hochkommissar unverschleiert erschienen, um auf die Existenz einer arabischen Bevölkerung hinzuweisen, sind schon im einleitenden Beitrag erwähnt worden. Einen Höhepunkt der Entwicklung der Frauenbewegung stellte der 1929 stattfindende »Arabische Frauenkongreß Palästinas« dar, in dessen Mittelpunkt die Diskussion der nationalen Frage stand. Matiel Mogannam, die 1937 das Buch »Die Arabische Frau und das Palästinaproblem« veröffentlichte, bezeichnete diesen Kongreß als einen gewagten Schritt »angesichts der traditionellen Einschränkungen, die bis dahin die arabischen Frauen in Palästina davon abgehalten hatten, an irgendeiner Bewegung teilzunehmen, die sie der Öffentlichkeit aussetzen könnte«.[1] Hier wurde erstmals das Dilemma deutlich, welches auch heute für das Engagement palästinensischer Frauen prägend ist: Die Teilnahme am Kampf um die nationale Sache wird den Frauen – wenn auch oft gegen Widerstände – zugestanden. Das Symbol des zukünftigen Staates Palästinas ist eine Frau, die von vielen Künstlern gestaltet worden ist. Es ist allerdings nicht die Kämpferin, die dargestellt wird, sondern die Frau in traditioneller Tracht, die Verkörperung des Mutterbodens und der Muttersprache. Frauen erfahren für ihr Engagement um die nationale Sache große Anerkennung und erleben dadurch auch eine Veränderung ihrer eigenen Situation, besonders in Zeiten zugespitzter Konfrontationen. Jedoch sind diese Veränderungen immer wieder durch Rückschläge bedroht und infrage gestellt.

Als 1947 der UNO-Teilungsplan beschlossen wurde, der unmittelbar zum Ausbruch des Krieges zwischen Palästinensern und Israelis führte, kam es zur ersten großen Massenflucht von Palästinensern in die umliegenden Staaten. Ihnen wurde nach Beendigung der bewaffneten Auseinandersetzung zum großen Teil die Rückkehr verweigert. Ihr Land und Besitz wurden enteignet, sie selbst zu Staatenlosen. Die im neuen Staat Israel verbliebenen Palästinenser (heute ca. 800 000) erhielten zwar die israelische Staatsbürgerschaft und formal gleiche Bürgerrechte, werden im Alltag jedoch diskriminiert. Unter Berufung auf einen existierenden Notstand wurden die Palästinenser in sogenannten Sicherheitszonen konzentriert und überwacht. Ihre Bewegungsfreiheit wurde drastisch eingeschränkt. Diskriminierend waren auch die 1950 und 1952 beschlossenen Rückwanderungs- und Nationalitätengesetze. Während einem Juden, unabhängig von seinem Geburtsort, beim Betreten des Staates Israel die israelische Staatsbürgerschaft zuerkannt wird, muß sich ein Araber, der zurückkehren will, naturalisieren lassen. Dazu muß er beweisen, daß er im Lande geboren wurde, drei der dem Antrag vorangehenden fünf Jahre in den besetzten Gebieten gewohnt hat, zum ständigen Aufenthalt berechtigt ist und ausreichend hebräisch spricht.[2]

Die jordanische Politik gegenüber den Palästinensern war nur graduell anders als die der israelischen Regierung. Die in Jordanien lebenden Palästinenser (ca. 700 000 Menschen, 1949 annektierte der König von Jordanien die Westbanks, der Gaza-Streifen kam 1950 durch Beschluß des Mufti von Jerusalem unter jordanische Hoheit) erhielten zwar einen jordanischen Paß, aber ihre wirtschaftliche Entfaltung und politische Betätigung wurden verhindert. »Innerhalb des jordanischen Königreichs waren die Einwohner der Westbank am Vorabend des Junikriegs 1967 Bürger zweiter Klasse, politisch und wirtschaftlich diskriminiert.«[3]

Die Autorin Raymonda Tawil hat in ihrem Buch anschaulich die Situation der Palästinenser unter jordanischer Herrschaft beschrieben. Sie erzählt aber auch von ersten Widerstandsaktionen von Frauen gegen israelische Übergriffe auf ein palästinensisches Dorf. Gegen die verhängte Ausgangssperre organisierten die Frauen einen Protest: »Auf den ersten Blick mag es scheinen, als habe das auf der Hand gelegen und sei doch gar nichts außergewöhnliches gewesen. Tatsächlich aber war es ein ungewöhnlicher und wagemutiger Schritt. Ganz abgesehen davon, wie gefährlich es war, irgend etwas zu unternehmen, was auch nur einen Anflug von politischer Aktivität hatte, während die jordanische Regierung dabei war, jedes Anzeichen von Unzufriedenheit niederzuschlagen – es war auch unerhört, daß eine Frauenorganisation die Initiative ergriff in einer Angelegenheit, die die Gemeinschaft anging.«[4]

Mit der Annektion des Westjordanlandes und des Gaza-Streifens durch Israel 1967 verschärfte sich wieder die Situation der palästinensischen Bevölkerung. Erneut mußten Tausende die Heimat verlassen. Sie fluchteten in die arabischen Anreinerstaaten oder mußten in Flüchtlingslagern im Westjordanland und im Gaza-Streifen leben.

Die brutale Besatzungspolitik in diesen Gebieten hat tiefgreifende Auswirkungen auf das Leben der Frauen. Den Palästinensern ist der Aufbau einer eigenen Industrie in diesem Gebiet nicht gestattet, so daß sie ihre Arbeitskraft in Israel selbst verkaufen müssen. Da viele Frauen durch die

Deportation oder Inhaftierung ihrer Männer zu Alleinerzieherinnen und -ernährerinnen wurden, nahmen etliche in den Fabriken in Israel eine Erwerbstätigkeit auf. In den besetzten Gebieten selbst werden in kleinen Werkstätten, einer Art Subunternehmen zu israelischen Firmen, aus angelieferten Rohstoffen Endprodukte (Bekleidung) hergestellt. Die Löhne der Frauen betragen die Hälfte derjenigen der Männer, palästinensische ArbeiterInnen werden gegenüber den israelischen geringer bezahlt und dürfen sich nicht gewerkschaftlich organisieren. Trotz dieser schlechten Bedingungen hat die Erwerbsarbeit positive Auswirkungen: »Die israelischen Unternehmer beuten sie zwar aus, gleichzeitig aber gaben sie diesen Frauen das Gefühl, produktiv zu sein, ja unentbehrlich; und so war es unausbleiblich, daß ihre Selbstachtung stieg. Die meisten Arbeiterinnen kamen aus den Flüchtlingslagern; sie standen unter der Fuchtel ihrer Männer – Väter, Brüder, Gatten. Zwar waren sie, sofern sie überhaupt arbeiten gingen, Dienstboten gewesen, als welche sie ebenfalls in unqualifizierten Tätigkeiten mißbraucht und ausgebeutet wurden. Jetzt aber, sagten mir viele dieser Frauen, schenke ihnen die Arbeit in israelischen Fabriken ein ganz neues Gefühl des eigenen Wertes. Vielfach waren sie die einzigen Lohnempfänger der Familie, und genau diese neue Rolle des Ernährers übertrug ihnen große Verantwortung und damit einen Rang, der zu diesen Klischees von der männlichen Herrschaft und der weiblichen Demut überhaupt nicht mehr paßte.«[5] Dennoch haben die Frauen gegen viele Vorurteile und Beschränkungen zu kämpfen: Weibliche Erwerbstätigkeit stößt vor allem bei der ländlichen Bevölkerung auf Mißtrauen.

Die Lebensbedingungen auf dem Dorf verschlechterten sich nicht nur durch die Politik des Landraubes, der sich mittlerweile auf über 30% des Bodens erstreckt, und die Kürzung des Wassers durch die israelischen Siedler, sondern auch dadurch, daß die Männer eher eine Arbeit in Israel aufnehmen und die Frauen nun allein für die Feldarbeit zuständig sind. Die Abwesenheit der Männer nötigt ihnen die Rolle von Hüterinnen und Bewahrerinnen der dörflichen

Traditionen in den Dörfern und in den Flüchtlingslagern außerhalb der besetzten Gebiete auf.

Die palästinensische Gesellschaft ist in ihren kulturellen Werten zwar weitgehend von islamischen Vorstellungen geprägt, die Familie ist auch hier Lebensmittelpunkt und die Frauen müssen sich den Männern unterordnen, dennoch dominiert die Religion nicht das Leben. So tragen z. B. nur die älteren Frauen aus den ländlichen Gebieten den Kopfschleier. In den Städten gibt es eine große Anzahl unverschleierter Frauen, was einerseits auf den relativ großen Anteil von Christinnen zurückzuführen ist, andererseits auf den sehr hohen Bildungsstand der Palästinenserinnen, die zu den am besten qualifizierten Frauen im arabischen Raum gehören. Akademikerinnen haben allerdings kaum Chancen, in den Westbanks einen ihrer Ausbildung angemessenen Arbeitsplatz zu finden.

Nach wie vor gilt für die besetzten Gebiete das jordanische Personenstandsgesetz. Das bedeutet für Muslime eine Eheschließung nach dem Shariatsgesetz, für Christen nach den christlichen Geboten. Es gibt das Shariatsgericht und fünf anerkannte Kirchliche Gerichte. Sexualität ist ein weitgehend tabuisiertes Thema, Schwangerschaftsabbruch wird auch aus anderen als aus religiösen Gründen abgelehnt: Nicht wenige Palästinenserinnen sehen in einer großen Kinderzahl auch eine Garantie für die Weiterexistenz ihres Volkes.

Die Entwicklung des politischen Widerstandes seit Mitte der 60er Jahre gegen die israelische Besatzung ist ohne die Beteiligung der Frauen nicht zu denken. Allerdings muß sie immer noch gegen Widerstände durchgesetzt werden. Umm Jihad, die Frau des 1989 ermordeten Mitglieds des PLO-Exekutivkomitees Abu Jihad, beschreibt in einem Interview ihren langen Weg in die Führungsspitze der Al-Fatah, der Hauptorganisation der PLO. Schon in den 50er Jahren schloß sie sich dem Widerstand an, wurde jedoch erst 1980 in die Führung der Al-Fatah gewählt. Sie führt dies auf die komplizierte Situation der palästinensischen Revolution zurück.[6]

Zu Beginn ihrer Widerstandstätigkeiten entwickelten Frauen zunächst Aktivitäten im Rahmen von Wohlfahrtseinrichtungen. Dies waren jedoch keineswegs nur karitative Betätigungen, sondern auch Sitz- und Hungerstreiks gegen Verhaftungen und immer wieder stattfindende Schulschließungen. Eine der bekanntesten Einrichtungen ist die von Samiha Khalil gegründete In' ash-al'Usra in Al-Bireh bei Ramallah. Dort findet eine Berufsausbildung (Bürokräfte, Lehrerinnen, Säuglingspflegerinnen) statt, es gibt eine Bibliothek und ein Dokumentationszentrum, eine Zahnklinik, ein Waisenhaus und eine Tageskrippe. Von der Organisation wird auch eine Zeitung herausgegeben. In' ash-al'-Usra legte besonderen Wert darauf, alle Formen palästinensischer kultureller Aktivitäten zu pflegen und Dokumente palästinensischer Geschichte zusammenzutragen und im Unterricht den Frauen auch historische Kenntnisse und damit ein Nationalbewußtsein zu vermitteln. Das Gebäude wurde mehrere Male durch die Besatzungsmacht geschlossen, Samiha Khalil mehrmals inhaftiert. In den überwiegend in den Städten aktiven Wohlfahrtseinrichtungen engagieren sich vor allem Frauen der oberen Schichten.

Auch in den Flüchtlingslagern außerhalb der Westbank wurden die Frauengruppen der verschiedenen politischen Widerstandsgruppen der PLO aktiv. Sie organisierten Kindergärten, gründeten Waisenhäuser, setzten sich für eine Verbesserung der hygienischen Bedingungen ein, beteiligten sich an der militärischen Ausbildung, bauten im Rahmen des »Roten Halbmondes« oder von »Samed« Werkstätten auf, die Frauen eine Erwerbsquelle schaffen sollten.

Einige wenige Frauen beteiligen sich auch an militärischen Aktionen. Bekannt wurde Leila Khaled, die an einer Flugzeugentführung teilnahm. Von den Palästinensern als »Märtyrerin« verehrt wird auch Dalal Moghrabi, die 1978 ein Militärkommando in Tel Aviv leitete und dabei erschossen wurde. »Dalal bedeutet sehr viel für uns. Vor Dalal haben viele Leute beim Gedanken an weibliche Kommandos gelacht. Sie dachten, daß Frauen nicht gut kämpfen können, und als wir vor einigen Jahren versuchten, eine Frauen-Bri-

gade zusammenzubekommen, wurden wir von
nern gemaßregelt. Als wir nach Waffen fragten, sa
»nein«, und das ganze Projekt verlief sich im Sande.
lich haben wir weibliche Kommandos und natürlich ha
wir Trainingscamps für Frauen. Aber wenn die Ausbildung
zu Ende ist, werden die Frauen wieder nach Hause geschickt. Deswegen trauen sie sich in bezug auf militärische Aktionen auch nichts zu. Ihr Selbstvertrauen ist untergraben worden und sie glauben, daß Männer in allem besser sind, das ist ihnen ja auch immer erzählt worden. Dalal hat uns gezeigt, daß Frauen es genauso gut können.«[7]

Wenngleich auch die aktive Beteiligung einzelner Frauen im engeren militärischen Bereich für das Bewußtsein der Palästinenserinnen große Bedeutung hat, bleiben diese wenigen doch eher eine Ausnahme.

Durch die israelische Invasion in den Libanon 1982 wurde die gesamte Struktur (Krankenhäuser, Schulen, Kindergärten, Werkstätten), die sich die Palästinenser in den Flüchtlingslagern geschaffen hatten, brutal zerschlagen. Erneut flüchteten viele Palästinenser, vor allem nach Tunesien, Jordanien und Syrien.

Infolge dieses Krieges kam es innerhalb der PLO zu politischen Auseinandersetzungen, die sich auch auf die »General Union Palästinensischer Frauen« (GUPW) auswirkte, die 1964 parallel zur PLO gegründet worden war und sich als Dachverband aller Gruppen verstand. Die Kritik, es mangele an Demokratie innerhalb der PLO, bezog sich auch auf die GUPW. Deren Leitungsorgane wurden nach politischem Proporz und nicht nach tatsächlicher politischer Verankerung der in ihr zusammengeschlossenen Gruppen besetzt. Ihre politischen Verlautbarungen waren weitgehend von der Mehrheitsfraktion, der Al-Fatah, bestimmt. Als 1985 in Algier eine Generalversammlung der GUPW stattfinden sollte, weigerte sich die Frauengruppe der Volksfront für die Befreiung Palästinas (PFLP), daran teilzunehmen. Statt dessen gründete sie einen eigenen Dachverband mit eigenem Programm; sie betonte aber zugleich, daß dieser nicht als Konkurrenz zu sehen sei.

In den besetzten Gebieten entstanden ab Mitte der 80er Jahre – initiiert von den politischen Gruppen – Frauenkomitees, die sich stärker auf die Frauen in ländlichen Bereichen orientieren. Diese Frauenkomitees entwickeln ihre Tätigkeit zwar in ähnlichen Arbeitsfeldern wie die schon bestehenden Verbände (Alphabetisierung, Ausbildung, Gesundheitsfürsorge, Gefangenenbetreuung), hinsichtlich der Frauenfrage nehmen sie jedoch eine radikalere Haltung ein. Sie verfolgen das Ziel, »die Position der Frauen zu stärken. Daran zu arbeiten, daß Frauen aktiv werden, daß sie eine unabhängige Persönlichkeit entwickeln, daß sie eine positive Rolle in der Gesellschaft spielen. Wichtig ist, die Rolle der Frauen innerhalb der Nationalbewegungen voranzutreiben und zu stärken. Alle vier Komitees arbeiten auf kultureller, Ausbildungs-, Gewerkschafts- und ökonomischer Ebene und betreiben breite Öffentlichkeitsarbeit, wobei die Komitees sich durch Quantität und Qualität unterscheiden«.[8] Diese Basiskomitees schlossen sich 1978 zur »Föderation der Frauenkomitees« zusammen. Im Unterschied zur vorangegangenen Arbeit der Wohltätigkeitsorganisationen, die den traditionellen Handarbeiten, der Ausbildung als Sekretärin oder Näherin große Bedeutung zumaßen, entstanden nun Kooperativen von Frauen. Die Frauen werden in dreimonatigen Kursen ausgebildet. »Es gibt sowohl eine allgemeine Diskussion über Kooperativen als auch Unterricht in konkreten Fertigkeiten – in Wirtschaft, in Kindererziehung, in Produktion von Nahrungsmitteln und in Vermarktung, denn die Frauen vermarkten ihre Produkte selbst. Der Unterricht ist politisch, ist sozial und ist ökonomisch. . . Die Kurse sind so gefaßt, daß es keine Diskriminierung zwischen solchen, die lesen und schreiben können, und solchen, die es nicht können, gibt. Es ist eher ein Lernen in der Gruppe durch einen Gruppenprozeß.«[9]

Durch die Intifada von 1987 bis 1991 haben die Frauenkomitees noch eine besondere Bedeutung erlangt: Die Orientierung auf eine Autarkie der besetzten Gebiete hat dazu geführt, daß vor allem Frauen die Selbstversorgung mit Nahrungsmitteln zwecks Boykott israelischer Produkte organisierten. »Überall, in den Dörfern und Stadtvierteln machen sich Frauen selbständig und produzieren für den lokalen Bedarf. Gleichzeitig wollen wir die Frauen bei der Wahrung ihrer Rechte unterstützen, wir fordern sie auf, Initiative zu ergreifen, diese Rechte durchzusetzen. Viele Frauen kennen ihre Rechte bei der Arbeit nicht oder bei einer Scheidung. Wir führen bei Kündigungen Beratungen durch und helfen ihnen, die Rechte vor Gericht durchzusetzen.«[10] An den politischen Aktionen beteiligten sich sehr viele junge Mädchen und Frauen, mehr als 1500 wurden verhaftet. Dies forderte – wie schon mehrmals zuvor – das Verständnis von Familienehre heraus: »Vor der Intifada galt es für die Frauen als beschämend, wenn sie ins Gefängnis mußten, selbst wenn es aus politischen Gründen war. Aber heutzutage ist es nahezu eine Ehre für eine Frau, im Gefängnis gewesen zu sein. Zum Zeitpunkt meiner ersten Verhaftung spielten meine Eltern verrückt ... beim letzten Mal, als ich verhaftet wurde, kam meine Mutter zu einer Demonstration, um gegen die Bestrafung zu protestieren, die wir im Gefängnis erleiden mußten.«[11]

In der 1985 veröffentlichten Unabhängigkeitserklärung des palästinensischen Staates wird die Gleichberechtigung der Frau in einem zukünftigen Staat ausdrücklich erwähnt. Dieser wird nach palästinensischen Vorstellungen kein islamischer Staat sein, sondern eine parlamentarische Demokratie, in der alle Religionen gleichberechtigt nebeneinander praktiziert werden können.

Erstmals gab es bei den Frauen Bemühungen, für einen zukünftigen palästinensischen Staat auch gesetzliche Regelungen zu erarbeiten und das Shariatsrecht aufzuheben. Die Palästinenserinnen setzen sich dabei auch mit den negativen algerischen Erfahrungen auseinander: »Wir haben die algerischen Erfahrungen, wo Frauen aktiv in der nationalen Bewegung waren und mitgekämpft haben ... in unserer Bildungsarbeit diskutieren wir über die algerische Erfahrung und versuchen, diese Fehler nicht zu wiederholen. Deshalb versuchen wir, Frauen in möglichst viele verschiedene Bereiche des gesellschaftlichen Lebens zu integrieren und sie dort zu fordern, ihre Initiative anzuregen . . . wir werden unsere Vorschläge der PLO unterbreiten, damit sie in einer künftigen Verfassung festgeschrieben werden. Es geht vor allem um Eherecht, Scheidungsrecht, das Sorgerecht für unsere Kinder, Gütertrennung.«[12]

Die Intifada bewirkt auch innerhalb der palästinensischen Bevölkerung ein Umdenken. Durch die Notwendigkeit der Selbstversorgung wuchsen basisdemokratische Ansprüche: Die Menschen waren gezwungen, sich Strukturen selbst zu schaffen, um die Versorgung zu gewährleisten. Dabei wurde weniger Rücksicht genommen auf Titel und althergebrachte Vorstellungen, übertriebene Hochzeitsfeierlichkeiten werden schwieriger, der Brautpreis wurde abgelehnt. Die Frauen sind sich aber bewußt, wie schwierig es sein wird, den positiven Prozeß fortzuführen. »Es ist die Frauenbewegung, die dafür verantwortlich ist, die Errungenschaften der Intifada zu bewahren und voranzutreiben. Sie nimmt eine Führungsrolle in der Intifada ein. Vor einer Woche ist ein Kommuniqué herausgekommen, das unterzeichnet war mit ›Hoher Rat der Frauen‹. Das ist eine Art vereinigte nationale Führung für Frauen, geheim organisiert. Es geht darum, zu verhindern, daß es während der Intifada Errungenschaften gibt, die dann wieder zurückgerollt werden können, daß die Frauen dann zurückgeschickt werden können an Küche und Bett. . . Der ›Hohe Rat der Frauen‹ führt die Frauen in ihren täglichen Konfrontationen und Aktivitäten.«[13]

Wie schon erwähnt, spielte innerhalb des palästinensischen Widerstandes die Religion bislang keine wesentliche Rolle. Das ist zum einen darauf zurückzuführen, daß ein wichtiger Teil der palästinensischen Führungskräfte in den besetzten Gebieten christlich ist, zum anderen hat die Situation der Vertreibung und Besatzung bei den Palästinensern eine Konzentration auf die nationale Frage bewirkt. Politische Kräfte, die innerhalb der PLO zusammenarbeiten, waren bislang eher politische Strömungen unterschiedlicher Ausrichtung, religiöse Gruppen spielten keine Rolle. Erst seit dem Krieg von 1982 ist ein wachsender Einfluß islamischer Kräfte auch innerhalb der PLO zu verzeichnen.

Die schon erwähnte Tatsache, daß vor allem von Frauen aus den Dörfern erwartet wird, die Familienehre und damit die Traditionen aufrecht zu erhalten, wirkt sich für fundamentalistische Kräfte positiv aus. Sahar Khalifa, eine bekannte palästinensische Autorin, merkt dazu an: »Durch die erzwungene Abwesenheit der palästinensischen Männer ist der zahlenmäßige Anteil von Frauen in den besetzten Gebieten gestiegen. Dies wird fatale politische und soziale Folgen haben. . . Obwohl die Bereitschaft der Frauen zunimmt, wird ihre Kraft nicht ausgeschöpft. Dieses ungenutzte Potential und die Verschlechterung der politischen Situation führten allgemein zu einer apathischen Stimmung, die von der neuen religiösen Welle geschickt ausgenutzt wurde.«[14] Diese Einschätzung hat sich leider bestätigt. Die durch die Intifada hervorgerufene Verschlechterung der ökonomischen Lage hat vor allem im Gaza-Streifen zu einem größeren Einfluß fundamentalistischer Kräfte (Hamas) geführt, der viele Errungenschaften wieder infrage stellen konnte. »Die Intifada war natürlich sehr wichtig und positiv, aber für die Frauen insbesondere in Gaza war sie in mancher Hinsicht zerstörerisch. Die islamische Bewegung Hamas ist hier sehr stark geworden. Sie hat unter anderem alle Frauen gezwungen, Kopftücher zu tragen. Außerdem hat sich eine solche Trauerkultur entwickelt, die verhindert, daß solche Ereignisse wie Hochzeiten besonders gefeiert werden. Darunter leiden insbesondere Frauen. Während die Männer arbeiten gehen, waren solche Ereignisse für die Frauen oft die einzige Chance, sich zusammenzutun. Hinzu kommen die wirtschaftlichen Schwierigkeiten, die wachsende Arbeitslosigkeit. Der Preis für Hochzeiten ist gesunken, es ist billiger geworden, sich eine Frau zu nehmen. So heiraten viele eine zweite Frau oder sehr junge Mädchen. Die Männer lassen sich schneller scheiden und die Frauen, die verheiratet bleiben, müssen viele Kinder zur Welt bringen, weil das zu ihrer nationalen Aufgabe erklärt wurde.«[15] Der Einfluß der Hamas im Gaza-Streifen ist auch auf die besonders unterprivilegierte ökonomische Situation dieses Gebietes zurückzuführen, in dem die palästinensische

Bevölkerung seit Jahrzehnten unter besonders katastrophalen Bedingungen leben muß.

Die von Munia Samara befragte Umm Jihad sagt zum Einfluß fundamentalistischer Kräfte: »Palästina hat in seiner gesamten Geschichte keine nennenswerte Auswirkung des Radikalismus gekannt. Im Gegenteil, Palästina war immer ein gutes Beispiel religiöser Toleranz, auch unter schwierigen Bedingungen... Alle Versuche, die palästinensische Einheit zu zerstören oder religiösen Radikalismus in seine Reihen zu tragen, werden scheitern.«[16]

Diese Einschätzung scheint mir mehr vom Wunsch denn von der Wirklichkeit geprägt. Der Golfkrieg ist hinsichtlich der Entfaltung fundamentalistischer Kräfte nicht ohne Auswirkungen geblieben. Die Entwicklung im Gaza-Streifen wurde erwähnt, aber auch in Israel selbst konnten Fundamentalisten bei den Palästinensern erstmals bei den Gemeindewahlen 1992 Positionen gewinnen. Die Achtung, die der palästinensische Widerstand durch die Intifada erringen konnte, wurde durch die Begeisterungsstürme vieler Palästinenser für Saddam Hussein in Mitleidenschaft gezogen. Es wäre jedoch verfehlt zu glauben, die Palästinenser unterstützten blind den Diktator. Ihr Verhalten ist vor allem zurückzuführen auf die Mißachtung ihres Selbstbestimmungsrechts und die sture Haltung der israelischen Regierung und der rechten Kräfte, das palästinensische Volk überhaupt wahrzunehmen. Nicht eben zur Entschärfung der Situation tragen jahrelange Demütigungen bei, wie sie z. B. auch in einer Aussage des Journalisten Arie Stav, Mitarbeiter der rechtskonservativen Zeitung »Pfad«, in der israelischen »Allgemeinen« vom 11. April 1991, ihren Niederschlag finden: »Die Palästinenser waren und sind kein Volk. Sie besitzen keine nationale Kultur oder Tradition, keine besondere Geschichte oder Religion.«

Die mittlerweile begonnenen Verhandlungen zum Nahost-Konflikt eröffnen eine Chance zur Lösung. Je länger jedoch eine Lösung des Palästina-Konfliktes auf sich warten läßt, um so mehr Unterstützer wird der Fundamentalismus auch bei den Palästinensern finden.

Anmerkungen

1) Zit. in: Debus, Barbara; Unter Besatzern und Patriarchen, Palästinensische Frauen in der Westbank – Sozialgeschichte und Widerstand, Gießen 1986, S. 77.

2) Vgl. hierzu Hadawi, Sami; Bittere Ernte, Palästina 1914–1967, Rastatt 177, S. 260 ff.

3) Mezger, J./Orth, M./Sterzing, C.; Das ist unser Land, Westbank und Gaza-Streifen unter israelischer Besatzung, Bornheim-Merten 1980, S. 139.

4) Tawil, Raymonda; Mein Gefängnis hat viele Mauern, Bonn 1981, S. 99.

5) Ebd., S. 143.

6) Munio, Samara; Ich bin eine Tochter Palästinas, Interview mit Umm Jihad, in: Palästina, Nr. 2/1990.

7) Bendt, Ingela/Downing, James; We shall return, Women of Palestine, London 1982, S. 100, übers. E. L.

8) Gespräche in Palästina, Fatma – Autonome Frauen, Berlin 1989, S. 50.

9) Rose, Sharon; Unsere Produktion ist unser Stolz, Interview mit Dr. Eilin Kuttab, in: Palästina, Nr. 2/1990, S. 39–43, S. 42.

10) Tuente, Martina; Interview mit Zuheira Kamal, unveröffentl. Manuskript.

11) Ich wäre im Gefängnis fast gestorben, Interview mit Terry Boulatta von Monique van Gigh und Susan Akram, in: Palästina, Nr. 2/1990, S. 33.

12) Tuente, M a.a.O.

13) Gespräche in Palästina, a.a.O., S. 57.

14) Khalifa, Sahar, Für eine palästinensische Frauenbewegung, Broschüre o. J.

15) Rosen, Rolly; Die Sache mit dem Kopftuch, Freitag, 29. 11. 1991.

16) Ich bin eine Tochter Palästinas, Interview mit Umm Jihad von Munia Samara, in: Palästina, a.a.O., S. 49.

Sabine Kebir

Dialektik des Schleiers

Das Beispiel Algerien

»Es gibt heutzutage nichts
Moderneres als den Schleier.«
Fatema Mernissi

Als Kind noch ist meine Schwägerin R. ihrem Cousin verlobt worden und nie hat sie diese Entscheidung des Vaters und des Onkels in Frage gestellt. Sie fühlte sich daran auch noch gebunden, als die Hochzeit kurz vor dem Termin platzte: Ein unerklärliches Feuer hatte das Geschäft des Vaters zerstört und sie kam als mittellose Braut nicht mehr in Frage. Selbst als sich kurze Zeit darauf herausstellte, daß der mittlerweile anderweitig verheiratete Bräutigam Unterschlagungen begangen hatte und im Gefängnis gelandet war, drängte sie ihre Eltern nicht, einen neuen Mann zu suchen. Statt dessen legte sie ihren Schleier an und zog vom Land in die Stadt, nach Algier. Mit sich nahm sie zwei sehr viel jüngere Schwestern, Kinder noch, für deren Erziehung die Eltern nun keine Mittel mehr hatten. Sie war zwanzig Jahre alt.

In Algier lebte R. zunächst mit ihren Brüdern. Die Brüder sagten ihr, daß sie sich frei fühlen solle. Sie würden ihr keinen Ehemann aufzwingen. Aber wenn sie sich selber einen suchen wolle, hätten sie nichts dagegen. Es sei ihnen auch recht, wenn sie sich einen Freund zulegte.

Es war das Jahr 1962, das Jahr der Unabhängigkeit, der guten Vorsätze, der Beginn der neuen Zeit. Alles sollte anders werden als früher. R. fand Arbeit als Näherin in einer Schuhfabrik. Sie legte den Schleier ab. Aber einen Mann suchte sie sich nicht. Viele Frauen können es ohne Hilfe ihrer Väter nicht, wenn sie sich nicht von klein auf darauf vorbereitet haben.

Jahrelang sorgte sie ganz allein für ihre beiden Schwestern, bis diese ins heiratsfähige Alter gekommen waren. Wenn sie sie mit einem Jungen auf der Straße erwischte, teilte sie Ohrfeigen aus. Die jungen Mädchen unterschieden sich in vielem von ihrer älteren Schwester, insbesondere dadurch, daß sie ein erotisches Leben hatten. Und das schon vor der Ehe. Ähnlich waren sie R. nur in ihrer Arbeitsmoral. Sie wußten, daß ihr Wohl und Wehe als Frauen mit Menschenstatus allein davon abhing, daß sie sich auf ihren Arbeitsplätzen unentbehrlich machten.

R.s Schleier, genau genommen nur noch ein Stück des Schleiers aus weißer Atlasseide, lag jahrelang unberührt am Grunde einer Basttasche im Abstellraum. Ehe er seiner endgültigen Bestimmung dienen sollte, habe ich ihn – so unglaublich mir das heute vorkommt – einmal zum Verstecken meiner Weineinkäufe benutzt. Der Ramadan stand bevor und die Weingeschäfte würden schließen. Doch schon wenige Tage vor dem Ramadan war es nicht ganz ungefährlich, mit mehreren Weinflaschen durch die Straße zu laufen. Nicht etwa, weil sie den Weinkauf billigte – ganz im Gegenteil –, sondern nur weil sie sicher war, daß mich nichts in der Welt davon abhalten würde, drängte mir R. das Schleierstück auf, um damit die Flaschen zu bedecken.

Eines Tages beschloß sie – wie viele Frauen, die die Mitte des Lebens erreicht haben –, mit dem Beten anzufangen. Etwa zwei Stunden, nachdem sie von der Arbeit nach Hause gekommen war, begannen ihre Vorbereitungen für das Gebet. Das Wichtigste nach der Arbeit war zunächst die Tasse Kaffee, ohne die ihre Lebensgeister nicht mehr funktioniert hätten. Dann zog sie ihre nicht unelegante Straßenkleidung aus, wusch sich und schlüpfte in die häusliche Gandoura. Sie holte das elende Schleierfragment hervor, sowie einige andere bunte Fetzen – zum Ärger der übrigen Familie hatte sie niemals ein ausgedientes Kleidungsstück weggeworfen – und umhängte sich damit, um zu beten. Mit dem alten Schleierstück und den zusammenhanglosen anderen

Kleidungsresten sah sie unglaublich exotisch aus. Obwohl sie mittlerweile einen Lohn für sich ganz allein hatte, mit dem andere eine ganze Familie ernähren müssen, verwandelte sie sich beim Beten in eine einfache Frau vom Land. Nur weil wir wußten, daß nichts in der Welt sie dazu gebracht hätte, es anders zu machen, kicherten wir nicht.

Mit ihrer seltsamen Vermummung folgte sie der Aufforderung des Propheten, dem Gott offenbart hat: »Und sprich zu den gläubigen Frauen, daß sie ihre Blicke niederschlagen und ihre Scham hüten und daß sie nicht ihre Reize zur Schau tragen . . . und daß sie ihren Schleier über ihren Busen schlagen und ihre Reize nur ihren Ehegatten zeigen oder ihren Vätern oder den Vätern ihrer Ehegatten oder ihren Brüdern oder den Söhnen ihrer Brüder oder den Söhnen ihrer Schwestern oder ihrer Frauen . . . oder ihren Dienern, die keinen Trieb haben, oder Kindern, welche die Blöße der Frauen nicht beachten.« Eine ähnliche Aufforderung geht übrigens an die Männer: »Sprich zu den Gläubigen, daß sie ihre Blicke zu Boden schlagen und ihre Scham hüten. Das ist reiner für sie.«[1] Fatna Ait Sabbah hat darauf aufmerksam gemacht, daß dies eine der ganz wenigen Stellen im Koran ist, in denen Männer und Frauen in gleicher Weise und zwar direkt angesprochen werden. Normalerweise ist die Frau im Koran nur ein Rechtsobjekt, über dessen Stellung die Männer aufgeklärt werden. Von ihr ist nur in der dritten Person die Rede.[2] Ob man in den oben zitierten Stellen – wie Ait Sabbah – schon ein Anzeichen sehen kann, daß es im Koran nicht nur frauendiskriminierende Passagen gibt, sondern durchaus auch Stellen, in denen beide Geschlechter gleichermaßen Ansprechpartner Gottes sind, sei dahingestellt. Vielleicht ist es auch nur ein Anzeichen für die imperative Kraft des Verhüllungsgebots. Es gilt in der Tat für Männer und Frauen, wenn auch in unterschiedlichem Ausmaß. Immerhin tragen aber auch Männer in Gegenden, wo sie sich im allgemeinen europäisch kleiden, in den maurischen Bädern bis heute einen Slip. Die letzten Hüllen dürfen nicht fallen.

Warum dieses Verhüllungsgebot? Fatema Mernissi meint, daß es in der moslemischen Gesellschaft, die der Sexualität grundsätzlich positiv gegenübersteht, die für die Gruppe notwendige Ordnung, d. h. die Organisation des sexuellen Lebens regelt,[3] und zwar bereits in ihrem Vorfeld: das Wirken des sinnlichen Reizes wird als universell empfunden, er kann im unerwartetsten Moment zuschlagen. Vom Propheten wird erzählt, daß er auf der Straße einmal von einer Frau erregt worden sei und beschloß, sofort nach Hause zurückzukehren, um mit einer seiner Ehefrauen zu schlafen – ein Verhalten, das den Gläubigen auch angeraten wird.

Es besteht schon ein alter Streit darüber, ob das Verhüllungsgebot des Korans generell gilt oder nur für die Zeit des Gebets. Selbst in Mohameds direkter Anhängerschaft gab es darüber wohl keine Einigkeit. Aischa, die Tochter seines Mitstreiters Talha, der 656 in der »Schlacht des Kamels« von Ali getötet wurde, lehnte den Schleier mit kühnen Argumenten ab: »Gott der Allmächtige hat mir mehr Schönheit gegeben als den anderen. Ich möchte, daß die Leute sie sehen und meine Überlegenheit anerkennen. Niemals werde ich mich verschleiern:« [4]

Ein spezifisch moslemisches Kleidungsstück ist der Schleier vom Ursprung her nicht, er war vielmehr im ganzen östlichen Mittelmeerraum schon vor der Islamisierung in Gebrauch und diente ursprünglich wohl auch nicht der sexuellen Trennung der Geschlechter. Für viele islamische Völkerschaften der Wüsten und zum Teil auch für die Armen der Küstenregionen ist er in erster Linie Mantel – Schutz vor Wind und Sand –, letzteres ganz deutlich wohl Ursache der Männerverschleierung bei den Tuareg, die mit ihren Herden und Karawanen die Sahara durchqueren. Bei diesem Volk, das bis in jüngste Zeit matriarchale Residuen bewahrt hat – insbesondere auf dem Gebiet der bei den Frauen liegenden sexuellen Entscheidungsgewalt –, hat sich neben der praktischen denn auch eine den anderen islamischen Gesellschaften entgegengesetzte sexuelle Funktion des Schleiers durchgesetzt. Während die Frauen den oft in metallischem Blauschwarz aus Kano schimmernden Schleier nur als Umhang tragen und ihre Gesichter frei lassen, gilt es als unschicklich, wenn der Mann seinen bis unter die Nase getragenen, ebenfalls blauschwarzen Schleier vom Mund nimmt. Sogar sein Essen muß er, wenn er nicht zu Hause ißt, unter den Schleier schieben.

Der Männerschleier ist jedoch auch in den schon lange patriarchalen Regionen des Islam nicht bekannt: als *hidjab al-chalifa,* als Schleier des Kalifen, der schon wenige Jahre nach dem Tode des Propheten in der Moschee zwischen das Volk und seinen religiösen Herrscher gespannt wurde – um die Attentatsgefahr zu verkleinern. Die Bezeichnung für die Leibwache, die den Kalifen außerdem noch schützte, leitete sich von derselben Wurzel ab: Hadjib. Jidjab und Hadjib der Kalifen stehen für die zunehmende Entfremdung zwischen Herrschaft und Volk: Zu Mohammeds Zeiten war die Moschee noch ein Ort der Versammlung aller Gläubigen gewesen – und zwar auch für die Frauen –, die hier die Angelegenheiten der Gemeinde besprachen.[5]

Der Schleier, der Hidjab, steht linguistisch für etwas Trennendes, auch für »Vorhang«. »Wenn ein Kind im Spaß ›Eiserner Vorhang‹ ins Arabische übersetzt, verfällt es auf das Wort Hidjab und wählt spontan *al-hidjab al hadidi.* Und es hat recht, denn die Übersetzung von jedwedem Vorhang, der den Raum trennt, um den ungehinderten Verkehr zu unterbinden, ist durchaus ›Hidjab‹.« In diesem Sinne sei – so Fatema Mernissi – auch die Berliner Mauer aus arabischer Sicht ein Hidjab gewesen.[6]

Daß die Frauenverschleierung auch in vergangenen Jahrhunderten, als sie allgemein übliche Norm war, individualpsychologisch von den Frauen als Belastung empfunden werden konnte, zeigt die als historisch geltende und von Assia Djebar in ihrem Roman »Fantasia« wiedergegebene Geschichte der »Nackten Braut von Mazouna«, die sich um 1860 in Algerien zugetragen haben soll. Badra, die schöne Tochter des zwischen Frankreich und aufständischen Stämmen neutral gebliebenen Agha von Mazouna, hofft heimlich, daß die Stadt von dem legendenumwobenen Rebellen Bou Maza eingenommen, und daß sie seine Braut wird. Die hohe Politik, d. h. der Wille des Vaters, verfügt indes, daß sie an einen Kollaborateur verheiratet werden soll. Auf dem Wege zum Bräutigam wird der Hochzeitszug von Bou Maza angegriffen und besiegt. Die Braut wird – zu ihrer eigenen heimlichen Zufriedenheit – für die Nacht in sein Zelt geführt. Aber das Mädchen bleibt unberührt. Die Tochter des Verräters, Braut eines anderen Verräters, muß in vollem Hochzeitsornat und tief verschleiert in einer Zeltecke sitzen bleiben. Am nächsten Morgen werden sie und ihre Begleiterinnen gezwungen, ihren Schmuck abzugeben. Der islamische Respekt will, daß sie sich dabei nicht entschleiern müssen, sondern freiwillig die Kleinodien unter ihren Gewändern hervorziehen. Nur die vor frustrierter Liebe und frustriertem Patriotismus wahnsinnig gewordene Badra legt nicht nur den Schmuck, sondern auch ihren Schleier ab. »Ich bin nackt! Gott sei gelobt, ich bin nackt! . . .« Der Held, den sie zwingen wollte, sie anzusehen, wendet indes vornehm sein Pferd ab.[7]

Die exhibitionistische Tragik der Geschichte wirft ein eigenartig realistisches Licht auf die doppelte Unterdrückungsfunktion des Frauenschleiers: Er bannte nicht nur die sexuelle, sondern auch die politische Energie der Frau, schirmte sie viele Jahrhunderte lang vom politischen Engagement ab. Der Schleier stand in hohem Maße für den Grad der Entpersonalisierung der Frau, für ihren Status als patriarchal verfügbare Handelsware, für die Negierung ihrer Individualität, die zugleich bis heute in den meisten islamischen Gesellschaften auch die Negierung eines individuellen Rechtsstatus bedeutet. Zumindest die eine Hälfte der Gesellschaft aus dem aktiven Leben auszuschalten ist ein Grundbestreben islamischer Herrschaft. In jeder Krise der Geschichte oder auch bei einem Machtantritt lauteten die ersten Dekrete zur Aufrechterhaltung der öffentlichen Ordnung stets: Alkoholverbot und Ermahnung zur gewissenhaften Verhüllung der Weiblichkeit. So geschehen erst kürzlich wieder beim Machtantritt der afghanischen Moudjahedins.

Weil die Frau rigoros aus der Öffentlichkeit verbannt war, konnte sie während der Kolonialzeit die Rolle der Bewahrerin der Tradition, der Identität spielen – ein Argument, das die heutigen Islamisten immer wieder für die Aufrechterhaltung der Verschleierung ins Feld führen. Dabei wird nicht in Betracht gezogen, daß gerade in der entscheidenden Phase des Unabhängigkeitskampfes, als auch die Frauen in ihn einbezogen waren, der Schleier fiel. Die Epoche der Unabhängigkeit, der Modernisierungshoffnungen, ist in allen arabischen Ländern eine Zeit der Entschleierung. Auch ein nicht unbedeutender Teil der Männer verband das Projekt der Unabhängigkeit durchaus mit der Vorstellung einer Gleichstellung der Frauen in sozialer, aber auch in psychosozialer Hinsicht.

Frantz Fanon hat 1959 diesen Prozeß für Algerien beschrieben, das den längsten und opferreichsten Kampf für seine schließlich 1962 errungene Unabhängigkeit führen mußte. Auch Fanon konstatierte, daß der Frauenschleier lange Zeit ein Symbol des Widerstands der Algerier blieb, insbesondere in den 50er Jahren, als die Kolonialmacht versuchte, mit einem vollkommen voluntaristischen Emanzipationsprojekt einen Keil zwischen den männlichen und den weiblichen Teil der Nation zu treiben. Nicht etwa mit weiblichen Arbeitsplätzen, sondern lediglich mit ein paar Kilo Hartweizenmehl versuchten die Wohlfahrtsvereine der Französinnen, die Frauen in den Araberquartieren zum Ausstieg aus der mittelalterlichen Unterdrückung ihrer Männer zu bewegen, deren äußeres Zeichen der Schleier sei. Entschleierte Prostituierte und Haushaltshilfen wurden an Feiertagen für ein paar Sous auf die Straße geschickt, um als moderne, befreite arabische Frauen lautstark ein »Algérie française« zu fordern. Im Bewußtsein des durch den Befreiungskrieg immer mehr bedrängten algerischen Europäers wird das Ziel der Entschleierung zur Obsession. Er glaubt, daß nur die gewaltsame Europäisierung sein Besitzrecht am Land noch retten kann: Vergewaltigungsphantasien der algerischen Europäer hinsichtlich der arabischen Frauen beginnen – so der Psychologe Fanon – stets mit dem Zerreißen des Schleiers.

Der Entschleierungsobsession der Europäer entsprach die Stabilisierung der Verschleierung der islamischen Frauen.

Eine größere Anzahl Frauen legte den Schleier jedoch 1955 ab, als die Front der Libération Nationale sie im Geheimen dazu aufgerufen hatte. Die plötzliche »Modernisierung« der Frauen war Tarnung: Der bewaffnete Kampf erforderte die Ausbildung einer kleinen Anzahl von Spioninnen und Terroristinnen, deren Aktionen nur durch eine umfassendere Entschleierungswelle geschützt werden konnten. Mit dem Schleier fiel für die Frauen auch das vorherige Gebot, die europäischen Teile der Stadt nicht unbegleitet zu betreten. Was die psychologische Umstellung, die Entschleierung und Ausgang für die Frauen bedeutete, darf nicht unterschätzt werden: »Der Schleier schützt, beruhigt, sondert ab. Man muß die Geständnisse von Algerierinnen gehört haben oder das Traummaterial von Entschleierten kennen, um sich von der Bedeutung des Schleiers für das körperliche Erleben der Frau einen Begriff zu machen. Mit dem Ablegen des Schleiers verändert sich die Selbsterfahrung der Algerierin. Sie muß neue Mittel der Körperbeherrschung, einen neuen Gang erfinden. Sie muß ihre Schüchternheit, ihre Unbeholfenheit durchbrechen, zugleich aber jede Übertreibung, alles, was die Aufmerksamkeit auf sich lenken könnte, vermeiden. Die Algerierin, die ›nackt‹ in die Europäerstadt hineingeht, richtet ihre Erfahrung neu ein.«[8]

Der Kampf konnte freilich auch für eine jahrelang europäisch gekleidete Frau bedeuten, den Schleier wieder anzulegen. Unter dem Schutz des Schleiers ließen sich Waffen und Flugblattbündel auch dann noch transportieren, als jeder, der ein größeres Gepäckstück durch Algier trug, von den Sicherheitskräften automatisch durchsucht wurde. Als Frauen verschleiert hat sogar einmal eine Männergruppe eine terroristische Aktion versucht – sie flog aber wegen der zu großen Füße und des unweiblichen Ganges unverrichteter Dinge auf.

Im Unabhängigkeitskampf wurde jedenfalls der Grundstein für die heutige Flexibilität und Multifunktionalität des Schleiers gelegt – vom selbstverständlichen Kleidungsstück wurde er zu einer Bekleidung, deren Tragen heute ein Willensakt vorausgeht – freilich nicht immer der Willensakt eines als frei anerkannten weiblichen Individuums. Obwohl es auch Partisaninnen gegeben hat, die nach der Unabhängigkeit den Schleier demonstrativ wieder angelegt haben, war diese Zeit von einer weiteren großen Entschleierungswelle geprägt. Am Tag der Unabhängigkeit, am 5. Juli 1962, sollen nicht nur in den großen Städten, sondern auch in den kleinen Dörfern des Landes die Frauen demonstrativ unverschleiert die Straße in Besitz genommen haben. In den folgenden Monaten fanden öffentliche Schleierverbrennungen statt. Die islamistische Tendenz leugnet heute, daß die Unabhängigkeit nicht nur als Befreiung vom Kolonisator empfunden wurde, sondern zugleich als Aufbruch in ein neues Zeitalter, in dem die durch den Kolonialismus erzwungene Stagnation der eigenen Gesellschaft überwunden werden müsse. Woher sonst der Mut zur massenhaften Entschleierung - an der sogar meine furchtsame Schwägerin R. teilnahm? Woher der wachsende Mut zur freien Partnerwahl und die immer mehr sich ausbreitende Auffassung, daß auch Mädchen eine Schulausbildung bekommen müßten?

In der Frage der Berufstätigkeit zeichnete sich jedoch bald eine eigenartige Schichtenspezifik ab, die ganz im Gegensatz zur europäischen Frauenemanzipation steht. In Europa hatte sie sich »von unten« vollzogen, d. h. über die Frauenarbeit in den Fabriken des 19. Jahrhunderts. Die Frauen der Bourgeoisie hatten jahrzehntelang zu kämpfen, bis sie an den Universitäten und in den gutbürgerlichen Berufen zugelassen waren. In der islamischen Welt hingegen stehen eher die bürgerlichen Schichten der Frauenarbeit positiv gegenüber. Schon in der Endphase des Kolonialismus hatte es in diesem Milieu aufgeklärte Familien gegeben, die ihren Töchtern ein Universitätsstudium erlaubten und anschließend den Eintritt in Berufe wie Ärztin, Apothekerin, Lehrerin. Die hohe Akzeptanz der sozial angesehenen Berufe für Frauen in den modernen islamischen Gesellschaften zeigt ein Vergleich der Frauenpräsenz an den Universitäten mit einigen westlichen Ländern. Sie lag in der Mitte der 80er Jahre in Frankreich bei 23%, in den USA bei 24% und in

Japan nur bei 10%. In Pakistan dagegen waren schon 25% der Hochschullehrer Frauen, in Algerien 24% und in Ägypten sogar 28%. Saudi-Arabien hat den höchsten Anteil an weiblichen Universitätskadern, nämlich 32% – die auf Grund der Geschlechtertrennung im gesamten Bildungsbereich freilich wiederum nur Frauen unterrichten.[9] Noch frappierender sind die hohen Anteile von Studentinnen, die das westliche Niveau nicht nur erreicht, sondern wahrscheinlich sogar überschritten haben. Schon Mitte der 80er Jahre lag selbst in naturwissenschaftlichen Disziplinen der Anteil der studierenden Mädchen in Algerien bei über 50%. Freilich bedeutet das nicht, daß alle diese Frauen nach Studienabschluß einen qualifizierten Arbeitsplatz besetzen werden – es sind im Gegenteil nur extrem wenige, die das heutzutage noch erreichen. Dem steht nicht nur die faktische Unvereinbarkeit von Arbeit, Ehe und Kinderbetreuung im Wege, sondern auch die generell katastrophale Arbeitsmarktsituation für Hochschulabgänger. Die jungen Mädchen wissen aber, daß sie durch ein gutes Abitur und den Eintritt in die Universität ein paar Jahre ungehinderten Zugang zu einem Teil des öffentlichen Lebens bekommen können.

In den Volksschichten unterhalb der Mittelklasse gewann die Schulausbildung der Mädchen zwar auch an Terrain, aber wenn sie in keine gehobene Berufspraxis führte, stand man der Berufstätigkeit der Frau mit größerer Skepsis, oft mit entschiedener Ablehnung gegenüber. Nach dem Koran ist der Mann allein verpflichtet, die Familie zu unterhalten. Der Mann befürchtet, daß die Berufstätigkeit seiner Frau den anderen suggeriert, er wäre allein nicht zum Familienunterhalt in der Lage. So kommt es, daß in diesen Schichten praktisch nur Witwen und solche Frauen arbeiten, deren Männer krank oder arbeitslos sind. Daß Männerstolz die Frauenarbeit sofort beendet, wenn den Familien Mindestlöhne garantiert werden, zeigte in Algerien paradoxerweise ausgerechnet die sozialistische Agrarrevolution Anfang der 70er Jahre. Zuvor bearbeitete die Frau auf dem Land unverschleiert die Felder und errichtete in den berberischen

Gebieten auch das Haus selbst – was ihr soziales Prestige einbrachte. Die Kollektivierung und die Einkommensgarantie führten dazu, daß die Frauen sofort aus dem Arbeitsprozeß und in die Häuser verbannt wurden, die sie fortan nur noch mit Schleier verlassen durften. Auf diese Weise hat der schwarze Schleier Ostalgeriens nach der Unabhängigkeit die ehemals unverschleierte Kabylei erobert.

Bei der Skepsis gegenüber der weiblichen Berufstätigkeit spielt vor allem auch die Sorge eine Rolle, daß die zweigeschlechtliche Arbeitswelt der Fabrik nichts anderes als ein Ort der sexuellen Verführung sein könne. Dies belegen die erschütternden Berichte von Arbeiterinnen der SONELEC, einem großen Werk für Fernseh- und Rundfunktechnik in Sidi-Bel-Abbes, das als Vorzeigeprojekt für die Entwicklung weiblicher Arbeitsplätze in Westalgerien gedacht gewesen war. Eine Arbeiterin berichtete, daß sie sich daran gewöhnen mußte, mitten in der Nacht aufzustehen, um ihrem Bruder zuvorzukommen, der es sich zum Sport gemacht hatte, ihre Handtasche oder Kleidungsstücke zu verstecken, damit sie morgens nicht zur Arbeit gehen könne. Ein anderes Mädchen erzählte, daß ihre Eltern getrennt leben und der Vater – obwohl er die Mutter nicht unterstützt – ständig dagegen protestiert, daß sie selbst arbeitet, um für sich und die Mutter zu sorgen. Der Direktor der SONELEC veranstaltete denn auch auf Wunsch Betriebsführungen für besorgte Angehörige der Arbeiterinnen, um zu beweisen, daß hier wirklich nur gearbeitet und kein Bordellbetrieb unterhalten wurde. Viele Mädchen der SONELEC arbeiten auch im Urlaub. Einige Frauen haben Petitionen eingebracht, auch am Donnerstag und am Freitag, den gesetzlichen Feiertagen, arbeiten zu dürfen – nur um der als bedrückend empfundenen Familienatmosphäre zu entfliehen.[10]

Es verwundert nicht, daß unter diesen Bedingungen der Schleier, insbesondere bei den Arbeiterinnen, nie ganz verschwunden ist. Nicht wenige Frauen können ihre Berufstätigkeit vor der Familie nur dadurch rechtfertigen, daß sie den Schleier tragen und damit anzeigen, daß sie keine sexuelle Begegnung wünschen. In der Tat wird eine verschleierte

Frau auf der Straße weit respektvoller behandelt. Die vulgäre Anmache trifft vor allem die Unverschleierten.

Weil sich die arabischen Länder nicht mit der arbeitskräfteintensiven Technologie des 19. Jahrhunderts industrialisierten und auch nicht den chinesischen Weg der Neuerfindung einfacher Technologien gingen, blieb nicht nur die Vollbeschäftigung der Frauen aus, sondern auch die der Männer. Die Art der Industrialisierung einerseits und die demographische Explosion andererseits (die algerische Bevölkerung hat sich seit der Unabhängigkeit schon fast verdreifacht) führten zu einer immer größeren Öffnung der Schere zwischen Erwerbstätigen und Nichterwerbstätigen. Schon in den 70er Jahren kam es zu organisierten Männerprotesten, wenn irgendwo ein Produktionsstandort mit weiblichen Arbeitsplätzen geschaffen worden war – wie 1977 bei der Eröffnung einer Waffenfabrik im ostalgerischen Constantine. Viele, in europäischen Augen spezifisch weibliche Arbeitsplätze, wie zum Beispiel die Kassen in den Supermärkten, sind nach und nach wieder männliche Arbeitsplätze geworden.

Mit der Arbeitslosigkeit der Männer – insbesondere der Aussichtslosigkeit für die Jugend, Arbeit und Wohnung zu bekommen – traten die islamischen Völker in eine sexuelle Krise ein, die für sie historisch unbekannt war. Das früher in der Pubertät liegende Heiratsalter stieg bei beiden Geschlechtern extrem an.[11] Und das bedeutet in einem arabischen Land nach wie vor, daß ein großer Teil der Jugend keine sexuellen Beziehungen haben kann. Auf Grund ihrer materiellen Abhängigkeit stehen die Frauen dafür nicht zur Verfügung, die Jungfräulichkeit ist das wichtigste Gut, das sie in die Ehe einzubringen haben. Für die Männer bleibt die Frau eine Unbekannte, um die sich nur erotische Phantasien entwickeln könnnen, die schließlich nicht selten in Haß umschlagen: Der junge Mann, der auf der Straße von einer Frau erregt wird, kann zumeist nicht – wie der Prophet es empfahl – nach Hause gehen und mit seiner eigenen Frau schlafen. In der immer lauter werdenden Forderung nach dem Frauenschleier liegt nicht nur vordergründige patriarchale Befehlsherrlichkeit, sondern auch die – letztlich durch die neokoloniale Weltwirtschaftsordnung mitverschuldete – kulturelle Tragödie ganzer Völkerschaften.

Ab Mitte der 70er Jahre erreichte den Maghreb eine Verhüllungsmode aus dem Orient: ein langärmeliges, mantelähnliches, schmales Gewand, zu dem stets ein alles Haar verdeckendes Kopftuch getragen wird, oft auch noch ein vor die Nase gebundenes Gesichtstüchlein. Dieser neue Hidjab verdrängte rasch die lokalen Schleier, die aus schwarzen (Ostalgerien) oder weißen Tüchern (Zentrum und Osten) bestanden hatten. Daß das hocharabische Wort »Hidjab« zugleich auch das lokale Wort »Haik« ersetzte, zeigt deutlich an, daß es sich hier um Internationalisierungsprozesse handelt. Freilich gewann der Hidjab auch deshalb schneller an Terrain, weil er praktisch ist. Die Frau benötigt nun keine Hand mehr zum Festhalten des Schleiers, hat beide Arme frei - was doch einen Fortschritt signalisiert. Während ihr Eintritt ins Arbeitsleben zumeist nicht glückte, hat sie sich doch fast überall die alte Männerdomäne des Einkaufens erobern können. Der neue Hidjab macht es möglich, mit dem Kind in der einen und der Tasche in der anderen Hand zu laufen.

Aber der neue Hidjab eroberte vor allem auch die Universitäten. Daß er hier am massivsten auftrat, lag nicht nur an der zunehmenden Sorge der Eltern um die moralische Sicherheit ihrer Töchter – hier spielte auch der ideologische Einfluß eine Rolle, den die vielen, in hocharabisch lehrenden Kooperanten aus dem Orient an die maghrebinischen Universitäten brachten. Da das absolute Gleichheitsversprechen, das der aus Europa importierte Modernismus zu geben schien, nicht realisierbar war, richtete sich die unzufriedene Jugend auf ein neues Zeitalter ein, das man zwar nicht als das der »Ungleichheiten« bezeichnete, aber als das der »Differenz«: Mann und Frau könnten nun einmal beim besten Willen nicht die gleichen Funktionen in der Gesellschaft ausüben und müßten daher ihre verschiedenen Rollen akzeptieren. Ins Haus will der moderne Fundamentalismus die Frau nicht grundsätzlich mehr einschließen – das scheint unmöglich zu sein. Aber er will sie hinter den Hidjab, den Schleier stecken. Eine neue Geschlechterordnung war nicht machbar, also kann das Chaos nur verhindert werden, wenn die alte Geschlechterordnung, oder zumindest doch wesentliche Teile von ihr, wieder akzeptiert werden. Und daß es ratsam ist, sie zumindest äußerlich zu akzeptieren, haben gerade Studentinnen immer wieder deutlichst zu spüren bekommen, nämlich dann, wenn ihre europäisch-leicht gekleideten Kommilitoninnen von Islamisten am hellichten Tage auf dem Campus z. B. mit brennenden Zigarettenstummeln angegriffen wurden.

Mitte der 80er Jahre empfing meine Familie in Algier einmal ein völlig mittelloses junges Mädchen aus der entfernten Verwandtschaft, das in der Stadt operiert werden mußte. Sie stammte aus Ostalgerien und hatte bereits bei anderen Verwandten in einer anderen Stadt gehofft, operiert werden zu können. Sie war zum ersten Mal im Leben gereist. Als ich sie einlud, mit mir in eine Buchhandlung zu gehen, wo ich ihr ein paar Bücher für das Krankenhaus spendieren wollte, bat sie mich um einen langen Rock. Ich verstand nicht und lehnte ab, zumal sie in einem kurzen Rock gekommen war. Draußen schließlich wies sie jedesmal auf die Frauen im neuen Hidjab. Sie erklärte mir, wie schön dieses Gewand sei und daß sie selbst in einigen Tagen einen solchen Hidjab tragen würde. Da ich wußte, daß sie keinen Pfennig Geld hatte, hielt ich sie für völlig verdreht. Aber M. ist dann tatsächlich im Hidjab ins Krankenhaus gegangen. Und noch verblüffender: Sie war dort keineswegs allein auf unsere Fürsorge angewiesen. Fremde Frauen im Hidjab kümmerten sich in rührender Weise um die Siebzehnjährige, brachten ihr Essen und blieben stundenlang an ihrem Bett. Wir erfuhren dann, daß die Verwandten, bei denen M. vorher gewesen war, ihr den Hidjab weggenommen und europäische Kleider aufgezwungen hatten – der Hidjab galt in unserer Familie als politisch unvertretbar. Ich begriff, daß die Moscheen für die Allerärmsten zum Zufluchtsort geworden waren, zu Zentren der Solidarität, die netzartig über das ganze Land verteilt waren.

Erstmalig seit Mohammeds Zeiten warben die Moscheen auch wieder um die früher oft verpönte Präsenz der Frauen. Sie bekamen von den Islamisten nicht nur wieder einen eigenen abgeschirmten Gebetsort in der Moschee zugewiesen, sondern man bietet ihnen auch geselliges weibliches Leben an wie Koch- und Nähkurse. Freilich ist hierin nur die typische Taktik jeder gut organisierten restaurativen Bewegung zu erkennen: Man tut einen kleinen Schritt voran, um den großen Schritt zu verhindern. Ein Anrecht am religiösen Diskurs haben die Frauen nicht gewonnen, die Moschee bleibt ein patriarchal dominierter Ort. Und für die schwersten Lebensprobleme der Frauen bietet sie keine Lösung. M. hat kurze Zeit nach ihrer Operation geheiratet, wurde aber schon ein Jahr später mit ihrem Kind verstoßen. Wo die Verzweifelte Aufnahme gefunden hat, ist unbekannt. Das in Algerien 1984 verabschiedete islamistische Familiengesetz gibt dem Mann im Scheidungsfall das Recht, die Wohnung zu behalten.

Nachdem eine Studentin im Hidjab, die ich im Auto mitnahm, ein Paket Zigaretten aus ihrer Handtasche holte und zu rauchen anfing, begann ich endgültig zu begreifen, daß ich den Hidjab zu tolerieren oder besser gar nicht mehr zu beachten hätte. Es wurde deutlich, daß er nicht immer aus Überzeugung getragen wird. Auf keinen Fall ist er grundsätzlich mit geistiger Borniertheit zu identifizieren. Ich habe nie erlebt, daß eine Studentin im Hidjab sich nicht für das Wissen interessierte, das ich ihr vermitteln konnte. Ja, es gibt den Hidjab der Überzeugung, aber bei den meisten ist der neue Hidjab Tarnung für das wirkliche Leben: Man hat die Eltern beruhigt, läuft unbescholtener auf der Straße herum, aber tut nichts anderes als die vorhergehenden emanzipationswilligen Frauengenerationen auch – den Platz in der Öffentlichkeit behaupten. Und dieser Kampf ist eben schwieriger geworden. Hinter dem Hidjab kann heutzutage jede mögliche weibliche Lebensform stecken – von der Prostitution bis hin zur aktiven Unterstützung der Bürgerbewegungen für Demokratie und rechtliche Gleichstellung der Geschlechter oder auch für die islamistischen Bewegungen.

Und nach wie vor wird er aus Armut getragen – von all den Frauen, die sich europäische Kleidung einfach nicht leisten können.[12]

Wenngleich der Hidjab den imperativen Willen der Gesellschaft ausdrückt, die Individualität der Frauen zu unterdrücken, gewinnen sie hinter dem Schleier doch nicht selten an Persönlichkeit. Fatema Mernissi sagt nicht zu Unrecht, daß selbst die Frauen, die sich in den islamistischen Bewegungen engagieren, zur Dynamisierung der Gesellschaft beitragen. »Die verschleierte Frau, die hier kämpft, ist weiter als die Frau, die im Hause sitzt. Sie kämpft nicht mit dem Kochtopf, sondern mit einem Buch in der Hand: dem Koran. . . Es gibt heutzutage nichts Moderneres als den Schleier.«[13]

Und doch wäre es falsch, die Beunruhigung, die von der zunehmenden Verschleierung in die Gesellschaft getragen wird, zu verharmlosen. Was ist davon zu halten, wenn unverschleierte Frauen aus Algier berichten, daß Taxifahrer immer öfter ablehnen, sie zu transportieren? Wenngleich man sagen muß, daß die Kommunikation zwischen verschleierten und unverschleierten Frauen im Alltag grundsätzlich noch nicht gestört ist, hat der neue Hidjab dennoch historisch zum ersten Mal eine Spaltung in die Frauengesellschaft des Maghreb getragen, die sich bis in die jüngste Geschichte hinein über die Klassengrenzen hinweg als recht homogene Schwesternschaft empfand. So ist es für alle Teilnehmerinnen eines Fests heute unangenehm, daß die Frauen, die im Hidjab kommen, am Frauentanz nicht teilnehmen. Wenn sie selbst bei diesen, vor Männeraugen abgeschirmten Gelegenheiten ihren Körper nicht mehr sprechen lassen können, wird für alle Beteiligten ein dumpfes Klima der Angst heraufbeschworen. Eine Verschärfung der Situation ist weiterhin durch den »Nigab« entstanden, eine weitere Schleiermode aus dem Orient, die Algerien zu Anfang der neunziger Jahre erreichte. Der Nigab besteht aus einem langen schwarzen Tuch, das die Frau ganz über den Kopf und das bodenlange Gewand wirft, ergänzt durch lange schwarze Handschuhe. Eine so verschleierte Frau läßt buchstäblich kein Stück Haut mehr sehen, kommuniziert noch nicht einmal mehr mit den Augen. Sie selbst sieht durch das schwarze Tuch hindurch. Die Hochschullehrerin S. erzählt, daß sie plötzlich von panischer Angst ergriffen wurde, als eine Frau im Nigab neben sie ins Taxi stieg (der Ehemann nahm vorne, neben dem Fahrer Platz). Die Frau saß aufrecht und stumm und setzte ihre behandschuhten Hände mit hochmütiger Gebärde neben ihren Körper, so daß S. sich ungerecht eingeengt vorkam. »Ich dachte plötzlich an den Henker im Mittelalter. Oder an den Ku-Klux-Klan! Ich fragte mich, ob diese Frau in der Lage wäre, andere Frauen zu töten? Ob sie mich töten könnte? Was kann ich gegen diese Angst tun? Hat diese Frau etwa auch Angst vor mir?« [14]

In der Tat, das Land steht am Rande des Bürgerkrieges. Und das Gespenst des Bürgerkrieges hat sich auch zwischen die Frauen geschoben.

Es ist sicher ein Ausdruck der Modernisierung der islamischen Gesellschaften, daß in der Schleierfrage keine Einhelligkeit mehr herrscht. Schwierigkeiten mit dem Schleier haben heute weniger die ganz jungen Frauen, die gezwungenermaßen darüber nachdenken müssen, ob er angesichts der großen Unsicherheit auf der Straße nicht doch das richtige Bekleidungsstück ist. Pubertierende Mädchen, die nicht nur in der islamischen Welt Schwierigkeiten haben, sich mit ihrem veränderten Körper anzufreunden, gewinnen mit dem Schleier oft an Selbstbewußtsein. Und könnte es sein, daß das scheinbar freiwillige Tragen des Hidjab auch als Angstschrei verstanden werden muß? Und ist es nicht vielleicht dieselbe Angst, die Frauen in unseren Breiten dazu bringt, tabletten-, alkohol- oder drogenabhängig zu werden? Aus welchem Grund auch immer eine Frau den Schleier trägt, die westliche Welt hat allen Grund, dem Hidjab dieselbe Toleranz entgegenzubringen wie dem Minirock. Es sind vor allem die Frauen, die zum Zeitpunkt der Unabhängigkeit jung waren und bewußt gegen den Schleier optierten, die sich heute nicht vorstellen können, ihn jemals wieder tragen zu müssen. Als nach dem ersten, von den Islamisten gewonnenen Wahlgang bei den Parlamentswahlen 1991/92 Cheikh Mohamed Said im Fernsehen ankündigte, daß die Algerier ihre Ernährungs- und Bekleidungssitten verändern müßten, jammerte meine Freundin Ou., die fünfundvierzig Jahre alt ist: »Von mir aus sollen sie den Alkohol verbieten, das stehe ich notfalls durch. Aber mich zwingen, so ein Ding zu tragen, das überlebe ich nicht! Lieber bringe ich mich um.«

Als verwestlichte Frauen, wie es ihnen die Islamisten vorwerfen, fühlen sich weder Ou. noch meine Schwägerin R. Ich erinnere mich, daß R. immer um sieben Uhr aus dem Haus gehen mußte, um rechtzeitig am Arbeitsplatz, in der Schuhfabrik, zu sein. Aber sie stand mindestens schon eine Stunde vorher auf. Da alle anderen Familienmitglieder noch schlafen konnten, war es jahrelang ein Rätsel geblieben, was sie – außer ihren Morgenkaffee zu trinken – die ganze Stunde so trieb. Betete sie? Die wenigen Male, die ich ebenso früh aufstand, sah ich mit Verblüffung, daß sie auch viel Zeit dafür verwendete, sich geschmackvoll zu kleiden, kunstvoll zu kämmen und sorgfältig zu schminken. Nie ging sie in ihre Fabrik, ohne einen Tropfen Parfum aufgelegt zu haben. Weil sie zierlich geblieben war und einen leichten Gang behalten hatte, konnte sie sich stets jugendliche Mode erlauben. Was man ihrer Müdigkeit am Abend nicht ansah, merkte man am Morgen: Sie war kokett und genoß es offensichtlich, in den noch kühlen Morgen hinauszugehen und die Stadt zu betreten, jenes Terrain, das früher dem Feind gehörte und jetzt von den Männern beherrscht wird.

Heimlich hat schon manch ein Familienmitglied gewünscht, sie wieder aufs Land schicken und ihr Zimmer in Besitz nehmen zu können. Auszusprechen wagte das niemand. Jeder weiß, daß R. nur zwei Dinge im Leben hat, die ihre Würde ausmachen: die Arbeit und den Weg zur Arbeit.

Sie steht nun kurz vor der Rente. Nach den Islamisten befragt, die ihr die Arbeit nehmen und den Schleier auf der Straße wieder aufzwingen wollen, sagt sie: »Ich weiß gar nicht, was die eigentlich wollen. Meine Religion habe ich schon lange vor ihnen gehabt.«

Anmerkungen

1) Koran, 14. Sure (»Das Licht«), 5.30 und 5.31. Zit. nach: Der Koran, übers. v. Max Henning, Leipzig 1968, S. 323.

2) Ait Sabbah; Fatna: La femme dans l'inconscient musulman, Paris 1982, S. 117 ff.

3) Mernissi Fatema: Der Prophet – ein Feminist? Gespräch mit S. Kebir, in: Freitag no. 18 v. 24. 4. 1992, S. 14.

4) Zitiert nach dem Werbematerial der "Gruppe Aischa", einer seit 1989 legalisierten freien Assoziation von künstlerisch und wissenschaftlich tätigen Frauen in Algerien.

5) Mernissi, Fatema; Die Sultanin, Hamburg, Zürich 1991.

6) Mernissi, Fatema; Die Angst vor der Moderne. Frauen und Männer zwischen Islam und Demokratie, Hamburg, Zürich 1992, S. 11–12.

7) Djebar Assia; Fantasia, Zürich 1990, S. 124–151.

8) Fanon Frantz; Algerien legt den Schleier ab. Zit. nach: Das kolonisierte Ding wird Mensch, Leipzig 1986, S. 117–118.

9) Angaben aus: Mernissi Fatema; Die Angst vor der Moderne, a.a.O., S. 221.

10) Aus der Festschrift der SONELEC zum Internationalen Frauentag am 8. März 1990.

11) In Tunesien heiraten 93% der Mädchen nach dem 19. Lebensjahr, 86% im Libanon, 72% in Syrien, 70% in Marokko. Viele Frauen heiraten heute sogar erst nach dem 25. Lebensjahr. In Tunesien sind 49% der Junggesellen zwischen 25 und 29 und 17% zwischen 30 und 34 Jahren. Ähnliches gilt sicher für die anderen Maghrebstaaten auch. Angaben nach: Fatema Mernissi: Die Angst vor der Moderne, a.a.-O., S. 265.

12) »Das billigste Kostüm kostet 1000 (algerische – S. K.) Dinar, der gesetzliche Mindestlohn beträgt 1200 Dinar im Monat. Und welche Frau bekommt den schon – nur 7% der Berufstätigen sind Frauen.« – Khalida Messaoudi: Mein Land macht mir Angst. In: Emma, no. 1/1992, S. 10.

13) Der Prophet – ein Feminist? Gespräch mit Fatema Mernissi. In: Freitag, no. 18 v. 24. 4. 1992, S. 14.

14) Soumya Ammar-Khodja plant für eine kollektive Publikation der "Gruppe Aisscha" (siehe Anm. 4) einen Aufsatz, in dem sie ihre Angst vor dem Nigab untersuchen wird.

Nadia al-Bagdadi

Schreibende Töchter

Autobiographie und Familie in arabischer Frauen-Literatur

Erst wenn die Frauen den Mund
aufmachen, gerät die Welt aus den Fugen.
Emily Nasrallah, Septembervögel

1.

Wie jede literarische Bewegung entsteht auch die arabische Literatur von Frauen nicht aus dem Nichts, sondern greift auf frühere Wegbereiter zurück. Seit dem Ende des 19. Jahrhunderts entstehen mit den ersten, meist journalistischen Veröffentlichungen arabischer Autorinnen authentische Quellen in Form fiktionaler und nichtfiktionaler Texte, die aus einer dezidiert weiblichen Perspektive Einblicke und Auskunft über die allgemeinen Lebensumstände und über die innere Befindlichkeit arabischer Frauen geben.[1] Doch erst seit den 50er Jahren dieses Jahrhunderts präsentiert sich mit dem Aufkommen einer neuen arabischen Frauenliteratur[2] erstmalig ein intimes und vielschichtiges Bild von den gesellschaftlichen Räumen, die als genuin weibliche gelten und die bisher weitgehend verborgen waren, nämlich denen des Hauses und der Familie.

Nicht zufällig fallen die Anfänge feministischer Literatur mit den antikolonialen Unabhängigkeitskämpfen der 50er und 60er Jahre zusammen. Die 50er Jahre sind eine Zäsur für den Literaturbetrieb, da die politische Mobilisierung größerer Gesellschaftsgruppen auch vor der Literatur nicht Halt macht, und neuen Gruppen eine Teilnahme an den öffentlichen Medien und damit der Bildung der öffentlichen Meinung ermöglicht. Die politischen Umwälzungen, in deren Zentrum u. a. säkulare Gesellschaftsvorstellungen stehen, haben eine katalysierende Wirkung auf den gesamten künstlerischen Schaffensprozeß, vor allem im Bereich der Literatur.[3] Zu den auffallendsten Erscheinungen dieser Ära gehört das Auftreten junger Autorinnen, ob sie nun in diesen Jahren ihre literarische Laufbahn beginnen oder lediglich mit einem Werk, wie z. B. die Algerierin Zubeida Bittari mit ihrem Roman O, *mes soeurs muselmanes, pleurez!* (1964), von sich Reden machen. Denn während es in der klassischen arabischen Poesie traditionell immer Dichterinnen gab, so betreten Prosaautorinnen, sei es im journalistischen Essay, *maqala*, oder in den verschiedenen Genres der Prosa, ein nur von männlichen Autoren beherrschtes Terrain der Literatur.[4] Der von Sartre übernommene programmatische Begriff der *engagierten Literatur, adab al-iltizam*, prägt diese Ära, die nicht selten den kämpferischen Gestus dem ästhetischen Gelingen überordnet, eine Tendenz, von der auch die Frauenliteratur nicht ganz unberührt geblieben ist.

Auch wenn etwa zur gleichen Zeit in vielen arabischen Ländern Autorinnen das Wort ergreifen, kann nicht von *der* arabischen Frauenliteratur als einer homogenen Bewegung gesprochen werden, da sie kein gemeinsam formuliertes Programm verfolgt. Auch kann sie nicht als eine literarische Schule oder gar eine Gattung beschrieben werden, da sie formal, ästhetisch und inhaltlich zu disparat und kontrovers ist. Daß sie dennoch unter einem gemeinsamen Aspekt rezipiert werden kann, liegt an ihrer Bedeutung als sozialgeschichtlich motiviertes »diskursives Ereignis«,[5] das ihre Formen und Funktionen prägt. Sprachlich und literarisch ist diese Gegenwartsliteratur die Reflektion sozialer und ökonomischer Veränderungen und gleichzeitig ihr Resultat. Algerien und Libanon nehmen hier eine führende Position ein, wie sich an der Zahl der Autorinnen und Veröffentlichungen ablesen läßt.

Die Kritik an den patriarchalen Verhältnissen bildet den Grundtenor dieser neuen Texte, die von ihrem feministischen Standpunkt aus vor allem auf die zwar nicht überall de jure, immer aber de facto existierende Unterbindung weiblicher Teilnahme an der Öffentlichkeit zielt. Im Protest gegen diesen Ausschluß aus dem öffentlichen Leben und damit gegen den Einschluß in den Privatbereich des Hauses kommt die politische Dimension zum Ausdruck. Doch trotz ihrer Bezugnahme auf gesamtgesellschaftliche Verhältnisse gehen die Texte nicht in einem »wir« der Frauen auf. Vielmehr suchen die Autorinnen in einem Akt der Selbstvergewisserung die Individualität der Frau hervorzustreichen, ein Schritt, der sich aus der bisherigen Situation ihrer gesellschaftlichen Unsichtbarkeit und ihrer Entindividualisierung notwendig ergibt. Dieses oft emphatische Dringen auf das eigene Anderssein hat den Literatinnen im Gegenzug nicht selten den Vorwurf zu großer Ichbezogenheit und Trivialität eingebracht.[6] Die feministische Protestliteratur[7] ist also in erster Linie eine Form individueller Auflehnung, die deutlich von Spuren erfahrenen Mangels der Protagonistinnen gezeichnet ist. So entwickeln sie über die Ideologiekritik hinausgehend *ihre* Vorstellungen anderer weiblicher Lebensentwürfe. Sie knüpfen daher an Fragen nach der traditionellen Rolle der Frau im allgemeinen und – wie zu zeigen sein wird – der Mutter im besonderen an, suchen nach dem weiblichen Subjekt in Geschichte und Gegenwart und formulieren schließlich ihr Streben nach Emanzipation.

2.

Die Diskrepanz zwischen gestalteter und gestaltender Frau bzw. zwischen Objekt und Subjekt charakterisiert auch die arabische moderne – und natürlich die klassische – Literatur: der großen Zahl von Männern imaginierter Weiblichkeitsfiguren stehen nur wenige literarisch schöpferische Frauen gegenüber.[8] Eben daß die Frauen abseits stehen, motiviert Autoren, zu sich selbst über das Andere zu gelangen, wenn sie sich der Kunst bedienen, um die Grenzen der Welt zu überschreiten.

Unter dem Eindruck des westlichen Kolonialismus erheben sich bereits in den ersten Werken der Moderne männliche Autoren durch ihre Helden und Heldinnen zu engagierten Fürsprechern emanzipatorischer Reformen und zu leidenschaftlichen Kritikern ihrer Gesellschaft im Namen einer in den Großstädten Europas erfahrenen relativen Freiheit und Gleichberechtigung der Geschlechter.[9] Sie attackieren Polygynie, den Ausschluß der Frau aus der Öffentlichkeit und die sexuelle Unterdrückung der Frau, da sie die Repression der Frauen in der eigenen Gesellschaft als eine maßgebende Ursache der kulturellen und gesellschaftlichen Rückständigkeit islamischer Gesellschaften erleben. So läßt der erste Romancier, der Ägypter Muhammad Haikal, in seinem 1910[10] erschienenen Roman *Zainab* seine Protagonistin Aziza, stellvertretend für die Frauen ihres Standes, folgende Anklage erheben. *»Glaubst du, mein lieber Freund Hamid, daß ich, (daß) unsere Mädchenschar, glücklich in diesem ewigen Gefängnis sind? Ihr (Männer, N. B.) glaubt uns immer zufrieden (mit unserem Schicksal), aber Gott weiß von der Bedrängnis von diesem bitteren Dasein. Wir ertragen es erzwungenermaßen, dann gewöhnen wir uns nach und nach daran, wie sich ein Kranker an seine Krankheit und sein Bett gewöhnt.«*[11]

Die Unterdrückung individueller Persönlichkeitsentwicklung von Männern und Frauen wird teilweise innerhalb repressiver Familienstrukturen lokalisiert. Daß die im Zuge des Transformationsprozesses im Nahen Osten vollzogenen sozialen und ökonomischen Veränderungen nicht vor den Familienstrukturen und ihren Autoritätsstrukturen halt gemacht haben, belegen eindeutig die großen Romane und Kurzgeschichten der Moderne, indem sie die weitreichenden Erschütterungen in ihrer sozialen und psychologischen Dimension vorführen. Abhängigkeitsverhältnisse und Machtstrukturen innerhalb der Familie werden in ihren Auswirkungen auf die psychologische Entwicklung und Prägung des Individuums in der arabischen Welt hinterfragt.

Vielfach findet sich jedoch auch eine ganz andere Bewertung traditioneller Familienstrukturen. Sie tritt dort auf, wo die Familie als Hüterin der Tradition und als Garant moralischer Integrität verstanden und daher als typische Lebensform der arabischen Gesellschaft vor dem starken kulturellen und gesellschaftlichen Druck verteidigt wird. Während die einen sie als letzte Bastion gegen Kolonialismus und gegen die Verwestlichung der Gesellschaft verteidigen und deshalb ins Zentrum ihrer politischen Agitation stellen, versuchen eben andere sie gerade aus diesem Grund zu stürzen. Die Bewältigung dieser nicht selten ins Metaphysische transzendierten Probleme suchen die Autoren über die Frau, d. h. über die »eigene« Frau der arabischen Gesellschaft und über die europäische Frau.[12] Europa übernimmt in der arabischen Welt hinsichtlich der Frauenfrage eine Spiegelbildfunktion, die gerade in der Literatur über das literarisch entworfene Bild den Zustand der Gesellschaft widerzuspiegeln sucht. Der ideologische Streit um Modernität, Verwestlichung oder Authentizität lädt sich an dieser Frage der Emanzipation ständig neu auf.[13] Die symbolische Inbesitznahme der »weißen« Frau kommt einer vorweggenommenen ökonomischen und kulturellen Befreiung gleich. Die »weiße Frau« wird literarisch gebannt, indem sie zur Ikone westlicher Verführung, zum faszinierenden Symbol westlicher Perfektion und Zivilisation oder zum abschreckenden Bild westlicher Dekadenz und Verworfenheit reduziert wird. Die arabische Frau erscheint dagegen explizit oder implizit im Kontrast zur europäischen Frau. Auch hier tritt sie nur in Stereotypen auf, sei es in realistischen Porträts oder romantischen Idealisierungen.[14]

3.

Im Gegensatz dazu verzichten Autorinnen in ihren Darstellungen weitgehend auf »europäisches Personal« oder aber auf seine Allegorisierung. Der Rückgriff auf die männliche literarische Repräsentation der Frau verdeutlicht einerseits die Virulenz der Frauenfrage, bevor sie die Schriftstellerinnen ab den 50er Jahren aufgreifen. Er beleuchtet andererseits Denkfiguren und Frauenbilder des literarischen Kontextes, in dem die schreibenden Frauen sich bewegen. Daß es sich bei den männlich imaginierten Weiblichkeitsfiguren lediglich um Rollenbilder handelt, hat die neue Generation begriffen und darauf mit ihren Texten geantwortet, indem sie über sich selbst sprechen und darüber hinaus nicht nur das Geschlechterverhältnis problematisieren, sondern das Verhältnis zwischen Frauen thematisieren. Kurz, sie führen die Frau aus ihrer Rolle vom beschriebenen Objekt zum subjektiven Sprechen und Handeln, also zum Subjekt hin. Ihr Akt des Schreibens ist damit ein politischer und er ist Ausdruck eines neuen Selbstbewußtseins.

Zu den wichtigsten Autorinnen, die den Beginn dieses neuen Selbstbewußtseins repräsentieren, gehören im Libanon Laíla Baalbakki mit *Ana ahya!* (»Ich lebe!«, 1958) und Emily Nasrallah mit *Tuyur ailul* (»Septembervögel«, 1962), in Algerien Djamila Debèche mit ihren Romanen *Le, jeune fille d'Algérie* (bereits 1947) und *Aziza* (1955) und Assia Djebar mit *La soif* (»Der Durst«, 1957) und *Les Impatients* (»Die Ungeduldigen«, 1958) sowie in Ägypten Latífa az-Zayyat mit *al-Bab al-maftuh* (»Die offene Tür«, 1960). Schon die Titel kündigen eine Aufbruchstimmung an und zeigen ein Verlangen, nach langem Schweigen lautstark das Wort zu ergreifen.[15] Während die 70er Jahre keine wesentlichen Neuerungen brachten, bilden die 80er Jahre eine weitere Zäsur, in der eine neue Schriftstellerinnengeneration mit neuen literarischen und thematischen Akzenten und Schreibweisen auftritt. Zwischen beiden Bewegungen ist vielleicht Hanan as-Saih mit ihrem Roman *Hikayat Zahra* (»Sahras Geschichte«, 1980) als ein End- und Wendepunkt zu lesen.

Selten orientieren sich die frühen feministischen Texte am Modell des klassischen Bildungsromans, der die Entwicklung und Emanzipation eines Individuums vorführt und an dessen Ende nun ein autonomes weibliches Subjekt stehen würde. Sie handeln vielmehr von einzelnen Aufbrüchen und von Anfängen eines neuen Selbstbewußtseins. Dieser an sich euphorische Neubeginn endet in den meisten Fällen aufgrund einer sich nicht wandeln wollenden Gesellschaft in Resignation, Flucht oder Tod. *»Ich habe keine Freunde und kein Glück, aber ich verspüre die Zufriedenheit zu wissen, daß er mich wirklich liebt – jetzt, wo es zu spät ist. Ich will nicht in die Sklaverei zurückkehren, nein, egal was passiert, ich werde das nie tun. (. . .) Was mich betrifft, ich habe die Freiheit gewählt. Ich habe meinen Teil an Tränen, Demütigungen und physischen und moralischen Verletzungen erhal-*

ten. Es ist genug. (. . .) Was will ich noch? Dieses algerische Land verlassen, wo ich soviel gelitten habe, um nach Frankreich zu gehen und dort mein Geld ehrlich zu verdienen, um frei zu sein, zumindest so wie Französinnen, . . .« – so endet der Roman *Oh, meine muslimischen Schwestern, weint!* von Zubeida Bittari. Wenn auch nicht in dieser Schärfe, ziehen die meisten Autorinnen die Konsequenz zu gehen. Nur wenige finden innerhalb der Strukturen, die sie kritisieren, zu einer inneren Ausgeglichenheit. Hierzu gehört Assia Djebar, die seit ihren ersten Texten eine Balance zwischen westlichem Liebes- und Eheideal und »islamischer Großfamilie« zu finden sucht. So greift sie Konflikte junger Frauen auf, die sich an in Europa erfahrenen Idealen der Selbstbestimmung der Frau und partnerschaftlicher Ehe orientieren und die damit in Konfrontation mit den tradierten Vorstellungen und Rollenzuweisungen in Algerien geraten. Von Anfang an sucht Djebar diese Balance zwischen den Kulturen zu finden, indem sie verborgene Potentiale der arabischen Kultur zu entdecken versucht, um sie dann fruchtbar für die Emanzipation arabischer Frauen zu machen, gerade indem sie auf die Unterschiedlichkeit zwischen den Kulturen pocht. In *Die Ungeduldigen* (1958) führt sie ihre Ich-Erzählerin Dalila wieder in die Großfamilie zurück, aus der sie geflohen war – das Ende bleibt offen, doch suggeriert es, wie dann ihre späteren Werke zeigen, die Selbstfindung innerhalb der gegebenen Familienstrukturen. Exemplarisch führt sie das in ihren Romanen aus den 80er Jahren vor, indem sie in der Metapher der Schattenkönigin die zur Untrennbarkeit miteinander verschmolzenen ungleichen Schwestern zur Synthese der arabischen und europäischen Frau vereinigt.

Der von Assia Djebar bereits in den 50er Jahren eingeschlagene Weg wird von ihren zeitgenössischen Mitautorinnen nicht geteilt.[16] Neben der bereits zitierten Zubeida Bittari weisen z. B. Emily Nasrallah auf der einen und Laila Baalbakki auf der anderen Seite andere Wege. In Emily Nasrallahs *Septembervögel* flieht die Ich-Erzählerin angesichts unveränderlicher Dorf- und Familienstrukturen in das freiwillige Exil der Großstadt Beirut. Die Großstadt verspricht ein Leben außerhalb der familiengebundenen Rollen, die Nasrallah querschnittartig am Beispiel des Dorfes vorführt. Hier scheinen die traditionellen Beziehungen zwischen den Geschlechtern konserviert. Zu bleiben würde Selbstaufgabe bedeuten. Diese Flucht ist allerdings bei Nasrallah keine Lösung, sondern nur eine Notlösung, und läßt das erzählende Ich in einem Zustand der Unzufriedenheit und inneren Zerrissenheit. Einen härteren und rebellischeren Ton schlägt Laila Baalbakki in *Ich lebe!* an. Sie folgt als eine der ersten Autorinnen in radikaler Subjektivität den Spuren selbst erlittener psychischer und physischer Gewalt und läßt in ungewohnter Aggressivität und jugendhafter Revolte ihre Ich-Erzählerin Lina Fayyad ihren Haß und ihre Wut in stakkatohaften Sätzen explodieren. Ihr Protest findet seinen Höhepunkt in einem Selbstmordversuch und endet in einer erzwungenen Rückkehr ins Elternhaus.

4.

So sind es die stark ausgeprägte autobiographische Schreibweise und die thematische Fixierung der Familie, die die Texte jener Ära und Generation charakterisieren. Während das Familienthema als solches, wie bereits gezeigt wurde, kein novum ist, birgt das autobiographische Schreiben dagegen eine innovative Dimension, die auf die arabische Literatur insgesamt zurückwirkt. Beide Aspekte, die Schreibweise und die Familie, stehen in Abhängigkeit zueinander: Die autobiographische Perspektive reflektiert die räumliche und soziale Begrenzung auf das Haus und die Familie; der eingegrenzte Erfahrungsraum fordert das Sprechen von sich selbst. Natürlich besteht die arabische Frauenliteratur nicht nur aus Familiengeschichten. Doch stellen sie als Grundthema anderer Motive, zu denen insbesondere die Erfahrung der Arbeitswelt und die Stadt-Land-Beziehung zählen, den Bezugspunkt her, von dem aus erzählt wird.

Es liegt von daher nahe, daß sich die Kritik konzentrisch auf das Haus richtet, also auf jenen Ort, an dem das Geschlechterverhältnis am deutlichsten wirkt. Das arabische

Wort *dar* bedeutet »Haus« oder je nach Kontext auch »Familie« und es trägt zugleich die Bedeutung »Kreis«.[17] So schwingt die eine Verwendung stets in der anderen mit. Als Metapher steht *dar,* das Haus, für den konkreten, in Stein gehauenen Ausdruck der Geschlechtertrennung und für die territoriale Eingrenzung des weiblichen Geschlechts. *Dar,* der Familien-Kreis, symbolisiert das normative, allumfassend wirkende Gesellschaftssystem, das auf Geschlechtersegregation basiert und als deren restriktivstes Element die zu schützende Ehre der Familie fungiert.[18] Gewissermaßen durchbrechen die Texte den Kreis von innen, indem sich die Autorinnen mit traditionellen Familienstrukturen auseinandersetzen und ihre subtilen und offenen Formen von Unterdrückung und Gewalt aufdecken. Anhand der aufgezeigten Konflikte zeichnet sich deutlich ab, daß die sogenannte arabische Solidarfamilie bestenfalls noch als Ideal existiert. Denn nicht zuletzt seitdem Frauen im Erziehungswesen und im industriellen Sektor arbeiten und damit Zutritt zum öffentlichen Raum erhalten haben, ist ihre durch religiöses Gesetz legitimierte Reduzierung auf die Familie ins Wanken geraten.[19] Dies leistet der enttabuisierten Darstellung der Familie Vorschub. Besonders deutlich wird dieser Zusammenhang, da die Ich-Erzählerinnen und damit die Autorinnen den Beginn der Konflikte an den Wunsch nach Schul- und Universitätsbildung oder Arbeit im Dienstleistungsgewerbe verknüpfen. Formal, in der literarischen Gestaltung, und inhaltlich, im Grad der Ablehnung vorhandener Strukturen, zeigen sich Unterschiede.

5.

Die Trennung von privatem und öffentlichem Raum spielt eine in mehrfacher Hinsicht wichtige Rolle. Da ist zuerst die Rezeption der Frauenliteratur zu nennen, die die Gewichtigkeit literarischer Produkte mißt an ihrer angeblichen allgemeinen Relevanz. D. h. sie folgt der klassischen Trennung einer öffentlichen Sphäre, gleichbedeutend mit den gesellschaftlich relevanten Bereichen und einer privaten Sphäre, die den Bereich des Trivialen umfaßt. Neben dieser in der Rezeption vollzogenen Trennung existiert eine Scheidung des Privaten und Öffentlichen in der Literatur selbst. Dergestalt, daß sich, verallgemeinernd gesprochen, Themen und Beschreibungen entlang normativer Vorstellungen entwickeln, die wenig individuelle Züge des Autors bzw. der dargestellten Personen preisgeben. Auf diese Beobachtung stützt sich das Credo, das fehlende Psychologisierung und Individualisierung als Grundzug der arabischen Literatur zu erkennen meint.[20] Erst die letzten Dekaden dieses Jahrhunderts zeitigen einen innovativen Schub in der subjektiven Darstellung des Intimen und Persönlichen und in der Psychologisierung der Charaktere. Auf einer weiteren Ebene, der der Bedingungen literarischer Produktion, spielt die Trennung eine wichtige Rolle. Obwohl der private Bereich mit dem weiblichen gleichgesetzt wird, fehlt den schreibenden Frauen doch die gesellschaftliche bzw. familiäre Akzeptanz und die Privatsphäre, das »Zimmer für sich allein«, das erst die Grundlage für das Schreiben bietet.[21]

Hinsichtlich dieser kurz skizzierten Tendenz wird ersichtlich, daß die weiblichen autobiographischen oder semiautobiographischen Texte einen avantgardistischen Zug beinhalten, der der arabischen Literatur insgesamt neue Impulse gegeben hat, indem diese Autorinnen kompromißlos die Tür zum Bereich des *haram*,[22] d. h. des »verbotenen« und »religiösen« zugleich, geöffnet haben. Als *haram* gelten traditionell das Haus und der weibliche Lebensbereich, eine Übertretung dieses sozialen, tabuisierten Raumes und seiner Grenzen steht somit unter Verbot.

Allein der Anspruch, weibliche Alltagserfahrung zum literarischen Gegenstand zu erheben, provoziert. Er wertet die Alltagsrealität von Frauen auf. Doch nicht zuletzt auch deshalb, weil die Gattung der Autobiographie eine moderne ist, ist ihre Inanspruchnahme durch die feministische Literatur provokant. Vor dem zwanzigsten Jahrhundert war aus den oben genannten Gründen diese Gattung im Vergleich zur europäischen Literatur weitaus weniger vertreten und als Form schwächer entwickelt. Sie indiziert in der modernen Literatur den Beginn einer veränderten Selbstinterpretation und Weltsicht.[23] Somit erscheinen die ersten von Frauen verfaßten Autobiographien, als diese Gattung zwar nicht mehr in ihren Anfängen steckt, aber noch eine sehr junge ist. Die ersten Texte dieser Art sind die Memoiren der Ägypterin Huda Sarawi *Mudakkiratí* (1924) und der kabylischen Algerierin Fadhma Amrouche, die ihre in französischer Sprache geschriebene Autobiographie *Histoire de Ma Vie*[24] 1946 vorlegt, deren Veröffentlichung aber aufgrund ihrer schonungslosen Kritik der kabylischen Gesellschaft im allgemeinen und der Familie im besonderen von einem Familienmitglied verboten wurde.

6.

Als markantestes Merkmal der hier behandelten Literatur ist ihre autobiographische Schreibweise zu nennen, die sich einer Erzählperspektive bedient, die diese Protestliteratur von früheren und späteren Texten abhebt. Denn das erzählende Ich ist nicht nur ein weibliches, es ist fast ausschließlich das der erzählenden Tochter.[25] Die Gründe hierfür liegen auf der Hand. Die Autorinnen, die in den 50er Jahren zu schreiben und veröffentlichen begonnen haben, gehören zu jener Generation, die als erste von der Öffnung der Schulen und Universitäten profitiert hat. Den tiefgreifenden Einfluß, den diese Partizipation am Wissen hat, belegen die Texte selbst, die die Auseinandersetzung mit der Geschichte und der Kultur im Zusammenhang ihrer Selbstreflektion betreiben. Damit wird eine neue Wissensvermittlung in Gang gesetzt, in der die Töchter erzählen und ihr Wissen weitergeben. Hier hat sich in der traditionellen mündlichen Weitergabe des Wissens in Form von Legenden, Gesängen und Geschichten von den Alten auf die Jungen eine Umkehrung des Verhältnisses zwischen den Generationen vollzogen.[26] Diese Umkehrung zeigt sich als Resultat des Wandels, der durch schulische und universitäre Ausbildung von Frauen und Mädchen in meist modernen, am westlichen Bildungswesen orientierten Schulen eingesetzt hat, und als solcher daher nicht nur auf die Erzählweise einwirkt, sondern auch expressis verbis thematisiert wird.

Es ist nicht allein der biographischen Tatsache geschuldet, daß die Autorinnen selbst in jungen Jahren schreiben und daher der Standpunkt der Tocher selbstverständlich ist. Die Perspektive der Tochter impliziert daneben bestimmte Themen und Formen, die sich in mehrfacher Weise manifestieren. Die Tochterperspektive eröffnet der Autorin die Möglichkeit, ihre Erzählerin in einem noch »unfertigen« Zustand vorzuführen, in dem noch alles möglich ist oder wäre. Durch die Auswahl dieses Lebensabschnitts erschließt sich eine Raum-Zeit-Konstellation, die wie eine Vorzeit funktioniert und, metaphorisch gesprochen, Grenzüberschreitungen erlaubt. Die Texte artikulieren Träume und Sehnsüchte, die die Ich-Erzählerinnen in die Zukunft projektieren (auffallend häufig sind die Metaphern der Vögel und des Meeres!) und die von der Hoffnung genährt werden, diese Wünsche zu realisieren. Die Betonung liegt auf der Verweigerung der Einhaltung gesellschaftlich verlangter Normierung, die Laila Balbakkis Protagonistin Lina Fayyad zum Beispiel in einem dramatisch inszenierten Akt beschwört, wenn sie sich ihre langen Haare abschneidet. Die Flucht in den Wahnsinn angesichts psychischer Zerstörungen junger Frauen, die sich nicht den sozialen und gesellschaftlichen Strukturen anpassen können, beschreibt Hanan as-Saih in *Hikayat Zahra.* Alle diese Reaktionen lenken das Interesse auf die zentrale Figur der Familie, die die Texte leitmotivisch durchzieht, die Mutter.

7.

Die Mutter wird in diesem Kontext zu einem Kristallisationspunkt, an dem sich die Konflikte zuspitzen.[27] Über die enge Mutter-Sohn-Beziehung in arabischen Gesellschaften ist bereits einiges geschrieben worden.[28] In der Literatur hat Etel Adnan in ihrer Novelle *Sitt Marie Rose* (1977) diese enge Mutter-Sohn-Beziehung für den arabischen Raum über alle religiösen Grenzen hinweg treffend definiert und vorgeführt, wie der Mutterkult auf der anderen Seite in Misogynie umschlägt. Dagegen ist die Mutter-Tochter-Beziehung unbeachtet geblieben, obwohl gerade sie es ist, die die Dynamik in den Texten forciert. Für die Tochter ist die eigene Mutter einerseits inbegriff der verhaßten Rollenzuweisung der Frau auf die Ehefrau und die Mutter. In ihr sieht sie ihre eigene Zukunft verkörpert. Die Mutter wird daher weniger als Charakter, denn in ihrer Funktion innerhalb der Familie dargestellt, in der die Tochter sie als Vollstreckerin des väterlichen Willens wahrnimmt. Daher repräsentiert die Mutter an der Seite des Vaters zugleich Schwäche und Passivität, d. h. genau das Gegenteil von dem, was die Töchter erstreben. Trotz dieser dominierenden Einstellung ist die Mutter-Tochter-Beziehung keineswegs nur negativ besetzt. Denn anders als gegenüber der Vaterfigur, die als Repräsentation von Autorität und Herrschaft eine eindeutige Haltung einnehmen läßt, ruft die Mutter ambivalente Reaktionen hervor, die in der Identifikation mit der Mutter als unterdrückter Frau beruhen. Zwei sehr unterschiedlich pointierte Haltungen zeigen sich bei Emily Nasrallah und Laila Baalbakki.

Die Aggression und der Haß, der sich gegen die Mutter entlädt, ist Ausdruck der Verzweiflung und der gewaltsame Versuch, über das Mutteropfer eine eigene Identität zu erlangen. Ungewollt klingt neben der Verachtung der Wunsch nach einer emotional tieferen Beziehung zu der Mutter durch. Im Gegensatz zu dieser absoluten Verweigerung und Ablehnung der Mutter herrscht dagegen eine ausgeglichenere, wenngleich nicht weniger eindeutige Haltung in den *Septembervögeln* vor. Die Familie wird nicht in Frage gestellt, sondern ob der Bewahrung der notwendigen biologischen und sozialen Bindungen generell verteidigt. Emily Nasrallah, die eine ganze Dorfstruktur nachzeichnet und die unterschiedlichen Frauenschicksale in den einzelnen Häusern aufzeigt, schildert die Mutter bzw. ihre Rolle innerhalb der Familie und der Dorfstruktur als Bewahrerin einer nicht nur abzulehnenden Tradition: *»Meine gute Mutter! Dein Gesicht strahlt eine Ruhe aus, die mich auf meinem Weg als Fremde durch dieses Leben leitet. Wo hast du diese Kunst erlernt? Mit deinen Händen knetest du den Teig des Lebens und machst ihn schmackhaft, so gut und so einfach, wie du* *den Kaffee, die Quitten- und die Feigenmarmelade kochst. Wie bringst du das fertig, Mutter?«*[29] In Beschreibungen wie diesen hält Emily Nasrallah am Bild der idealen, entsexualisierten Mutter fest.

8.

Zusammenfassend läßt sich feststellen, daß die Texte nicht nur einen Aufbruch arabischer Schriftstellerinnen dokumentieren, sondern durch ihre spezifischen thematischen und ästhetischen Neuerungen der arabischen Literatur neue Impulse gegeben haben. Jene Autorinnen, die nach dem Ende des Zweiten Weltkrieges zu schreiben beginnen, entwickeln eine besondere Affinität zur autobiographischen Schreibweise – dies ist die Konsequenz der literarischen Umsetzung ihrer kulturellen und sozialen Situation. In den autobiographischen Texten wird die Trennung von privatem Ort der Frauen und öffentlichem Raum von Politik und Kunst aufgehoben. Nicht zuletzt die Schwierigkeit, die Grenze zwischen autobiographischer und fiktionaler Schreibweise bei diesen Texten auszumachen, verdeutlicht, wie sehr diese familienbezogenen Einbindungen die Selbstreflektion dominieren, so daß der oft erhobene Vorwurf fehlender Fiktionalisierung in der auf die Familienwelt reduzierten Erfahrungswelt seine Begründung findet. Mit dieser Doppelstruktur wird gleichzeitig die Authentizität des Erzählten eingeklagt und ein erhöhter Grad subjektiver Befindlichkeit vermittelt. Die Verengung auf die radikal subjektive Sicht, die nachdrücklich vom Leiden des einzelnen weiblichen Ichs spricht, erweist sich daher letztendlich als ein notwendiger Schritt hin zur Politisierung des weiblichen Geschlechts. Das zeigt sich auch in der Sprache. Vergleicht man die frühe Frauenliteratur mit den Texten der späten 70er und 80er Jahre, so fällt der unterschiedliche Gebrauch der Sprache auf. Während die ersteren die Sprache als Medium des Protests und das Schreiben als Politisierung ihrer Erfahrung benutzen, setzt bei den späteren eine bewußte Auseinandersetzung und Reflektion mit der Sprache selbst und dem Akt des Erzählens ein.[30]

Anzumerken bleibt, daß in den Texten kaum Aufschluß darüber zu gewinnen ist, in welchem Ausmaß die Religion hier wirksam wird. Die Autorinnen, die alle verschiedenen Religionen angehören, kritisieren die gesellschaftlichen und sozialen Strukturen nicht als islamische oder christliche, sondern als komplexes Geflecht historisch gewachsener Strukturen, von denen die Religion nur einen Aspekt unter anderen, vor allem einen sozialen und kulturellen, einnimmt.

Anmerkungen

1) Siehe die von Margot Badram und Miriam Cooke herausgegebene Anthologie *Opening the Gates. A Century of Arab Feminist Writing.* London 1990.

2) Der Begriff Frauenliteratur dient hier nicht als Definition einer bestimmten Literatur, sondern wird aus praktischen Gründen verwendet, wohl wissend, daß das Ungenügen in der Verwendung oder seiner Umschreibung durch »Literatur von Frauen«, das Problem nur verschiebt. S. u. zur genaueren Bestimmung dieser Literatur.

3) Siehe hierzu M. Alím/A. Anís, Fi' t-taqafa al-misriyya. Kairo 1955 oder als Überblick M. M. Badawi, *Commitment in Contemporary Arabic Literature.* In: ders., *Modern Arabic Literature and the West.* London 1985, S. 1–25.

4) Siehe hierzu Fedwa Malti-Douglas, *Woman's Body, Woman's Word. Gender and Discourse in the Arbo-Islamic Writing.* Princeton, New Jersey 1991.

5) Ich verwende den Begriff in Anlehnung an Sigrid Weigels Definierung der Bedeutung deutsche Gegenwarts-Frauenliteratur. Sigrid Weigel, *Die Stimme der Medusa.* Reinbek 1989, S. 14.

6) So z. B. von der irakischen Dichterin Nazik al-Mala'ika, die als Schöpferin und Initiatorin der *Freien Vers Bewegung* selbst eine wichtige Stimme in der arabischen Welt besitzt.

7) Angesichts der Schwierigkeit der Adaptation von Begriffen wie feministisch auf die arabische Literatur sei darauf hingewiesen, daß dieser Terminus nicht von den Literatinnen selbst verwendet wird, sondern hier dazu dient, die Merkmale und Unterschiede in der Entwicklung arabischer Literatur von Frauen zu beschreiben. Die arabische Frauenliteratur läßt sich in drei aufeinanderfolgende Phasen einteilen: erstens die der Imitation, zweitens die des Protestes und drittens die der Differenz. Diese Kategorisierung orientiert sich an dem noch unveröffentlichten Vortrag von Sabry Hafez (Nijmegen, April 1992). Die hier besprochene Literatur entspricht der zweiten Phase, d. h. der Protestliteratur, die auch kontrastierend zu der vorherigen und der nachfolgenden Phase als feministische definiert werden kann.

8) Silvia Bovenschen, *Imaginierte Weiblichkeit.* S. 12 und für die arabische Literatur Fedwa Malti-Douglas *Woman's Body, Woman's Word. Gender and Discourse in Arabo-Islamic Writing.* Princeton, New Jersey 1991.

9) Vgl. die unter Fußnote 12 angegebene Literatur.

10) Es existieren variierende Daten, ob es nun 1912, 1913 oder 1914 war.

11) Muhammad Haikal, *Zainab.* Kairo 1983, S. 192.

12) Vgl. Charles Vial, *Le Personage de la Femme dans le Romam et la Nouvelle en Egypt de 1914\`a 1960.* Damaskus 1979, Gurg, Tarabísí, *Sarq wa garb: regula wa unuta.* Beirut 1977, Rotraut Wielandt, *Das Bild der Europäer in der modernen arabischen Erzähl- und Theaterliteratur.* Beirat 1980.

13) Fatema Mernissi, *Beyond the Veil.* Indiana 1987^{2}.

14) Vgl. z. B. Mona Mikhail, *Images of Arab Women: Fact and Fiction,* Washington, D.C. 1978, Latífa az-Zayyat, *Min suwar al-mar'a fi'l-qisas wa'r-riwayat 'l- arabiyya. Kairo s. d.*

15) Für eine Gesamtübersicht der neuen Autorinnen und Texte ist hier kein Platz und ich verweise auf die einschlägigen Aufsätze und Anthologien, die ihrerseits nicht den Anspruch auf Vollständigkeit erheben können.

16) Ein anderer Umgang mit der Familie ist formal und thematisch in den 80er Jahren, z. B. bei Autorinnen wie Alifa Rif'at, Laíla Utman oder Salwa Bakr zu beobachten. Hier finden sich differenziertere und nuanciertere Perspektiven und Schreibweisen.

17) Vgl. zu den Konnotationen des Begriffs Annegret Nippa, *Haus und Familie in arabischen Ländern.* Darmstadt 1991, S. 122–128.

18) Vgl. zur Funktion des Ehrbegriffes Pierre Bourdieus Studie *Versuch einer Theorie der Praxis.* Frankfurt/Main 1979, S. 51.

19) Vgl. hierzu z. B. die verschiedenen Perspektiven auf die Familie in dem von E. Warnock Fernea herausgegebenen Band *Women and the Family in the Middle East. New Voices of Change.* Austin 1985 oder Fatema Mernissis Arbeiten zu diesem Thema.

20) Als bedeutendster Vertreter dieser Sicht siehe Gustave E. Grunebaum, *The Human Ideal* und *Self-Expression: Literature and History.* In: ders.: *Medieval Islam.* Chicago 1953^{2}.

21) In einem noch unveröffentlichten Vortrag über weibliches Schreiben und weibliche Kreativität (im April 1992, Berlin) hat die ägyptische Schriftstellerin Salwa Bakr diesen bis heute anhaltenden Zustand als ein Hindernis weiblicher Künstlerinnen im Vergleich zu ihren männlichen beklagt.

22) Bourdieu, *op. cit.*, S. 35–42.

23) Ihsan Abbas, *Fann as-síra.* Beirut 1956, Franz Rosenthal, *Die Arabische Autobiographie.* In: Analecta Orientalia 14, Studia Arabica 1 (1937), S. 1–40 und speziell auf Autobiographien von Frauen bezogen Leila Ahmad, *Between two Worlds: The Formation of a Turn-of-the Century Egyptian Feminist.* In B. Bredzki/C. Schenk (Hrsg.), *Life/Lines. Theorizing Women's Autobiography.* London 1988, S. 155 und Malti-Douglas, *op. cit.* S. 111–31, 161–69.

24) Fadhma Amrouche, *Histoire de Ma Vie.* Paris 1968.

25) Eine bedeutende Ausnahme macht die oben zitierte Autobiographie von Fadhma Amrouche. Sie widmet ihre Autobiographie ihrer Tochter Marguerite Taos, die später selbst als Pionierin der französisch-sprachigen magnrebinischen Literatur berühmt geworden ist. Vgl. hierzu Evelyn Accad, *Veil of shame. The Role of Women in Contemporary fiction.* Naaman 1978, S. 52 – So weit ich es sehe, gibt es erst in den 80er Jahren feministische Texte, die aus der Sicht der Mutter geschrieben sind und zu deren Vertreterinnen die Ägypterinnen Alifa Rif'at und Nawal as-Sa dawí und die Kuweiterin Laíla Utman gehören.

26) So bittet z. B. Khadija in A Lemsines *La Chrysalide* (»Die Entpuppung«, 1976) wiederholt Faiza, die die Moderne repräsentierende Tochter der Mitehefrau, ihr vorbildhafte Frauengestalten zu schildern und ihr positive Geschichten zu erzählen.

27) Eine andere These vertritt Ahlem Mosteghanin, die diese Auseinandersetzung nur in Texten männlicher Autoren zu lokalisieren meint und die geradezu von der Abwesenheit der Mutter in den Texten weiblicher Autorinnen spricht. Ahlem Mosteghanim, *Algérie: Femme et Ecriture.* Paris 1985, S. 282 f.

28) Vgl. z. B. Abdelwahab Bouhdiba, *La Sexualité en Islam.* Paris 1986^{4}, S. 259–80, Fatima Mernissi, *Geschlecht, Ideologie, Islam.* München 1987, S. 132–52.

29) Zit. nach der deutschen Ausgabe *Septembervögel,* S. 40.

30) Vgl. dazu den Rückgriff auf die Figur der Scherazade, deren Erzählakt nachgerade als weibliche kulturschaffende Tradition literarisch aufgegriffen wird (bei Assia Djebar und Leila Sebbar z. B.) und literaturwissenschaftlich neu in dieser Hinsicht untersucht wird (bei Fedwa Malti-Douglas, *op. cit.*, Jean Déjeux, *Femme d'Algérie.*

Légendes, Tradition, Histoire, Littérature. Paris 1987, Hiam Aboul-Hussein/Charles Pellat, *Chérazade, personage littéraire.* Alger 1981.

Die Autorinnen

Rukhsana Ahmad unterrichtete englische Literatur an der Universität von Karachi, bevor sie 1973 nach Großbritannien ging, um dort zu leben. Sie ist freischaffende Autorin und Journalistin und schreibt seit 1986 Theaterstücke. Ihre Kurzgeschichten sind erschienen in: Right on Way (Women's Press), The Inner Courtyard (Virago) und The Man Who Loved Presents (The Women's Press). Sie hat eine Sammlung feministischer Gedichte in urdischer Sprache aus Pakistan gesammelt, herausgegeben und übersetzt, die den Titel »We sinful Women« (The Women's Press 1991) trägt. Ihr letztes Theaterstück »Sound for a Sanctuary« wurde im Frühling und Herbst 1991 in London und verschiedenen Regionen aufgeführt.

Nadia al-Bagdadi, Studium der Islamwissenschaft und Germanistik in Berlin (FU) und Kairo. Seit 1989 wissenschaftliche Mitarbeiterin am Institut für Islamwissenschaft, Berlin (FU).

Nasrin Bassiri, Dr. rer. pol., Politologin, einige Jahre Unterricht an der FHW Berlin, arbeitet in verschiedenen Flüchtingsunterkünften, gegenwärtig bei der Gleichstellungsstelle Berlin-Schöneberg beschäftigt; Übersetzerin verschiedener Kinder- und Jugendbücher ins persische, u.a. die »Rote Zora«, Autorin von Kurzgeschichten, Autorin des Buches »Nicht ohne die Schleier des Vorurteils. Kritische Anmerkungen einer iranischen Frauenrechtlerin zu Betty Mahmoodys Buch«, Bad König 1991

Elke Grawert, Diplom-Politologin, arbeitet als wissenschaftliche Mitarbeiterin am Fachbereich Wirtschaftswissenschaften der Universität Bremen. Sie ist Mitglied der Sudan-Forschungsgruppe Bremen und der sudanesisch-deutschen Frauengruppe unter dem Dach des Sudanforums.

Sabine Kebir, Dr. phil., geboren in Leipzig. Russisch-Französisch-Italienisch-Studium in Berlin. Promotion am Institut für Literaturgeschichte der Akademie der Wissenschaften der DDR. 1977 Auswanderung nach Algerien, dort bis 1988 Lehre an den Instituten für Politische Wissenschaft u. Journalismus (Algier). Seit 1989 Privatdozentin in Frankfurt/Main, Lehre am Institut für Philosophie der Freien Universität, Berlin. Radiofeatures, Übersetzungen, Nachdichtungen, Literaturkritik, Publikationen zu politologischen und kulturtheoretischen Fragen. Verschiedene Buchveröffentlichungen, u. a.: Ein akzeptabler Mann? Bertolt Brecht und die Frauen, Berlin/Köln 1987, 1989, 1990. Antonio Gramscis Zivilgesellschaft, Hamburg 1991. Eine Bovary aus Brandenburg, Roman, Berlin 1991.

Edith Laudowicz, Hotel- und Gaststättengehilfin, Au-pair-Mädchen und Fremdenführerin, Telefonistin und Kontoristin, Lehrerin, Diplompädagogin,seit 1981 Autorin, zahlreiche Publikationen zu Frauenthemen, zuletzt »Befreites Land – befreites Leben? Frauen in Befreiungsbewegungen und Revolutionen«, Köln 1989.

Margitta Ogundare, Dr. phil., verheiratet mit einem nigerianischen Architekten, hat mehrere Jahre in Nigeria gelebt. Sie unterrichtete Lehrer an der Universität in Ibadan und führte in verschiedenen Landesteilen Forschungen durch.